O amor segundo Buenos Aires

Fernando Scheller

O amor segundo Buenos Aires

RIO DE JANEIRO, 2023

Copyright © 2023 por Fernando Scheller.

Todos os direitos desta publicação são reservados à Casa dos Livros Editora LTDA.

Nenhuma parte desta obra pode ser apropriada e estocada em sistema de banco de dados ou processo similar, em qualquer forma ou meio, seja eletrônico, de fotocópia, gravação etc., sem a permissão dos detentores do copyright.

Coordenadora editorial: *Diana Szylit*
Assistente editorial: *Camila Gonçalves*
Estagiária editorial: *Lívia Senatori*
Revisão: *Carolina Forin e Daniela Georgetto*
Projeto gráfico de capa e ilustrações: *Amanda Pinho*
Diagramação: *Abreu's System*
Foto do autor: *Leo Aversa*
Publisher: *Samuel Coto*
Editora-executiva: *Alice Mello*

Dados Internacionais de Catalogação na Publicação (CIP)
Angélica Ilacqua CRB-8/7057

S345a
   Scheller, Fernando
     O amor segundo Buenos Aires / Fernando Scheller; ilustrações de Amanda Pinho. — Rio de Janeiro : HarperCollins, 2023.
     336 p. : il.

     ISBN 978-65-6005-070-9

     1. Ficção brasileira I. Título II. Pinho, Amanda

                         CDD-B869.3
23-4199   CDD-82-3(81)

Os pontos de vista desta obra são de responsabilidade de seu autor, não refletindo necessariamente a posição da HarperCollins Brasil, da HarperCollins Publishers ou de sua equipe editorial.

HarperCollins Brasil é uma marca licenciada à
Casa dos Livros Editora LTDA.
Todos os direitos reservados à Casa dos Livros Editora LTDA.
Rua da Quitanda, 86, sala 601A – Centro
Rio de Janeiro, RJ – CEP 20091-005
Tel.: (21) 3175-1030
www.harpercollins.com.br

Se você já amou demais
Brigou e perdoou
E conseguiu esquecer um grande amor
Mas ainda se lembra dele quando ouve aquela música
(E é uma lembrança doce)
Se de vez em quando se permite mais do que o necessário
Se não resiste a um chocolate
Se já encontrou Jesus
Ou o deus das pequenas coisas
Se já se revoltou e renegou o divino
Só para se arrepender no momento seguinte
Se acredita que todo amor vale a pena
Que todos têm o direito de amar
Que cada um é de alguma forma especial
E percebe detalhes bonitos
Mesmo em um mundo que pode ser muito feio
Se acredita que as pessoas são intrinsecamente boas
Se teve a coragem de se desculpar com um beijo
Ou de se abrir ao poder de um abraço
E já sentiu tanto amor que teve vontade de chorar
Se pensou sobre todas essas coisas
Em muitas delas, em algumas delas ou mesmo em uma só delas
Este livro é pra você
Ele foi feito com amor e é sobre todas as formas de amor

Sumário

Leonor, segundo Hugo	9
Hugo, segundo Carolina	23
Hugo, segundo Eduardo	41
Pedro, segundo Hugo	59
Daniel, segundo Eduardo	75
Eduardo, segundo Hugo	91
Martín, segundo Carolina	107
Hugo, segundo Pedro	127
Marta, segundo Hugo	143
Charlotte, segundo Pedro	159
Ernesto, segundo Hugo	175
Carolina, segundo Martín	187
Eduardo, segundo Daniel	203
Hugo, segundo Leonor	219
Napoleão, segundo Charlotte	235
Ivan, segundo Eduardo	247
Mar, segundo Hugo	263
O amor, segundo Buenos Aires	281
Anouk, segundo Hugo	301
Maura, segundo Eduardo	313
Ernesto, segundo Leonor	325
Daniel, segundo Carolina	337
Agradecimentos	349

Leonor, segundo Hugo

Orquestra El Afronte

Humberto I, 340
Em frente à Igreja Nossa Senhora de Belém

Leonor está dormindo, e eu não consigo parar de olhar para ela. Como sempre, dorme gentilmente, o ar entrando e saindo de suas narinas, estufando o peito em movimentos suaves e cadenciados. Leves gemidos de vez em quando. Onde começa o amor? Quando comecei a amá-la, não sei. Ou melhor, sei. Foi no primeiro dia. Agora, enquanto a estudo em detalhes, acho que Leonor é a mulher mais linda que já vi na vida. No entanto, ao olhá-la de longe, andando em direção a mim, não foi exatamente esse o sentimento que tive: lembro-me de pensar que ela era um tanto estranha, angulosa, alta demais. Nós nos encontramos em um café, em um sábado, depois de muita insistência de amigos que não podiam entender como é que nós dois, com tantas conexões, nunca havíamos nos visto pessoalmente. Ela chegou atrasada, mais de meia hora, mas ligou antes para avisar que havia tido um imprevisto. Ponto positivo. Fiquei ali naquela mesinha na calçada, vendo as pessoas passarem, sem saber o que fazer nem o que esperar. Tomei dois cafés, sabendo que a insônia com certeza me rondaria aquela noite. Devorei uma cestinha de pães. Impaciente, cruzei os braços atrás da nuca e olhei para o início da rua. Será que era ela?

Era. A primeira impressão, repito, não foi de arrebatamento. Se essa sensação tivesse durado mais tempo, tudo teria sido mais fácil.

Mas, assim que senti aquele leve toque de seus dedos na manga da camisa xadrez que eu usava para ter certeza de que ela me reconheceria, seguido de um "desculpe te fazer esperar" meio tímido, tudo mudou. E, três anos depois, estou aqui nesta cidade estrangeira para onde a segui e só o que penso é em decifrar esse rosto que não consigo deixar de adorar. Afinal, o que se passa na cabeça dela? O que se passa na cabeça de Leonor? Quando me disseram que eu tinha de conhecê-la, eu imaginei uma senhora de sessenta e quatro anos. Toda vez que alguém citava o nome dela, parecia que havia uma pausa para preparar o interlocutor. E quem usa o nome Leonor hoje em dia? Contudo, vinte e seis anos atrás, nascia Leonor, fruto de mãe brasileira e pai argentino, o que explica o fato de atualmente morarmos em Buenos Aires. Um belo dia, seis meses depois de me conhecer, Leonor anunciou com um sorriso nos lábios que voltaria para suas origens, aproximaria-se do pai, com quem não se encontrava havia anos. A última vez que se falaram ao telefone, ela me contou, sentiu que era a coisa certa a fazer. Não me convidou para ir junto. Eu disse que ia. Que, se pensasse demais, nunca sairia do lugar. Disse ainda que os planos dela agora eram meus. Eu daria um jeito na universidade. Quem sabe, poderia dar aulas por lá; achava que sim. A ideia de deixá-la partir sozinha não me ocorreu, era impensável. Ela não se manifestou em contrário. Apenas sorriu.

E estou aqui, nesta manhã fria e sonolenta de domingo, olhando-a dormir. Não é a primeira vez que faço isso e me sinto sufocado, como se não fosse mais possível ignorar uma verdade. Tenho de perder o medo e admitir: ela não me ama. Eu já me disse isso mentalmente milhares de vezes, mas não consigo reunir forças para ir embora. Não arrumei as malas, não fiz planos para acabar com tudo. Ela se move na cama, não vai demorar muito para acordar. Como é possível ter certeza de que alguém não ama você? Ela não me falou nada diretamente, na verdade; só diz o necessário. É uma questão de encarar os fatos. Com Leonor, as respostas estão nas pequenas coisas, nos gestos discretos de afeto que não podem ser expressos em palavras. Ou, para ser mais exato, na falta deles. Puxando pela memória, não consigo encontrar motivo algum para ficar: um presentinho bobo, o sanduíche para levar ao trabalho cortado na diagonal, aquela peça qualquer de brechó que alguém comprou porque se emocionou ao se lembrar de você ou a garrafa de seu vinho preferido na mesa em uma noite fria de inverno.

Leonor nunca fez nada disso apesar de todos os meus sinais, das indiretas e súplicas silenciosas. Nenhuma reciprocidade ao alfajor deixado na mesinha de cabeceira, à presilha com pedrinhas brilhantes comprada em uma esquina na feira de San Telmo, ao CD do músico vagabundo gritando uma canção de amor sem rimas no meio da rua, ao quadro mal pintado de uma antiga ponte da província de Buenos Aires. Tantos apelos sem resposta. Tentativas fracassadas que não podem ser ignoradas. Não dá mais para mentir ou esconder. A mulher de cabelos claros, olhos vazios, rosto enigmático e escassas palavras se vira de lado e embarca de novo em um sono tranquilo. Deve durar uns quinze ou vinte minutos. De uma coisa parece ter certeza: Hugo não é o homem de sua vida. E eu não posso mais fingir que isso vai mudar, preciso admitir que perdi. No nosso jogo, a vitória é de Leonor. Ou de nenhum de nós.

Levanto em um pulo daquela cadeira dura, quero mais espaço para respirar. Ando pela sala de um lado para outro. Faço barulho com os pés, penso em chacoalhar seu corpo e cobrar de volta tudo o que lhe dei. Penso se desperdicei três anos. Quero fazer um escândalo. Tentar conversar não adianta; sempre que falo alguma coisa, ela desconversa. Às vezes, nem isso, simplesmente faz ar de descaso, insinuando que preferia estar em qualquer outra parte do planeta.

Pergunto-me se há outro homem, se é algum professor de um de seus cursos fúteis, alguém mais cheio de vida, másculo ao extremo ou que, pelo menos, fale castelhano como idioma nativo. Nada. Não vejo nenhum indício da existência de outra pessoa — Leonor continua sozinha, deitada na cama do quarto apertado, enrolada em um cobertor azul, a milhares e milhares de quilômetros de mim.

Eu já estive do outro lado, do lado de Leonor, mas isso a gente esquece logo. Com ela, tenho aquela permanente sensação, doída, de quando se toca a mão de alguém e se sente que a primeira reação da outra pessoa é retirá-la, mesmo que não o faça por completo. Um pequeno sentimento de repulsa que Leonor repete à exaustão. Todos os dias, eu tenho a impressão de que veio alguém até mim e, sem motivo, desferiu um tapa no meio da minha cara. Não há como reagir. Não há nada que se possa fazer contra o desalento que bate quando se conta o dia para alguém e esse alguém acompanha a história em planos gerais, não nos detalhes, às vezes olhando para o lado, como se a janela, da qual se pode ver apenas uma árvore, escondesse um enigma bem mais instigante. Eu tentei, por um longo tempo, dizer a mim mesmo que era possível viver sem isso, sem a reciprocidade, sem despertar encanto. Para Leonor, sou um porto seguro, um mistério há tempos desvendado. Descomplicado, confortavelmente cálido, só que sem surpresas, sem aquele suspiro que parece tirar nossos últimos segundos de oxigênio e sem aquela sensação de coração acelerado. É muito pouco.

Está frio lá fora. Mesmo assim, abro a janela da cozinha. Peque-nas picuinhas para acordá-la de propósito do seu sono de ferro, como xícaras que pousam pesadas na mesa um tanto bamba. O dia está nublado, porém a chuva parece sem ânimo para cair. O vento despenteia ainda mais o meu cabelo, e tenho a ideia de, pela última vez, tentar arrancar algum sinal dela. Preciso que saiba, com toda a certeza, o que sinto. Amor ou apego, qual a diferença? Há tempos percebi que o fim está próximo, e hoje é o dia da verdade. "O que você está fazendo em Buenos Aires mesmo?", perguntou-me meu pai um dia desses. Fiquei sem resposta. Leonor não pareceu ser o motivo adequado. Não há razão aparente para continuar aqui, vivendo desse jeito, com o ar me faltando neste pequeno apartamento em San Telmo — escolhido por ela, pago por mim —, onde fica cada dia mais evidente que tomar uma decisão impensada, no calor do momento, não seria a melhor opção. Pergunto-me se não é mais sensato voltar para as pranchetas de projeto e começar a planejar do zero, em pequenos rabiscos a lápis, minha vida amorosa.

Olho ao redor e vejo os ladrilhos quadriculados que formam um desenho geométrico no desbotado chão da cozinha, o mezanino cheio de almofadas coloridas, o computador MacBook com dois anos de uso, três cadeiras inspiradas no estilo Bauhaus, livros empilhados no chão, CDs bagunçados em caixas trocadas e uma estante ridiculamente vermelha com detalhes amarelos que resgatamos da rua. Achamos cafona, mas aquele era um tempo em que bastava uma troca de olhares para concordarmos em aproveitar o móvel gratuito e gastarmos o dinheiro economizado em garrafas de vinho. Hoje, a estante de mau gosto, mais do que um elemento destoante na decoração, é um símbolo de que algo está errado, não se encaixa. Toda a nossa relação poderia ser resumida nessa peça inadequada da mobília.

Penso, de repente, em jogar um travesseiro para que ela acorde — às vezes, acho que Leonor tem a doença do sono. Como é que consegue dormir tanto? Quero resolver isso logo. Subir na mesa da cozinha, quebrar os poucos pratos e copos que temos, perguntar de uma vez, aos gritos: afinal, o que você quer de mim? Visualizar essa cena me dá certa satisfação; no entanto, tudo o que consigo é começar a fazer o café. Vou batendo as portas do armário e da geladeira enquanto retiro a manteiga, o pão, a geleia e o mel. Penso no que posso propor como roteiro neste domingo. Um passeio definitivo pelos melhores lugares de San Telmo, aqueles pequenos cantos especiais que nos fizeram escolher morar aqui apesar dos protestos dos meus amigos de São Paulo, que tentavam nos prevenir dos perigos do bairro. Até agora, nada aconteceu. Os loucos da região são como eu. Os mendigos perderam-se de amor e hoje vagam declamando poemas desconexos. Escrevem em pequenos pedaços de embrulho de pão e depois deixam suas obras-primas esquecidas pelas esquinas, bêbados de saudade de paixões reais ou imaginárias. Seus bens se resumem a lápis curtos e bitucas de cigarro. Outro dia, um artista de rua veio em minha direção gritando: "Amor da minha vida, amor da minha vida, amor da minha vida". Quando chegou bem perto, disse-me, em voz baixa: "Eu tenho nojo de você". Ele tinha olhos azuis e cara de advogado. Amara tanto que não sabia mais o endereço de casa. Fiquei com medo de terminar igual a ele. Naqueles segundos, éramos irmãos, nos entendíamos. Quando viu que eu queria sair dali, agarrou meu braço gentilmente. Falou apenas: "Não vá". Desvencilhei-me o mais rápido que pude e corri para casa.

Decido que não há nada melhor, perto do fim, do que uma volta ao começo. Uma visita aos meus lugares preferidos: primeiro, passar no *kiosco* da Maria para um alfajor Cachafaz de chocolate negro; depois, um passeio pelas lojas de lustres antigos; e, finalmente, uma parada na Cine Si para adicionar mais um DVD às pilhas verticais que se avolumam a partir de pequenas prateleiras de ferro que instalei na parede — um dia desses, Leonor notou, com anos de atraso, que estão um pouco tortas. No fim da manhã, nos acotovelaremos com os turistas para achar um lugarzinho entre a pequena multidão que se reúne em frente à igreja para ouvir a orquestra El Afronte pelo tempo que quisermos. A gente deixa alguns pesos na canequinha.

A cafeteira começa a soltar fumaça. Corro para desligar o fogo. O som quase inaudível e o cheiro de café fresco acordam Leonor. Ela olha para mim e logo desvia os olhos. Amassa o rosto contra o travesseiro por uns momentos. Anuncio que já são quase nove e meia.

Ela então se levanta e corre para o banheiro, batendo a porta atrás de si. Não fala nada. Nem olha na minha cara.

"Bom dia", penso, acho que até resmungo sozinho em voz alta. De mau humor, começo a falar com a porta do banheiro. Digo que estava com vontade de comprar *Memórias*, de Woody Allen.

— Por quê? — pergunta ela com entonação portenha.

Ultimamente, creio que para acentuar a distância entre nós, Leonor pegou a mania de responder em espanhol toda vez que falo em português com ela.

— Porque não tenho — respondo.

— Ah, *sí* — comenta, baixinho, no banheiro.

Fico em silêncio. Do lado de fora, percebo que ela se atrapalha com os cremes e as escovas de dentes na nossa minúscula pia e derruba tudo no chão. Pergunto se está bem. Fico sem resposta. Quando Leonor sai, tomamos café (o dela puro, o meu com leite) sentados nas cadeiras de armar, segurando as canecas na mão e equilibrando no colo os pratinhos com torrada, como fizemos milhares de vezes. Eu olho para Leonor, e ela olha para a parede, como se um filme antigo estivesse sendo projetado ali.

— *Gris* — diz ela, referindo-se ao céu cinza.

Não sei o que responder, fico quieto, mordo outro pedaço do meu pão tostado com geleia de framboesa com um sabor um tanto passado. Estava na geladeira havia tempo demais. Resume bem o gosto que não consigo tirar da boca ultimamente. Logo depois, levantamos e, em silêncio, lavamos xícaras e pratos na apertada pia da cozinha sem que nossas mãos jamais se toquem.

Leonor cantarola uma canção que anda tocando no rádio enquanto se serve de mais café. Os espanholismos dela me divertem e acendem o que há de mais crítico e perverso em mim. Ela pronuncia as palavras erradamente, fala portunhol o tempo todo sem perceber. A imersão que ela pensa ter feito na cultura portenha não parece estar dando muito resultado. Gaba-se ao telefone para as amigas brasileiras de ter pai argentino, entretanto até os taxistas, tão acostumados ao portunhol, têm dificuldade para entender o que ela fala. Passa os dias apontando o que quer na padaria, na quitanda, no supermercado. O pai de Leonor, Ernesto Reyes, é um intelectual razoavelmente respeitado nos círculos universitários, embora seus detratores, com os quais simpatizo, o classifiquem como um acadêmico de obra incrivelmente extensa que parece dizer muito pouco em uma quantidade enorme de palavras. Professor aposentado, ainda se dedica às teorias de estruturas de classe na Argentina, ignorando que todo mundo já foi nivelado por baixo há tempos. Li alguns de seus textos, mas nunca consegui me interessar por eles de verdade. É um intelectual cultuado pelos incansáveis membros de uma pequena claque. São poucos fãs, mas fervorosos o suficiente para fazer algum barulho. Dependendo do orientador da dissertação, pega bem citá-lo em trabalhos acadêmicos. É como ler Michel Foucault. Ninguém entende muita coisa — quando alguém pensa que entende, geralmente está equivocado —, ainda que se dizer estudioso de Foucault e ter crescido dissecando seus textos arranque elogios dos coleguinhas.

Leonor, desesperada para se aproximar do pai, tenta se passar por interessada pelo mundo da filosofia política. Toda vez que abre a boca, mais parece uma adolescente tentando provar sua inteligência ao mundo porque leu *O Pequeno Príncipe*. Ou pode ser apenas a minha dor de cotovelo falando. Talvez ela não seja tão ridícula assim.

Talvez ser ignorado tenha me tornado um espectador pouco parcial de seus esforços. Talvez eu tenha inveja da adoração que ela direciona ao pai. Talvez ele esteja mais atento a ela do que faz parecer. Talvez haja um pouco de verdade e um pouco de mentira em tudo o que me passa pela cabeça agora. Talvez eu a ache meio burra e esteja obcecado por ela mesmo assim. Tento não pensar demais. Balanço a cabeça, levanto-me rapidamente, apanho o casaco e anuncio que estou de saída.

— Você vem ou não vem?

Ela escolhe um casaco surrado que está na arara, o mesmo de ontem, abotoa todos os botões e levanta a gola para não ficar com as orelhas frias. Diz que não precisa de luvas, está bem, podemos ir.

Caminhar pelas ruas de San Telmo foi um dos meus maiores prazeres nesses últimos três anos. Comprar o *El Clarín* na banca da esquina e andar com o jornal embaixo do braço até cansar. Sentar em um banco numa praça qualquer e ler as notícias rapidamente, deixando os cadernos se empilharem de maneira displicente no colo. E sempre, sempre fazer as palavras cruzadas. Com Leonor ao meu lado. Há alguns meses, porém, abandonamos esse ritual. E retomá-lo hoje seria um esforço inútil para alcançar um trem que já partiu da estação. Faz meses que assinei o jornal no tablet, assim posso lê-lo em silêncio, sem que ela me venha com perguntas tolas sobre as notícias ou tente me apressar dizendo coisas como "Quem lê tanto hoje em dia?". Olhamos burocraticamente os produtos da feirinha espalhados pelo asfalto. Enquanto eu namoro os lustres na rua das decorações, Leonor acende um cigarro. Na loja coletiva de design, em que diferentes artistas tentam, nem sempre com sucesso, descobrir uma nova função para objetos corriqueiros, o sistema de som está tocando uma versão em espanhol de "O tempo não para", de Cazuza. Eu sempre gostei especialmente do verso "eu vejo o futuro repetir o passado". Acho que disse isso a ela uma vez. Não sou fã de nenhuma música em particular, e sim de pequenos trechos especiais. Olhei para Leonor durante o refrão, buscando aquela comunicação sem palavras de antigamente, mas não encontrei nada. Exceto um pouco de irritação, uma sensação de tédio e de vontade de sair dali.

A expressão de Leonor não foi modificada nem pela vendedora de botões, que sobrevive do espólio do armarinho do pai morto há mais de vinte anos. Na solução de uma briga de família que se estendeu por décadas, ela fizera questão de ficar com o estoque de aviamentos dos anos 1960 e 1970. A mulher, já sessentona, vive de resgatar a memória paterna — se estivesse vivo, ele teria hoje uns cem anos. Resolvo levar um pouco de história para casa, compro uns botões transparentes grandes, cor de âmbar. Não sei se um dia vou usá-los, não vejo função para botões fora de peças de roupa, mas não me importo. Leonor sai de seu quase permanente estado de transe para questionar a utilidade da compra. Eu digo que quero fazer parte daquela família de alguma forma; ela me olha como se eu tivesse dez cabeças e vivesse em Marte. Penso em iniciar uma briga ao falar sobre o punhado de coisas inúteis que ela não para de levar para casa. Acabo desistindo, acho que já passamos dessa fase. Não tenho mais forças para discutir, então pego o meu saquinho pardo e agradeço pelos botões.

— Podem ficar bonitos em um casaco azul — digo para a vendedora, que se apressa em concordar comigo.

Ela me agradece efusivamente e me oferece um brinde. Eu não sei o que escolher, por isso recuso. Faço questão de levar comigo a notinha antiga só porque gostei da impressão em letras cifradas no papel-jornal.

É incrível que, apesar do vento frio de junho, as ruas estejam tão cheias. Feriado no Brasil, ruas lotadas de gente falando português sempre um pouco mais alto do que o necessário, comprando quinquilharias em que se lê "Argentina", "Boca Juniors" ou "Quilmes", como se isso fosse a coisa mais original do mundo. Viajantes de suvenir. Leonor odeia os turistas. Gosta de acreditar que é uma local e age como se fosse uma. Um dia, eu estava de mau humor e fui obrigado a lembrar-lhe que ela nascera em Rio Preto, onde os erres são mais acentuados.

— É, mas eu me sinto daqui — disse.

— E eu sou de Frutal e me considero de Berlim — respondi.

Costumo ganhar esse tipo de discussão, só que me sinto mal em seguida. De qualquer forma, ao contrário de Leonor, creio ter uma espécie de cumplicidade com os turistas. Ou minha conexão, na verdade, é com a cidade. Andando na direção contrária à deles, o que parece ser sempre o caso, tenho vontade de pará-los e perguntar:

— Ela não é linda?

Linda não é bem a palavra certa. Se Paris é uma mulher moderna e elegante, vestida nas melhores roupas, porém intragável e inatingível, Buenos Aires é uma senhora já muito vivida, maltratada pelo tempo e por amantes, porém ainda capaz de, sob a luz certa, mostrar seu poder de sedução. Ou quem sabe Buenos Aires seja Mrs. Robinson. É isso, Buenos Aires é Anne Bancroft por volta de 1967. Acho que desvendei o mistério. Tenho vontade de dizer isso a Leonor, mas acho que ela não vai entender. Ou melhor: entender vai, só não vai se importar. Será que ela sempre foi assim?

Andando por horas, com aquele saquinho de papel com botões cada vez mais amassado na mão, percebo que Leonor ficou, ao longo do dia, mais distante. Tento me aproximar em alguns momentos, porém sem sucesso. Ela sempre arranja um jeito de estar à minha frente ou atrás de mim. Parece nunca se interessar pelas coisas. Não conseguimos tomar café porque não concordamos a respeito de um lugar — um que eu sugeri era cheio demais, os turistas falavam alto no outro, ela não gostava da variedade servida no estabelecimento seguinte. De repente, me dou conta de que Leonor ficou parada em uma esquina a, no mínimo, cinquenta metros, completamente entretida com o nada, desvendando, decerto, a história dos paralelepípedos da rua. Espero uns dois minutos para ver se ela se move ou se, pelo menos, me procura com os olhos por alguns segundos. Ando um pouco, olho para trás e constato que ela permanece no mesmo lugar, com a mesma expressão. Paro em plena rua, o tempo congela. Quase grito seu nome, mas desisto ao abrir a boca. Algo me silencia.

Embora o dia ainda esteja claro, as lâmpadas dos postes já se acenderam automaticamente. De certa forma, a cidade entende minha escuridão. Nunca tinha notado que, no fim da área hoje tomada pelos pedestres, há uma imensa fileira de árvores. Elas formam um arco de folhas sobre a rua. As luzes amareladas combinam com as folhas um tanto desbotadas de fim de outono. Boa parte delas já caiu, o chão está coberto de tons laranja, vermelho e ocre. Em pouco tempo, as árvores estarão nuas. Fico paralisado por essa paisagem, não sei por quanto tempo. As pessoas passam por mim, às vezes esbarram de leve, mas só penso na mão de Leonor pousando sobre o meu ombro, ela me dizendo para irmos para casa ou que é hora de fazermos uma refeição decente. Mas isso não acontece.

Penso em procurar Leonor mais uma vez, mas chega a hora de aceitar que não vai adiantar. Resisto e não olho para trás. Não quero mais vê-la, não quero mais nada. O cinza do céu deixa as luzes amarelas da rua ainda mais brilhantes. É melhor não tentar olhar as estrelas nem esperar que uma força cósmica me diga algo. Há um único caminho a seguir. A noite cai, o cheiro de vinho quente toma conta do ar e me embrulha o estômago. Um músico de rua afina a sua guitarra, fazendo um som estridente. Preciso caminhar, esvaziar o cérebro, não pensar. Todo o esforço concentrado em dar um passo depois do outro. À medida que sigo adiante, os sons e cheiros se dissipam. Em algum momento, desaparecem por completo e dão lugar a um silêncio que nem o vaivém de carros das avenidas de Buenos Aires consegue quebrar. É preciso ir em frente, ficar longe de San Telmo. Por quilômetros, prossigo em linha reta, tentando descobrir onde as fileiras de árvores acabam. Meus passos firmes cruzam avenidas, monumentos e bairros pouco seguros. Mantenho os braços cruzados para amansar o frio. Não sei para onde estou indo e não sinto nada. Para ter certeza de que estou vivo, pressiono o pacote de botões âmbar com toda a força contra o peito.

Hugo, segundo Carolina

Praça Vicente López

Entre as ruas Arenales e Uruguay, Recoleta

Um homem gordo, ofegante e com pelos nas orelhas está nu sobre mim. O suor lhe escorre pelas costas e faz minhas mãos escorregarem. Tento segurar, mas não posso. Sempre me disseram que tenho mãos pequeninas, como as de uma gueixa. Parece que vou me desequilibrar e cair. Não importa. Não estou mais aqui, viajei para um mundo completamente diferente. Um universo só interrompido pelos gemidos deste homem deselegante e atrapalhado que parece perder o ar ao tossir. Decido criar listas. Começo com o que fazer amanhã, depois, a escala dos aviões nos próximos dias, descubro quantos comissários de bordo ficaram doentes na semana passada e, finalmente, a minha preferida: tudo o que Hugo tem de perfeito. As coisas que o tornam diferente de todos os outros, o grande potencial que ninguém parece ver nele, as frases corretas ditas nas horas certas, os gestos nobres nos momentos difíceis, as ligações na hora em que ninguém mais parece lembrar que você existe. Não tem homem que possa me fazer esquecer isso, não tem grunhido estranho que possa distrair minha atenção. Quando dou por mim e olho para a cara esforçada dos homens casados buscando uma vida sexual melhor longe da mãe dos seus filhos, recorro também a um antigo jogo de adivinhação. Puxo pela memória para identificar em que voos eles viajavam e em que poltronas estavam sentados. Seria o 4B de Buenos Aires-Santiago ou o 17C vindo de Montevidéu? É um passatempo, uma forma de me afastar, me libertar, desaparecer. Raramente consigo ganhar na brincadeira que eu mesma inventei.

Os casos de uma noite não têm ajudado. Em uma quarta-feira, segunda ou sábado que parei em Córdoba, um médico chileno saindo de uma convenção me abordou no triste bar de um Tulip Inn mais triste ainda. Um cantor de tango meio desafinado, mas empenhado, buscava entreter estranhos que estavam só de passagem e eliminar de seus rostos, pelo menos por alguns segundos, a expressão de que eles preferiam estar em qualquer outro lugar. O médico me disse seu nome e, como sempre, não fiz muita questão de gravar. Ofereceu-me um drinque, eu disse que bebida era perda de tempo. Ele tremia enquanto tentava fazer funcionar o cartão que abria a porta de seu quarto. Disse-me que nunca tinha feito aquilo, porém eu não estava interessada em sua história. Tiramos a roupa sem nos tocar. Eu fugia dos beijos e evitava olhar seu rosto. Não queria saber dos olhos dele, preferia as ranhuras do teto. Então, ele fez algo incomum: pegou meu rosto entre as mãos fortes e fixou seu olhar no meu. A mulher que se despira do uniforme era tão mecânica e parecia tão desolada que o homem nu desistiu da oferta de sexo.

A boca dele se movimentava tão perto do meu rosto que eu só via uma imagem desfocada. Falava algo que eu não conseguia entender. Pousou os lábios em minha testa e estendeu-me sua camisa, que havia sido cuidadosamente colocada na poltrona do quarto. Não queria amassá-la, estava na estrada havia dias e precisava economizar roupas. Enrolou-me na única camisa branca de algodão que lhe restava, apenas o suficiente para esconder meus seios. Agarrou-me junto ao peito e me deixou ficar ali, por um longo tempo, sem dizer nada. Ficamos abraçados, ele mexendo no meu cabelo de vez em quando. Foi a coisa mais bonita que um estranho já fez por mim. No passado, poderíamos ter nos tornado amantes, marcado encontros fortuitos em hotéis de médio padrão sem jamais fazer perguntas. Eu até gostaria disso em outros tempos.

Mas meus sentimentos em relação ao Hugo me modificaram radicalmente. Não sei quando começou, mas o que me espanta é que o encantamento que deveria durar um mês ou dois, no máximo três ou quatro, já se estende por quase dois anos. Toda vez que vejo uma camisa bonita numa loja ou um relógio masculino recém-lançado, é a imagem dele que imediatamente me vem à cabeça. Penso em comprar, penso na expressão dele ao abrir o pacote. Já fiz isso algumas vezes, surpreendi-o com pequenas lembranças, e a reação de menino de sete anos, tão natural, fez meu coração disparar. Resolvi parar com isso, estava ficando viciada na sensação. Disfarçar, porém, não muda nada. Toda vez que entro em um *free shop*, e faço muito isso, consigo visualizar pelo menos três ou quatro presentes que gostaria de dar a ele. Para tirar essas ideias da cabeça, passei a me emaranhar em casos com homens em busca de uma noite de sexo antes de voltar para suas pencas de filhos. É uma vantagem do meu setor de atividade: acesso a viajantes longe de casa e a quartos de hotel de redes de respeito com geladeiras recheadas de minigarrafas de bebida alcoólica. Mesmo depois de tanto tempo, os quartos de hotel permanecem um mistério para mim. Não importa o que tenha ocorrido neles na noite anterior, não importa quanto você tenha se humilhado e se rebaixado ali. No dia seguinte, eles estarão imaculadamente arrumados para o próximo hóspede. Sempre que entro num quarto desses, pego-me imaginando quem dormiu naquele lugar no dia anterior e o que aconteceu. Um encontro secreto ou inesperado; alguém sozinho no escuro pensando em um caso que não levou adiante no passado; ou uma mulher solitária, respondendo a e-mails corporativos após as onze da noite, imaginando ter marido, filhos e hipoteca de uma casa de três quartos no subúrbio.

Quando racionalizo a situação e me lembro da paixão incondicional que Hugo tem por Leonor, penso que sou capaz de esquecê-lo. E tento enumerar as razões pelas quais o fato de eu estar apaixonada por ele não faz sentido algum. Digo a mim mesma: gosto de homens mais velhos; em geral, os de quarenta a quarenta e cinco anos são os que mais me atraem. Os olhos azuis me encantam, assim como os cabelos escuros com muitos fios grisalhos, a pele bronzeada e os peitos peludos. Altura também — quanto mais alto, melhor. E autoridade. Homem de verdade tem de ter autoridade, impor-se, não aceitar "não" como resposta. Hugo está bem longe dos quarenta — na verdade, acaba de fazer trinta e um. Não chega a ser cinco anos mais velho que eu. Seus olhos são negros como duas jabuticabas. Ele tem os cabelos claros, um tom acima do que é considerado loiro. Tem exatamente um metro e setenta e seis e pesa setenta e dois quilos, um típico homem de estatura mediana. A pele é clara. Fora algumas penugens nas pernas e uns fiapos avermelhados na barba e sob as axilas, faz inveja a qualquer mulher que precisa ir toda semana à depilação. E está sempre pronto para os desejos de Leonor. Prepara o jantar, paga as contas, faz o café da manhã. Chora por ela. Hugo não poderia estar mais longe do meu conceito de homem ideal. O que não entendo é por que, mesmo assim, não consigo parar de pensar nele.

Nos dias em que me convenço de todas as razões para não o amar, Hugo parece pressentir, pois, quando menos espero, o telefone toca, e é ele. Tenho conseguido me segurar por três dias, às vezes quatro, para não telefonar nem mandar uma mensagem, mas meu coração dispara toda vez que vejo seu nome no identificador de chamadas. É justo nesses momentos que ele tem a habilidade de aparecer e tirar da cartola os gestos mais lindos de que alguém é capaz, de fazer exatamente o que espero dele. Eu penso que só pode ser porque algo está dando errado com Leonor. E o mais curioso é que Hugo só existe para mim por causa de Leonor. De início, ela era minha amiga. Não amiga de fato... Estava mais para uma espécie de conhecida sempre presente.

Leonor veio para Buenos Aires antes de Hugo a fim de acertar o aluguel, organizar o apartamento e providenciar pequenos reparos antes da mudança. Sempre morei em Buenos Aires, sabia das armadilhas a evitar. Minha tia Roberta havia sido secretária do pai de Leonor, o professor Ernesto, e não vi motivo para não a apoiar. Leonor não me despertava qualquer sentimento especial, mas simpatizava com sua determinação em aproximar-se do pai, por isso não vi mal em apresentá-la à cidade e ajudá-la com as tarefas que precisava executar. Seria uma boa ação em nome de minha velha tia, que costumava me presentear com cremes Pond's e sabonetes com cheiro de talco. Dizia que uma mulher precisava saber cuidar de si mesma. E sabia que as mulheres precisavam também cuidar melhor umas das outras.

E então veio Hugo. Não demorou muito e minha atenção se transferiu para ele. Nos vimos pela primeira vez em um café dentro do mercado de San Telmo. Esperava uma versão mais jovem do professor Ernesto, um homem de poucas palavras que só falasse de assuntos maçantes. Mas Hugo é capaz de conversar de maneira muito séria sobre as coisas mais banais, como seriados de tevê. E de fazer graça sobre assuntos considerados muito importantes. É o que lhe permite analisar, por meio de piadas sobre brasileiros e argentinos, como o comportamento da sociedade se repete através dos tempos. Hugo é diferente dos professores universitários com quem já convivi, que parecem viver em um mundinho próprio, onde só existem livros e teses acadêmicas. Ele fala com a mesma desenvoltura sobre quadrinhos e a divisão de riquezas entre os hemisférios Norte e Sul, discorre sobre o empobrecimento geral do sul da Europa ou sobre a emergência do populismo na América do Sul com a mesma paixão com que faz a lista dos melhores episódios de *Seinfeld* e *Mad Men*. Com ele, tenho mais prazer em escutar do que em falar — e, sempre que digo algo, ele está com os olhos fixos em mim, como se meu argumento fosse a coisa mais interessante do mundo. Foi assim que, quando dei por mim, estávamos na quarta xícara de café. E não havia mais nada que eu pudesse fazer. Não adiantava lutar contra, tinha acontecido. Pela primeira vez, as canções de amor mais bregas começaram a fazer sentido para mim.

Talvez de modo inconsciente (na verdade, nem tão inconsciente assim), passei a evitar Leonor. Após tê-la ajudado com a mudança, quando carregamos uma pesada escrivaninha de estimação que ela trouxera do Brasil, Leonor prometeu fazer um jantar de agradecimento. Mas nunca me ligou para marcar a data. Não posso dizer que tenha ficado chateada nem que estivesse ansiosa por sua companhia. Nos dois anos seguintes, jamais fiz esforço para encontrá-la e só a via nas festas em que Hugo a levava como acompanhante. Nessas ocasiões, sentia-me culpada, mas sempre buscava um jeito de me convencer de que não havia razão para isso. Afinal, não tinha dormido com o namorado dela; estava apenas completamente apaixonada por ele.

Quando a situação entre Hugo e Leonor já não era das melhores, compareci, a pedido dele, a uma homenagem ao professor Ernesto em uma universidade. Hugo me garantiu que o coquetel teria boa qualidade, como exigem as regras não escritas da alta sociedade portenha. A recepção seria no apartamento do professor, em um daqueles prédios imponentes ao redor da praça Vicente López, na

Recoleta, daqueles em que a gente quer entrar somente para ver como os ricos de berço vivem. Lembro-me de tia Roberta elogiando o jogo de chá de porcelana de dona Lola, a esposa do doutor Ernesto.

Havia também outra razão para ele estender o convite a mim. Hugo não aguentava mais tentar controlar o comportamento de Leonor quando ela estava perto do pai. Sua vontade de agradar a deixava cega e não raramente era ignorada. Um silêncio constrangedor acabava sendo a resposta para seus comentários. Dona Lola era especialmente eficaz em deixá-la ainda mais embaraçada, pois dava um sorriso — às vezes, até uma risada curta — assim que a filha do marido fechava a boca. E mudava o assunto. Não sei se Leonor se dava conta da situação, mas acho impossível que não percebesse alguma coisa. Hugo não era tratado da mesma forma. As pessoas o respeitavam por ele saber calibrar a quantidade certa de desdém em relação aos sogros. Admiravam sua capacidade de manter distância. A verdade é que Hugo também não tinha grande apreço pelos textos de Ernesto. Era provável que algum amigo já tivesse feito isso chegar aos ouvidos do professor. Como não gostava de ser questionado sobre suas ideias, e era óbvio que apreciava ser bajulado por colegas que considerava moderadamente inteligentes, Ernesto mantinha distância. Era um acordo silencioso, um cessar-fogo não assinado bom o bastante para ambos.

Leonor seguia no caminho oposto, o da insistência, dos pedidos forçados de afeto. A filha do professor queria aparecer em uma foto. Naquele momento, no entanto, somente colegas de academia deveriam estar na imagem. Acabou sendo retirada pelo braço por dona Lola. Leonor ficou tão abalada que deixou a festa. Encontrei-a sentada no banco da praça em frente ao apartamento que ela enchia a boca para dizer que pertencia ao pai, mas que, segundo Hugo, era herança da família de dona Lola. Era tarde da noite, e ela se comportava como uma criança amuada. Não conseguia entender o que tinha feito de errado nem por que não a deixavam participar da vida do pai. Segurava um copo com líquido cor-de-rosa, vodca com cranberry; eu podia sentir o cheiro de longe. Sua escolha a fazia parecer com os adolescentes novos-ricos dos prédios vizinhos na praça Vicente López, aqueles mesmos que viajavam de classe executiva para a Europa duas vezes por ano, sempre à custa dos pais.

Leonor era o ser infantil em um mar de gente adulta, uma criança que perdera o pirulito e agora fazia birra tomando um drinque colorido. Todo mundo ali era crescido o suficiente para beber espumante, uísque ou vinho tinto. Nada de mau gosto, nada de sabor adocicado, nada com pequenos guarda-chuvas festejantes. Leonor sentia-se derrotada e estava com frio. Buenos Aires não estava dando certo. O problema não era só o pai. Confessou que as coisas com Hugo não iam bem. Não tinha mais forças, não aguentava mais. Não faziam sexo havia seis meses. Sempre gostei de pensar em Hugo como assexual para me poupar mais sofrimento. Isso funcionava como uma ferramenta para tirar do meu cérebro a ideia fixa sobre ele. A realidade, porém, não era bem assim. Pelo contrário: ele tentava — e muito.

Leonor confessou que era a culpada pela falta de ação no quarto do apartamento de San Telmo. Não conseguia mais, dizia para ele e para si mesma que era uma fase. Ela, porém, possuía total consciência de que isso não era verdade. Só de pensar em chegar perto de Hugo, ela já se sentia fria, e um grande vazio tomava conta de seu corpo. Virava para o lado e fingia dormir, tinha dores de cabeça, enxaquecas, indisposições. Tentaram conversar sobre isso, mas ela sempre saía com evasivas: "É normal, acontece com todas as mulheres". Por aqueles dias, não estava interessada. Perdia a calma quando ele tentava abraçá-la. Um homem tão compreensivo também a irritava. Perguntou-me se estava errada, se o que fazia era errado, se eu já tinha passado por isso. Pediu ajuda. Era muita informação para eu processar perto da meia-noite, e me lembrei de que faria vinte e sete anos no dia seguinte. Precisava de uma boa noite de sono antes de admitir que havia passado mais um ano sem nenhum grande projeto, sem fazer algo de que realmente me orgulhasse. Voltei ao apartamento para procurar Hugo e avisá-lo que eu estava de saída. Ele estava em uma rodinha de professores. Achei melhor não interromper, preferi evitar ter de olhar para seu rosto e pensar na energia sexual que ele vinha acumulando com as negativas de Leonor. Ao descer as escadas com o casaco dela nos braços, pois a filha do professor não tivera coragem de entrar de novo no apartamento, deparei-me com dona Lola, que fumava um cigarro no lobby espelhado. Parecia uma estrela de cinema perdida, conferindo sua imagem multiplicada por oito. Tentei me despedir, sem conseguir ter certeza de que ela me reconhecera. Parecia estar com dificuldade de encontrar o próprio caminho.

— Roberta, você está muito elegante hoje — disse-me. — Há quanto tempo não a via.

Fiquei sem saber como reagir ao ser confundida com minha velha tia, que estava com as pernas fracas demais para comparecer à recepção. Acho que dei uma risada nervosa, mas não a questionei. Disse que já era hora de ir para casa, que precisava trabalhar cedo. Tinha de chegar a tempo e preparar o chá do doutor Ernesto.

— A senhora sabe como ele é exigente com o chá — acrescentei, brincando.

— Roberta, quero que você saiba uma coisa — respondeu dona Lola.

Uma longa pausa se seguiu, ela ajeitou o cabelo, olhando para uma de suas faces projetada nos espelhos da parede. E então completou:

— Apreciamos muito o seu trabalho.

Trocamos um longo aperto de mãos.

Voltei à praça para me despedir de Leonor. Ela queria uma carona para casa, precisava sair dali. Relutante, aceitei fazer a gentileza, mas evitei um novo surto de troca de confidências durante o caminho. Pedi que fôssemos em silêncio. Não estava com vontade de conversar, minha cabeça latejava de dor. E acabara de ser confundida com uma senhora de oitenta anos com dificuldades de locomoção. Leonor pode ter achado estranha minha atitude, quis perguntar alguma coisa, contudo não protestou. Concordou em calar-se. Enquanto eu dirigia, às vezes ela me dizia para virar à esquerda ou à direita. Fora isso, ficamos praticamente mudas. Teria um dia cheio de trabalho pela frente, o que usei como desculpa esfarrapada para meu comportamento. Quando saiu do carro, Leonor estava tão acostumada a não falar nada que nem sequer agradeceu. Não me importei muito com o jeito dela. Não pude deixar de pensar que ao menos poderia ter me desejado felicidades. Tenho a impressão de que Leonor é aquele tipo de gente que costuma se fechar tanto em si mesma e em suas necessidades que os outros apenas deixam de existir.

No dia seguinte, seis da manhã, tocou a campainha de casa. Eu, tentando ficar pronta a tempo de pegar o táxi, nem sequer havia tomado um café. Abri a porta e vi Hugo com um muffin na mão, no qual havia um "feliz aniversário" meio torto escrito em confeitos coloridos. Era cedo demais, e eu precisava de tempo para processar o que agora sabia sobre ele, uma fonte inesgotável de energia sexual esperando para ser libertada das garras de Leonor. Seu sorriso radiante, contudo, acabou derretendo o meu humor gelado. Já que eu teria de trabalhar o dia inteiro, Hugo decidiu que não me deixaria sozinha. Havia comprado uma passagem para o meu primeiro trecho do dia — ida para Córdoba e volta para Buenos Aires — apenas para que eu visse um rosto conhecido nas primeiras horas do meu aniversário. De início, pensei que só um homem sem sexo há seis meses seria capaz de fazer isso. Mas acabei aceitando a gentileza. Estava com pressa e disposta a coletar qualquer migalha de afeto jogada em minha direção.

Hugo costuma dizer que gosta de me ver trabalhar porque tem a impressão de estar assistindo a uma peça de teatro. Por algum motivo, a companhia aérea escolheu estampar Carol no meu crachá, em vez de Carolina. É como se fosse uma personagem que eu representasse diariamente, com a precisão quase robótica de uma atriz de teatro que já interpretou o mesmo texto milhares de vezes. Carol é um pouco mais afetada que eu. Tem um sorriso franco e se mostra sempre disposta a ajudar. O vocabulário em inglês que precisa usar em seu dia a dia está decorado no melhor dos sotaques, o cabelo negro é sempre amarrado em um coque bem-cuidado e os lábios vermelhos, iluminados pelo batom que combina com o lenço que a companhia aérea a obriga a amarrar em volta do pescoço. Nos dias mais estressantes, o figurino, por alguma razão, lhe dá alergia. O pescoço fica vermelho por causa do contato com o tecido do lenço. Nunca me ocorreu reclamar com a empresa. É um problema da Carol, não da Carolina.

Ter Hugo me acompanhando no meu aniversário serviu também para confirmar o que me parecia óbvio: a relação com Leonor, sólida na superfície, era um navio prestes a afundar. Fiquei um pouco incomodada por ele não ter me dito nada sobre seus problemas. No lugar de conversar sobre o assunto, admitir que havia algo errado, tem ficado cada vez mais presente e disponível.

A decisão de fazer uma viagem de avião só para agradar a uma amiga pode parecer empenho demais para a maioria das pessoas. Normalmente, essa disponibilidade masculina me assustaria, e minha primeira reação seria me afastar. Mas com Hugo não é assim. Ele tem a capacidade de fazer o que lhe dá na cabeça de maneira espontânea. A sinceridade envolvida em seus atos é tamanha que acaba anulando a estranheza que, a princípio, eles podem gerar. Com ele ali, sorridente, enquanto eu demonstrava as instruções de segurança para os passageiros, imaginei o que teria dito a Leonor. Peguei-o olhando pela janela alguns minutos depois e concluí que talvez ela nem tivesse perguntado aonde ele ia. A rejeição lhe imprimia um ar triste de vez em quando, como se se lembrasse daqueles momentos constrangedores de silêncio que parecem se multiplicar ao fim de uma relação. Duas pessoas vivendo juntas e sempre se esbarrando pelos cômodos da casa sem nunca encontrar o ponto de equilíbrio que antes parecia natural. Não tive ilusões de que a surpresa que Hugo tinha armado para mim representasse alguma ameaça ao que ele sentia por Leonor. Só transparecia que ele não queria lidar com a situação.

À uma hora, de volta a Buenos Aires, ele saía do avião com um sanduíche extra do serviço de bordo que lhe dei. Parecia um condenado destinado a ir para a guilhotina. Fiquei com pena dele. No desembarque, prestes a passar pela porta do avião, sua expressão mudou ao chegar perto de mim. Um sorriso tomou conta de seus lábios.

— Nos vemos hoje à noite, certo? — perguntou.

— Eu só volto para a cidade depois das oito. Ainda tenho mais dois trechos — respondi, meio assustada.

— Sem desculpas. O seu aniversário não pode acabar sem um jantar especial. É claro que eu vou convidar. Me liga quando pousar.

E saiu sem dar maiores explicações sobre a programação.

Meu último voo do dia atrasou. Mesmo assim, resolvi passar em casa para tomar um banho e acabei chegando atrasada ao restaurante, que estava cheio. Ele foi específico no SMS que me enviara à tarde ao dizer que precisávamos estar no local às nove e meia. Mas eram mais de dez da noite, e tínhamos perdido nossa reserva. Desde que me entendo por gente, Buenos Aires é assim. Tem centenas de restaurantes vazios e uns dois ou três onde todo mundo quer ir e está disposto a esperar horas a fio por uma mesa, de costas para o salão, para jantar às onze da noite. Voltamos ao fim da fila e fomos confinados na apertada sala de espera. Enquanto nos espremíamos entre outros casais em um sofá — às vezes, era difícil para mim lembrar que não éramos um casal —, começou a tocar uma versão de "Sea of love". Depois descobri que o nome da cantora é Cat Power. A música dura uns dois minutos, e o arranjo se resume a algumas cordas de violão, que parecem repetir as mesmas notas. Foi quando Hugo olhou nos meus olhos e apenas ficou em silêncio. Ele encostou sua cabeça no meu ombro, acariciou meus cabelos e depois os meus braços — eu havia trocado o uniforme de manga comprida por um vestido de verão. A echarpe de seda que envolvia meus ombros era um antídoto contra o incômodo causado pelo lenço de fios sintéticos da companhia aérea. Por um minuto, o mundo parou e, naquele instante, não existia mais ninguém. Nenhum passageiro malcriado, nem homens gordos e peludos em quartos de hotel, nem escalas apertadas para montar. Até Leonor desaparecera. Cheguei a imaginar que ela jamais tivesse existido.

Já no fim da música, ele me olhou diretamente nos olhos. E eu entendi que não era eu, aquilo tudo não era para mim. Era o momento de outra pessoa, o amor direcionado a alguém que não estava presente para recebê-lo. Dei um jeito de sair rápido do sofá por um tempo. Disse que precisava ir ao banheiro, mas basicamente fiquei lá me olhando no espelho, perguntando quando é que eu daria um basta naquela situação. Não consegui mais conversar direito com ele, passei o restante da noite falando de amenidades e dando respostas pouco elaboradas ao que ele me perguntava.

Nas semanas seguintes ao jantar de aniversário, inventei uma longa lista de subterfúgios para não encontrar Hugo. Não respondia às ligações mesmo querendo desesperadamente fazer isso. Sempre estava ocupada, havia trabalhado demais, tinha de encontrar um amigo imaginário para um cinema, as meninas estavam dando uma festa, precisava colocar as roupas em dia. Ele acabou desistindo, acho que entendeu a mensagem. Hoje, fiquei jogada o dia inteiro no sofá, vendo seriados genéricos na tevê e pensando em quanto não queria servir salgadinhos e refrigerantes amanhã.

Domingo, tarde da noite, não há nada decente passando na tevê. Assisto a um programa de debates sem interesse. A campainha toca. Duas, três, dez vezes, penso que é um mendigo pedindo alguma coisa. Mas não. É Hugo. Abro a porta e ouço-o fazer barulho enquanto sobe as escadas, correndo. Fico em pé no corredor e vejo-o chegar. Descabelado, ganha um aspecto desesperado que lhe imprime um ar de perigo, algo que nunca associei a ele. Está pouco agasalhado. É início de junho, a noite está bem fria mesmo para esta época do ano. Sei disso porque já faz pelo menos uma semana que troquei o vinho branco pelo tinto. Ele para diante de mim, ainda no corredor, carregando um pacotinho amassado na mão, e só diz uma palavra:

— Acabou.

Penso que vai desandar a chorar, fazer um escândalo, mas ele fica ali parado, como um cãozinho comportado esperando que o dono lhe conceda o direito de entrar em casa. Por alguns segundos, fico sem saber o que fazer. Também digo só uma palavra:

— Entra.

Ele fica em pé no meio da sala, e eu lhe digo para sentar-se. Corro para o quarto e volto carregada de travesseiros e lençóis brancos limpos para que ele possa dormir no sofá. Ele, de repente, pega a minha mão com força de homem, me agarra pelo pulso e senta-se comigo. Olha bem nos meus olhos e me dá um beijo longo, calculado, acho que por um minuto inteiro. A língua desliza agradável e sem esforço pelo céu da minha boca, sinto todo o meu corpo esquentar. Me afasto. Olho para ele, está suado, ofegante. Olhos negros e apagados. Começa a tocar meu pescoço, meus seios, a beijar minha orelha. Eu tento manter a calma e continuo a remover suas mãos do meu corpo, só que retribuo os beijos. Ele me agarra com violência, e percebo que mantém os olhos fechados.

Reúno forças e digo que é hora de dormirmos. Meu sangue ferve, e as pontas dos dedos das minhas mãos formigam. Não posso ser a substituta de Leonor, não posso ser a válvula de escape para outra relação infeliz. Já fiz muito isso, não quero; com Hugo, não quero. Preciso de tudo, não vou aceitar menos. Digo que ele deve estar cansado e que, se quiser tomar um banho, tem uma toalha limpa no banheiro. Pode usar a banheira, se preferir. Começo a falar sobre os quatro cômodos da casa como se alguém precisasse de um mapa para se guiar por eles. Diante da situação, lembro-me do homem de negócios suado que me abraçou durante aquela noite calorenta em Córdoba. Quero fazer o mesmo com Hugo, mas sei que não posso. Se abraçá-lo agora, não vai parar por aí. Enrolo-me no roupão, amarro bem a faixa na cintura com duas voltas e pouso meus lábios na testa de Hugo sem deixar que ele me toque novamente. Consciente, resolvo me afastar para deixar o momento se esvair. Digo a mim mesma que amanhã tudo vai ficar mais claro, que tudo o que ele precisa é de uma boa noite de sono. E que tudo o que eu preciso é de uma boa noite de sono. Um abrigo é somente o que eu posso oferecer agora sem derrubar a muralha de segurança que acabo de construir.

Vou para o meu quarto e vejo que ele está se despindo para tomar banho. Espio por alguns segundos pela fresta da porta. Vejo-o nu. Ele percebe e para, virado para mim. Melhor não ir adiante. Hesito por mais alguns segundos. Fecho a porta. Ando de um lado para outro no quarto. Estou fazendo a coisa certa. Repito. Estou fazendo a coisa certa. Então, por que não me sinto bem? Livro-me do roupão, penduro na arara. Apago a luz. Tiro também a camisola, devagar. Abro a porta novamente, e a luz da lâmpada da sala invade o quarto. Ele está de frente para mim, exatamente na mesma posição de segundos atrás. Sento-me na cama e olho na direção dele. Permito que ele se aproxime sem dizer uma palavra. Nenhuma palavra. Enrubesço à medida que ele se movimenta em direção ao meu quarto e posso perceber melhor os contornos de seu corpo. Fecho os olhos. Ouço passos cada vez mais próximos, um discreto movimento da porta. Imagino o calor dos pés de Hugo deixando marcas quase invisíveis no piso de madeira. Tento controlar minha respiração. Sinto o calor de suas mãos antes que ele me toque.

Hugo, segundo Eduardo

Livraria Caligari

Bogotá, 101, Caballito

Uma das coisas que todo argentino deve saber sobre Hugo é que, sempre que ele fica bêbado, começa a sentir uma profunda indignação por ninguém em Buenos Aires conhecer o rock brasileiro dos anos 1980. Nenhum portenho nunca ouviu falar em Legião Urbana, Barão Vermelho ou Os Abóboras Selvagens. Talvez um ou outro possa conhecer Cazuza, um pouco de Lulu. Digo a Hugo que gosto de Ney Matogrosso. Ele me corrige, sem paciência, dizendo que isso não é nada rock'n'roll. Quando passa dos limites da bebida, Hugo se permite deixar levar pela nostalgia e insiste que essa era uma época em que as letras significavam algo, tinham ousadia, poesia, falavam de problemas sociais.

— Como assim, você não conhece? — ele grita para desconhecidos.

— Os Engenheiros do Hawaii... — Hugo pronuncia Ingenieros del Hawaii, misturando espanhol e inglês de um jeito meio atrapalhado — São gaúchos, o Rio Grande do Sul é aqui pertinho...

Ele argumenta, argumenta, como se fizesse alguma diferença. Pergunta a um por um, a todos no bar, e só recebe negativas. Não, Caetano não conta.

— Fazer o quê? Somos argentinos. — É tudo o que consigo dizer para consolá-lo.

Se fossem fazer um quiz no Brasil sobre as músicas que eu gostava quando era adolescente, garanto que ninguém conheceria também.

— Eu conheço — responde Hugo.

— Mas você é anormal — sou obrigado a responder.

Uma vez, ele descobriu, por algum acaso do destino, uma versão de "Infinita Highway", aparentemente um clássico, na lista de um bar de caraoquê. Cantou três vezes, até ser retirado do palco. Acho que a música deve ter uns dez minutos, e nem mesmo eu, que convivo com um brasileiro há algum tempo, consigo tirar algum sentido da letra. Entendo o Hugo. Às vezes, uma música que todo mundo considera tola pode significar muito para a gente. E é inútil tentar explicar ou convencer os outros de nossas razões, até porque algumas vezes elas não existem.

A versão bêbada de Hugo também gosta de deixar tudo às claras. O que fica a maior parte do tempo subentendido passa a ser explícito. Ele me abraça, me beija o rosto, abraça de novo e diz que me ama. Poderia levar a confusões, já que Hugo é hétero e eu, gay. Estaria mentindo se dissesse que nunca usei um momento de embriaguez dele para ir um pouco além. Aproveitar um abraço e ficar agarrado mais um pouquinho, transformar um beijo no rosto em dois ou três ou até num selinho. Dormir na mesma cama, às vezes fazendo um carinho no pescoço ou no ombro. Mas isso foi bem no começo. Lá atrás, quando ele era pouco mais do que aquele brasileiro que conheci tentando se enturmar em uma festa na casa da Carol, falando espanhol bem devagar para não cair nas armadilhas do portunhol.

Quando dei por mim, o mais trivial dos encontros se tornou uma amizade completamente fora do comum. Tanto que, com o tempo, tentar arrancar qualquer tipo de bônus não intencional de alguém meio fora de si, só para provar algo ou satisfazer um desejo que nunca consegui identificar nem explicar bem, começou a me deixar culpado. A amizade passou a existir por si, a se justificar pelo que é. De certa forma, sou grato a isso. Quando analiso minha vida amorosa até o momento, não vejo nada remotamente parecido com o que Hugo me oferta. Não existe ninguém a quem eu possa ligar às duas da manhã e me queixar de alguma coisa, que venha me buscar no hospital depois de uma cirurgia ou vá a uma festa chata só para me fazer companhia.

Hugo é aquele que vê você cometer os mesmos erros e que ouve as mesmas histórias sobre aquele namoro falido que você não consegue terminar ou sobre aquele caso de amor impossível de ser superado. E acredita, de verdade, que você tem capacidade de encontrar algo melhor. Ele me ouviu por horas a fio reclamar do Tomás, um rapazinho de vinte e poucos anos que, tenho quase certeza, roubou meu iPhone. Qualquer pessoa que tenha o mínimo de respeito próprio jamais deixaria alguém que provavelmente lhe roubou voltar uma segunda vez à sua casa. Num sábado à tarde, vazio, o telefone tocou, e era Tomás. Convidou-se para aparecer, e eu concordei. A reação de Hugo quando contei que o deixei de novo vir à minha casa foi de preocupação genuína, sem um resquício de juízo de valor ou reprovação.

— Sumiu alguma coisa dessa vez? — Limitou-se a perguntar.

— Não.

— Ficou de olho?

— Fiquei.

E ele não conseguiu conter o riso.

— Deve ser difícil ser você. Depois da transa, precisa virar araponga, não pode nem ir ao banheiro. Cuidado com quem você leva para casa.

Hugo e eu, no amor, somos bastante diferentes. Ele acredita em insistir numa ideia até que ela dê certo. Eu busco pular fora tão logo as coisas ficam complicadas. Ao tentar viver uma vida leve, acabei cheio de companhia e, ao mesmo tempo, sem ninguém. Acreditando que o amor é para toda a vida, Hugo chegou a Buenos Aires para morar com Leonor. Vive em San Telmo, um bairro que, exceto aos domingos, é uma parte da cidade suja e malcuidada que tenta, pretensiosamente, se vender como moderninha. Chego a pensar que a peste, que dizimou milhares ali séculos atrás e motivou a construção de bairros novos, como Palermo e Recoleta, está sempre à espreita. Hugo diz que gosta. Paga um aluguel absurdo para morar em um prédio antigo e mal reformado. Convive bem com os encanamentos, que às vezes entopem, e com a água, que nem sempre esquenta. Seu problema é outro e não pode ser resolvido por um faz-tudo. Leonor se fechou eternamente para ele, e só falta Hugo admitir essa realidade em voz alta. Ele já está sozinho, não tem é coragem de admitir isso. Pelo que consigo entender das histórias que me conta, ao longo da vida, seus amores sempre se pautaram pela quantidade de insultos que uma garota consegue ser capaz de jogar sobre ele. Quanto mais, melhor. Seu convívio com Leonor se tornou um constrangimento que parece não ter fim. Perguntas sem respostas, longas pausas e uma espera por algo que nunca vai acontecer. Quero falar isso para ele. Porém, tenho medo de magoá-lo, ofendê-lo, fazê-lo sofrer. É um beco sem saída. Busco uma forma de ajudar, procuro dar uns conselhos disfarçados, porém não sei se pressionar o dedo na ferida vai trazer algum benefício. Então só retribuo o que Hugo sempre faz por mim. E escuto o que tem a dizer.

É fácil enxergar o óbvio na vida dos outros. É claro que Leonor trata Hugo com vileza para forçá-lo a notar que ela está a ponto de explodir de ódio e frustração pela cegueira dele. O que não entendo é por que, em vez de ficar apontando a porta de saída, ela mesma não a abre e acaba com isso de uma vez. De alguma forma, ela se alimenta da dedicação dele. Deve tirar algum tipo de prazer ao falar de professores de dança com uma admiração ímpar e ao elogiar seus colegas de curso de teatro extremamente interessantes enquanto ignora o homem que tem em casa. Leonor trata a mim e aos amigos em geral com a boa educação que deve ter recebido, mas, quando Hugo está por perto, ela se transforma em uma caricatura, uma espécie de vilã unidimensional. Quando não dispara um comentário direto sobre a falta de refinamento ou de informação do namorado — o que não tem a menor correspondência com a realidade —, lança olhares desaprovadores sobre qualquer coisa que ele diga para os presentes, como se se desculpasse por estar com ele. Dá vontade de sacudir Hugo e dizer:

— Sai correndo agora, enquanto é tempo!

Falta de amor-próprio é um mal que acomete diversos tipos de seres humanos — eu permito que me roubem o telefone, ele permite que lhe roubem a dignidade, que o desrespeitem em público.

O lado bom de Leonor querer manter a máxima distância de Hugo é que ele está com mais tempo para mim. Resolveu que era hora de eu deixar de ficar tanto em casa. Eu andava meio deprimido, achava que era melhor me recolher e rever filmes antigos do que seguir repetindo o mesmo padrão falido ao conhecer alguém. Usei a necessidade de companhia de Hugo como desculpa para retornar aos clubes que havia deixado de frequentar por meses. Pelo que conheço de Hugo, é claro que ele preferia estar usando a madrugada para ficar juntinho de Leonor, beijando-a sem parar debaixo das cobertas. Duvido que os desejos do ideal de amor de Hugo tenham se tornado realidade por mais do que alguns meses, pois não consigo me lembrar de Leonor a não ser como uma mulher de aparência fria e olhar vazio. Às vezes, pergunto-me o que tanto ele vê nela, como ele pode amar alguém que vive sempre tão distante e que não parece ter interesse algum em se reaproximar. Enquanto lutava, sem êxito, para tirar a namorada do constante estado de torpor, Hugo mergulhava na noite gay de Buenos Aires. Dos melhores clubes aos mais tristes inferninhos. Para o roteiro ficar completo, só faltava o restaurante com show de *striptease* ao vivo. Basicamente, um homem tira a roupa enquanto as pessoas jantam. Um espetáculo deprimente temperado por comida ruim. O fortão dança em volta das mesas. Homens enrolam no garfo suas massas muito cozidas com molho instantâneo. De tão decadente, chega a ser cômico, virou quase um programa para dar risada.

É claro que ninguém vai a um lugar desses pelo refinamento do cardápio. Mas os drinques são surpreendentemente bons, e é melhor estar bêbado. Evitar olhar-se nos espelhos que decoram a parede também ajuda. Ninguém vai ali para pensar na vida. Na realidade, todo mundo está tentando esquecer alguma coisa. Ao contrário da atração principal, que lembra uma figura saída de uma revista pornô barata, os garçons sempre me chamaram a atenção. Rapazes parecidos com os que a gente vê no metrô ou na banca de jornal em um dia qualquer. Com a diferença que, naquele bar, são instruídos a agradar os clientes ao máximo. Tudo, claro, em troca de uma gorjeta generosa. Enquanto servem uma taça de vinho, oferecem massagens nos ombros e estão até dispostos a trocar uns beijinhos com os frequentadores solitários.

Hugo ficou impressionado com os dotes da atração principal, expostos em plenitude na mesa, bem ao lado dos nossos talheres. Aplaudiu, assoviou alto e, em seguida, caiu num ataque de riso. Logo após o show, encontrei o rapaz que se expusera na frente de todo mundo se trocando no banheiro. Era do tipo tímido. Assim que terminou de se vestir — calça jeans, camiseta, uma jaqueta decorada com uma enorme letra A e um boné na cabeça —, saiu de modo discreto, movendo-se pelo bar de cabeça baixa. Recebeu o cachê do show e as gorjetas no caixa, em dinheiro. Abriu a porta vermelha e saiu, mas eu ainda podia vê-lo do outro lado da janela, na rua. Caía uma chuva fina, e ele apertava os braços contra o corpo para espantar o frio. Refletiu sobre suas opções, olhou para os lados e optou por enfrentar o sereno. Bateu em mim uma vontade súbita de sair correndo dali e nunca mais voltar. Naquele exato momento, porém, eu não podia. Naquela noite, os papéis haviam se invertido: eu teria de cuidar de Hugo.

Ele havia bebido com mais vigor do que o costume. Mal tocamos na comida feita sem o menor empenho. No entanto, as garrafas de vinho não paravam de ser servidas na mesa. Quando me dei conta, as três primeiras já estavam vazias. Então, o nosso garçom, que se identificou como Daniel, aproximou-se e nos cumprimentou, dizendo que nunca havia visto um casal tão estranho. Hugo estava satisfeito por se integrar ao ambiente, por ser confundido com um de nós. Eu logo respondi que não estávamos juntos, éramos apenas amigos. Daniel, seguindo as instruções do patrão, ofereceu-me uma massagem nas costas, o que de início me deixou um pouco incomodado. Só fui relaxar lá pela terceira oferta de carinho. A massagem valia a pena. Mãos fortes, definitivamente. Ele pareceu se ofender quando abri a carteira para presenteá-lo com a gorjeta. Recusou o dinheiro. Não entendi sua reação, pois estava disposto a jogar pelas regras da casa por uma noite. Ao mesmo tempo, esse gesto me fez sentir especial, superior. Eu ainda merecia uma massagem grátis. Um breve momento de satisfação que foi seguido do mais profundo desalento. Senti-me só como nunca antes, como se estivesse prestes a me jogar de uma ponte em troca de uma fagulha de afeto.

Fiquei me perguntando se esse Daniel era sempre assim, tão solícito. Exercitar um charme meio barato todas as noites devia ser um trabalho exaustivo. Mas ele continuou a me surpreender. Além de selecionar de quem aceitava dinheiro, demonstrou captar sutilezas. Gostei quando compreendeu o sinal de que deveria parar de encher a taça de Hugo. Isso me obrigou a beber quase uma garrafa inteira de vinho, mas evitou que meu amigo extrapolasse ainda mais seus limites. Se já não estivesse embriagado, Hugo teria estranhado minha atitude. Mesmo estando perto dos trinta e cinco anos, ainda sou fraco para álcool. Precisei ir devagar, mas dei conta do vinho todo, impedindo que Hugo voltasse a se servir. Pelo jeito, levei muito tempo. Quando finalmente estávamos prontos para ir embora, toda a audiência do show já devia ter se transferido para uma boate barulhenta em algum ponto da cidade. Sobramos Hugo e eu no restaurante, ambos em estado deplorável. Apesar da insistência dele para continuarmos ali e pedirmos mais uma, levantei-me meio cambaleando e caminhei em direção à porta. Paguei a conta e, um tanto irritado, fiz um sinal com as mãos para Hugo, indicando que a noite havia terminado. Os rapazes já estavam limpando o restaurante e começavam a posicionar as cadeiras sobre as mesas.

Enquanto ajudava Hugo a dar conta do casaco e do cachecol, fui informado por nosso garçom de que ele era proprietário de um carro. Podia nos dar carona. Eu disse que não, que pegaríamos um táxi. Estava frio, chovia, e não queria que ele se desviasse de seu caminho. Ao mesmo tempo, eu estava cada vez mais suscetível a gentilezas. Daniel já tinha terminado seu turno e avisou que só iria pegar o dinheiro da noite e nos levaria para casa. Fazia questão. Do lado de fora, a luz avermelhada daquela noite dava esperança de que uma manhã de sol tomaria conta daquela rua quase abandonada, de prédios caindo aos pedaços e umas poucas pessoas passando apressadas, com medo de serem assaltadas. Era um canto cinza da cidade, iluminado apenas por uma placa de neon verde que algum comerciante se esquecera de apagar. Coincidentemente, o carro que nos levaria para casa, e me ajudaria a economizar uma corrida de táxi, também era verde. Era um modelo quadradão da Dodge, certamente dos anos 1960, que nosso motorista estava prestes a vender. Tinha uma placa presa no vidro com o número de um celular. Na placa, confeccionada a mão, estava escrito: "Oportunidade rara". Era a minha última chance de celebrar um clássico.

Apesar de a pintura externa estar um tanto enferrujada, o interior era impecável. A manivela abria a janela sem chiar muito, os bancos de couro envelhecido estavam em bom estado de conservação e o retrovisor de metal niquelado dava um charme à moda antiga a todo o conceito do automóvel. Eu pensei que, se esse cara não fosse garçom em um restaurante gay, poderia ser um tipo interessante. E me senti mal com esse pensamento. Afinal, ele estava sendo gentil comigo. Que diferença fazia a profissão dele? Eu já tinha me apaixonado no passado por bem menos do que uma massagem nas costas e uma carona. Estatura mediana, cabelos escuros, braços peludos, cara de marrento, mas com um sorriso branco intenso que insistia em me desarmar. Quase não falava, só respondia ao que lhe perguntavam. Pelo sotaque, chegara do interior da Argentina não havia mais de dois anos. Devia ter entre vinte e sete e trinta e dois anos, no mínimo uns três anos a menos que eu. Não achei que fosse uma pessoa perigosa. Sempre me pareceu mais fácil encontrar um psicopata num Mercedes-Benz do que num Fusca. Como não tínhamos ar-condicionado, abri o vidro para deixar que as gotas de chuva caíssem sobre o meu rosto quente e avermelhado pelo vinho. Hugo, esparramado no banco de trás, parecia prestes a apagar. Mandei-o viajar com a cabeça para fora do vidro por segurança. Não poderia permitir que maculasse aquele veículo cuidado com tamanho zelo. Ele começou a cantarolar alguma coisa em português.

— Se começar a cantar agora, vou te dar um murro no meio da cara — disse eu.

Ele se calou. Nosso motorista sorriu. Será que estou me apaixonando pelo garçom? Era só o que me faltava.

Era óbvio que teria de carregar Hugo para casa. Ele estava deitado, falando algo sobre Leonor. Eu não queria ouvir, tinha no que me concentrar no banco da frente. Para quebrar o silêncio desconfortável, Daniel girou o dial do rádio antigo e parou na 102,3, minha rádio preferida de Buenos Aires. Começava "Every day is like Sunday", dos Smiths, que escutamos até o fim. Como eu não morava longe, a música nem sequer havia acabado quando apontei a portaria do meu prédio, e ele estacionou. Esperei os últimos acordes acabarem, talvez uns vinte ou trinta segundos, para agradecer a carona e me desculpar por meu amigo inconveniente. Tentei tirar Hugo do carro, mas suas pernas e braços estavam entregues à gravidade do próprio corpo, um ser invertebrado mais pesado do que parecia. Era impossível tirá-lo do carro sozinho sem ter de arrastá-lo pelos pés. Daniel, em silêncio, começou a ajudar.

Pensei em dizer que não precisava, que poderia dar conta de Hugo, que era apenas uma fase difícil. Por fim, calei-me e resolvi aceitar a oferta. Àquela hora da noite, estava cansado e me permiti admitir, silenciosamente, que não faz mal nenhum ter alguém a seu lado para ajudar em tarefas que você é capaz de fazer sozinho. Daniel me auxiliou com a porta do prédio e depois abriu e fechou as grades corrediças manuais do elevador. Entreguei-lhe meu chaveiro para que eu pudesse carregar Hugo para dentro. Enquanto ele se atrapalhava para descobrir a chave certa do apartamento, Hugo retornou à vida com uma rara lucidez quando o assunto era Leonor.

— Ela não me ama, Edu — anunciou.

— Eu sei. Mas você não vai morrer por isso. Te garanto.

Me virei para Daniel e justifiquei:

— Problemas sentimentais.

Mais uma vez, ele só me olhou. A capacidade de ficar em silêncio no momento certo é uma qualidade que me agrada. Nunca tinha me dado conta disso. Derrubamos Hugo no sofá, e eu já me preparava para agradecer e me despedir de Daniel quando meu amigo bêbado protestou. Disse que precisava de um café antes de dormir. Eu respondi, sem paciência, que não tinha café nenhum. Daniel interveio, falou que passaria o café e que eu poderia ir dormir se quisesse.

— Não te preocupes, não sou ladrão.

Daniel falou isso em tom sério e definitivo, como se um voto de confiança tão tarde da noite fosse algo muito significativo para ele. Por compaixão ou preguiça, concordei. Fui para o quarto e fechei a porta sem trancar. Precisava confiar em um ser humano por uma noite. Por precaução, levei carteira e iPhone comigo e dormi com ambos debaixo do travesseiro.

Quando acordei, na manhã seguinte, a casa estava tomada por um cheiro de fritada — os restos de cebola, tomate e pimentão da geladeira tinham sido misturados de forma inteligente. Encontrei Hugo debruçado sobre um prato e vestindo uma camisa minha, atrasado para ir à universidade. Daniel havia passado a noite ali, espremido em algum canto. E cozinhara, de alguma maneira inconsciente eu soube que tinha sido ele. Eu deveria abandonar minha regra de não tomar café da manhã e experimentar. Ajudaria a curar a ressaca. Fui ao banheiro e ainda nem tinha acordado direito quando vi Hugo se despedindo e correndo porta afora. Vi também que meus desenhos haviam sido remexidos com cuidado. Os cadernos estavam mais bem empilhados que de costume. Procurando uma xícara para o café, deparei-me com um bilhete grudado na geladeira. Frases soltas: "Os desenhos são incríveis. Pode ficar tranquilo.

Garanto que não está faltando nada". Um número de telefone. E as fritadas. Realmente deliciosas. Imaginei Daniel ajeitando a roupa antes de sair, a camisa branca cuidadosamente arrumada dentro da calça preta do uniforme, os cabelos penteados com água para trás. O carro demorando para pegar, e ele tomando o cuidado de sair antes do trânsito pesado para chegar em casa e não perder horas de sono. Gostei do bilhete, e realmente estava tudo em seu lugar, mas decidi jogá-lo no lixo. Precisava ir devagar, pensar melhor antes de me atirar em uma história nova. Chega de bater cabeça.

Hugo me ligou naquela tarde e deixou um recado na secretária eletrônica perguntando se eu havia telefonado para Daniel. Não o fiz nem naquele dia nem na semana que se seguiu, embora tenha retirado do lixo o papel com o número dele e guardado na carteira. Então, numa quinta-feira, Hugo chegou sem avisar. A primeira coisa que fez foi novamente falar sobre Daniel. Eu desconversei, e ele desistiu do assunto. Disse, porém, que precisava tomar alguma coisa e pediu que eu calçasse os sapatos para sairmos. Descemos as escadas correndo, e ele acenou para um táxi. Quando dei por mim, estávamos em frente ao restaurante em que Daniel trabalhava. Hugo ordenou que eu saísse e fosse lá falar com ele; eu recusei, dando uma lista de justificativas. Hugo disse que eu estava cego, que era hora de dar uma chance para uma pessoa legal. Pedi que fosse comigo. Ele concordou, e saímos do carro. Ficamos ali, na esquina oposta, pensando no que fazer.

— Ele nem deve se lembrar de mim. Para quem trabalha à noite, uma semana é uma eternidade — disse.

— Só tem um jeito de descobrir — respondeu Hugo.

Atravessamos a rua. O lugar estava cheio, e mais pessoas chegavam. Um garçom de cabelos negros saiu para tirar o lixo. Era ele. Daniel nos viu iluminados pela luz amarelada dos postes e, provavelmente, deformados pelo neon verde que não parava de piscar. Abriu um sorriso. Não perguntou o que fazíamos ali. Seus olhos brilhavam, e meu coração parecia que ia pular da boca. Eu estava realmente me apaixonando.

— Viemos tomar um drinque — disse, meio sem jeito.

— Só isso? — ele perguntou.

— E te ver — admiti.

Ele baixou a cabeça, talvez não esperasse ouvir isso.

— Não aqui — disse.

Falou para esperarmos, que voltaria em cinco minutos. Pediu a um colega que cobrisse seu turno. Saiu carregando duas garrafas de vinho, uma em cada mão. O carro verde já havia sido entregue ao novo dono. Precisaríamos chamar um táxi. Daniel contou que estava feliz em me ver e me deu um abraço. Lembrei a Hugo que ele tinha de dar aula bem cedo às sextas-feiras, então era melhor pararmos dois carros para que ele pudesse voltar para casa. Hugo sorriu e concordou. Ao entrarmos no nosso táxi, Daniel anunciou ao motorista que seguiríamos para o Caballito. Ele não parava de sorrir.

— Não pensei que fosse te ver novamente — confessou.

Paramos em frente a uma livraria aparentemente fechada. Tocamos a campainha e um homem de cabelos brancos e compridos, chamado Lalo, nos recebeu como melhores amigos. Descemos as escadas quase totalmente tomadas por títulos antigos. No porão, havia uns cinco ou seis músicos suados e um enorme ventilador que refrescava um pouco o ambiente, ao mesmo tempo que espalhava a poeira acumulada sobre os livros. Qualquer um que soubesse tocar algum instrumento e entendesse alguma coisa de jazz poderia contribuir. Ou bastava, como nós, aparecer sem hora marcada e com bebida nas mãos. Para ouvir improvisos sem preconceito.

— Finalmente você apareceu — disse Lalo a Daniel, enxugando o suor da testa com uma pequena toalha branca depois de terminar sua contribuição ao show.

— Tudo tem seu momento certo — respondeu Daniel, olhando para mim de um jeito tão intenso e resoluto que me fez sentir especial sem dizer uma palavra.

— É... mesmo assim, não acredito que você, morando tão perto, nunca tenha nos visto tocar — retrucou Lalo enquanto guardava o contrabaixo dentro de uma enorme caixa preta.

Os dois falaram sobre um livro que havia acabado de chegar à Calligari. Daniel disse que preferia acabar o que estava lendo antes de se comprometer com outro. Achava que levaria mais duas semanas, aí voltaria para escolher algo novo. Talvez até um desses autores jovens que Lalo tanto recomendava. De uns tempos para cá, tinha aprendido a acreditar em mágica. Não falou mais nada, parou no meio da frase. Lalo parecia entender exatamente o que ele queria dizer.

— Tu gostaste? — perguntou-me Daniel.

— Sim, muito divertido.

— Com tanta música, a gente nem conseguiu conversar direito — ele ponderou.

— Mas foi bom. Foi bom descobrir que você gosta de jazz.

Daniel sorriu. E fez um convite:

— Queres andar um pouco comigo?

— A essa hora? Não está meio tarde?

— Eu te protejo.

Enquanto andávamos por ruas escuras, ele me contou que resolvera me levar à livraria porque não queria que nosso primeiro encontro fosse no lugar onde trabalhava. No futuro, gostaria que eu me lembrasse dessa noite sem ter de pensar em um restaurante decadente. Além disso, sempre quis ver Lalo tocar. Conhecera a livraria logo que chegara a Buenos Aires. Ficara dois dias sem conversar com ninguém, então tocou a campainha de Lalo. Criara o hábito de, quando estava de folga, ir lá tentar descobrir algo bom para ler no futuro, ocupar um pouco a cabeça. Levava uma cuia de chimarrão e ficava ali com Lalo, falando sobre política, as mães da praça de Mayo ou futebol. A Calligari era importante para Daniel.

A cada rua que atravessávamos, surgia uma oportunidade de ir para casa. Os táxis disponíveis passavam com as luzes acesas. No entanto, eu não tinha vontade de acenar para eles. Continuamos um pouco mais, eu mencionei o que estava se passando com Hugo e Leonor, depois falei dos projetos de arquitetura em que estava trabalhando naquele momento. Os assuntos se sucediam naturalmente, assim como os quarteirões. De repente, Daniel parou em frente a um pequeno edifício verde silencioso. Era o nosso destino, eu sabia, e meu corpo tremia, mas era uma sensação boa.

— É aqui que eu moro — declarou.

— Então agora sei que você está seguro. Posso dormir tranquilo.

— Bem, estamos aqui — disse.

— Sim, estamos aqui — respondi.

— Já que vieste, devias subir. Eu conheço tua casa, acho que deverias conhecer a minha. É o justo. E, nos planos que fiz desde que te vi em frente ao restaurante, tu subirias e passarias a noite comigo.

— É mesmo? — perguntei.

— É, sim.

Nos olhamos e sorrimos.

Na manhã seguinte, Daniel dormia profundamente. Eram dez horas, eu precisava ir embora, fazia tempo que não acordava tão tarde. Não queria despertá-lo de seu sono sereno, então deixei um bilhete na mesa com o número do meu telefone. Procurei não olhar demais para ele, fiquei com medo. Pela primeira vez em muito tempo, depois de um encontro, bateu-me uma saudade antecipada, um receio de que pudesse não voltar a vê-lo. Senti uma pontada fria no estômago quando percebi que essa possibilidade era real. Mesmo assim, saí tentando não fazer barulho ao fechar a porta.

Girei a chave na porta de casa meia hora depois. Precisava tomar um banho antes de começar o dia. Dei-me conta de que a pequena luz verde da secretária eletrônica piscava. Era uma mensagem de Hugo: "E aí, como foi? Me liga". Sentei-me no sofá meio frustrado porque não era Daniel. Meu celular apitou. A mensagem de um número desconhecido dizia: "Chegaste bem?". Agora era ele — soube pelo verbo na segunda pessoa do singular. Antes de responder que estava seguro em casa e agradecer pela noite, resolvi mandar um SMS para acalmar Hugo: "Tudo correu muito bem. Você tinha razão. Como sempre. Agora vá trabalhar".

Pedro, segundo Hugo

Monumental Cinemas

Lavalle, 780

O conceito meramente genético da paternidade foge à minha compreensão. Repassar seus genes, como se isso fosse uma herança relevante para o mundo, nada mais é do que uma mentira sobre a suposta permanência de um indivíduo no Universo. Toda vez que ouço um casal dizer que o relógio biológico está batendo, que ambos devem ter filhos porque está na hora, eu me pergunto se vale a pena tanto esforço. Sinto-me assim porque a vida está me ensinando que, em um minuto, tudo pode mudar. O que hoje aparenta estar garantido pode escorrer pelas mãos num piscar de olhos. A maioria das pessoas que quer ter filhos e faz tratamento, tomando vitaminas para os espermatozoides nadarem mais rápido, parece não saber disso. É uma prova de esperança que admiro e, ao mesmo tempo, me causa tremenda irritação. Como é possível uma pessoa fazer alguma diferença, ser relevante de alguma forma? Como não desistir diante da possibilidade de o resultado de tanta dedicação acabar se revelando, afinal, um ser humano absolutamente trivial? Não proponho que todo mundo tenha de chegar a extremos, como ganhar um prêmio Nobel ou encontrar a cura do câncer, mas gosto de observar se estou, de uma maneira muito específica, fazendo um mundo melhor. Quase sempre minha resposta é não. Que valores uma pessoa deve eleger para serem passados adiante? Às vezes, tenho a impressão de que ter um bebê virou desculpa para fazer compras de roupinhas de grife em Miami. E o mundo não precisa de mais uma pessoa que só pensa em dinheiro, que valoriza mais o ter do que o ser, que recorre a mentiras para subir na carreira e que só vê os outros como uma escada para conseguir alguma coisa. Ando pensando nisso esses dias. Isso nunca me incomodou antes; agora soa extremamente importante, quase vital.

Minha visão pessimista da paternidade — e da humanidade — não está baseada em nenhuma teoria complicada nem em livro de psicanálise, e sim em uma observação prática da realidade à minha volta. A maior parte das pessoas interessantes que conheço não tem filhos. Ou os adotaram quando já eram mais velhas, mais maduras, já tinham uma visão clara do certo e do errado — uma qualidade que se desenvolve ao longo do tempo. E quase todas as pessoas estúpidas ao meu redor parecem sentir certo rancor pelos filhos. Ainda assim, resolvem ter outros e seguir tentando. Uma secretária do departamento em que trabalho na universidade casou-se com um homem mais velho e rico que já tem quatro filhos com a primeira mulher. Vive dizendo para as amigas que o sonho de sua vida é ter gêmeos. Esquece-se de que seu marido tem sessenta e sete anos. E ela mesma já tem uma filha adolescente que, tudo indica, tem sido uma fonte infinita de dores de cabeça. Apesar disso, a mulher está fazendo tratamentos, desperdiçando milhares e milhares de dólares atrás desse sonho sem sentido. Volta e meia, quando chego para dar aula, ela está cercada pelas outras funcionárias do departamento, aos prantos, porque mais uma vez a inseminação artificial não deu certo. Deve estar na sexta ou sétima tentativa. Toda vez que isso acontece, tenho certeza de que há algum ponto de equilíbrio no Universo, como se a acomodação dos eventos aleatórios do cotidiano não fosse aleatória. Passo o resto do dia bem só para, em seguida, me sentir culpado por tirar alguma satisfação da infelicidade alheia. Os remédios andam me deixando meio tonto, acho que não estou pensando direito. Ou talvez eu seja assim, por trás do meu sorriso amigável de fachada: no fundo, um invejoso pessimista.

Então começo a pensar em meu pai. Quando nasci, ele tinha quarenta e cinco anos. Desde o início, formamos uma dupla, uma panelinha em que não havia lugar para mais ninguém. Na história da nossa vida, exceto naqueles primeiros anos cheios de fraldas e mamadeiras, minha mãe era mera coadjuvante, quase uma figurante. Limpava, arrumava, passava, estava nas fotos das férias, mas eu não a sentia realmente presente. Acho que ela nunca se interessou de fato pelo monte de livros, pelos filmes em super-8 e pelos discos de jazz e rock empilhados em um cômodo enorme de nossa espécie de casa de fazenda em pleno centro da cidade. Queria se livrar da quinquilharia e fazer uma sala de estar bonita, com sofás confortáveis e tapetes pesados, para receber a família distante para um chá das cinco. Pedro, no entanto, tinha ambições específicas para o filho, e era preciso material para que ele se formasse do jeito certo. Queria que tivesse as próprias opiniões. Reza a lenda que se negava a ninar o menino com canções normais para bebês. Hugo, o extraordinário, ouvia Nina Simone e Etta James desde o berço. Nunca sequer pegou a chupeta — para fazê-lo parar de chorar, jazz. Para despertá-lo do sono, que insistia em se prolongar no meio da tarde, e evitar que ele passasse a madrugada acordado, um pouco de rock'n'roll. Nada muito pesado, apenas os clássicos. Um pouco de Stones, muito Beach Boys — pensando bem, uma boa escolha para um bebê — e músicas dos Beatles selecionadas. "Anybody seen my baby", "Surfing in the USA", "Kokomo" e "Here comes the sun" tornaram-se suas preferidas no primeiro ano de vida.

No conceito de Pedro sobre criar uma criança, não fazia sentido crescer em meio a playgrounds e piscinas de prédios. Por isso ele deixou São Paulo e transferiu-se para Ribeirão Preto, onde dava aulas para alunos desinteressados que só faziam a cadeira de sociologia para poder se formar engenheiros agrônomos e veterinários.

Só que mesmo Ribeirão, com aquele calor escaldante, não era boa o bastante para o menino, que deveria ser criado em uma temperatura mais agradável. Quando entrei em idade escolar, decidiu reformar a casa que o avô lhe deixara, em Frutal, logo depois da divisa com Minas, e mudamos para lá. Ele precisava dirigir duzentos quilômetros por dia para continuar a dar aulas na universidade em Ribeirão, mas achava que o sacrifício valia a pena. Todas as segundas, quartas e sextas, ele montava na picape F-4000, a mesma que usávamos para ir ao sítio nos fins de semana, e deixava a cidade às quatro e meia da manhã para passar o dia falando de ciências políticas para uma plateia bem mais interessada em herbicidas e fungicidas. Eu ficava para trás, com os deveres da escola e a penca de primos que se espalhavam pelas quadras seguintes da mesma rua comprida que cortava a cidade do início ao fim. Ao contrário de defender as famílias extensas, comuns no interior de Minas na época, Pedro dizia à mulher que não via sentido em ter um segundo filho.

— Só porque todo mundo tem? — questionava, pois achava que tinham dado sorte logo de cara e era melhor não brincar com o destino.

A primeira lição passada de pai para filho foi a de que é possível superar tudo na vida. Se cair, levante-se. Limpe as feridas, enxugue as lágrimas e siga em frente. Foi assim quando despenquei da cabana de madeira que havia tentado construir em cima de uma árvore, quando rolei de bicicleta ladeira abaixo e quando cortei o queixo depois de uma queda estúpida que me rendeu oito pontos e uma cicatriz permanente. Durante a adolescência, tentava esconder a marca sob uma muito rala barbicha no melhor estilo D'Artagnan, mas acabei relaxando, pois ninguém mais se importava com ela.

Às terças e quintas-feiras, Pedro dedicava-se a ser pai em tempo integral. Fazia questão de me levar à escola, sempre tentando ensinar algo sobre a vida ou fazendo comentários sobre o comportamento dos outros; todos eram, naturalmente, seres inferiores. Gostava de se vangloriar de que o filho preferia sabores como pitanga e maracujá, enquanto as demais crianças da cidade se empapuçavam de sorvete de chocolate e doce de leite. Eu devia ser mesmo fora do comum, ou meu pai era mais parecido com os outros do que eu pensava: quando o assunto era o filho, não tinha distanciamento suficiente para uma análise fria e prática. Era orgulhoso para admitir, mas se incomodava quando eu o chamava de Pedro ou seu Pedro em vez de pai, mania que tenho até hoje. Uma preocupação um tanto trivial para expressar em voz alta.

Lá pelos onze anos, devo ter cometido alguma má-criação, e a diretora me perguntou se eu queria acabar como os hippies da escola. Os hippies de Frutal eram diferentes de todos os outros do mundo. Usavam preto e fumavam cigarros roubados dos pais em um cantinho que não se deveria frequentar durante o recreio. Sem saber da adaptação do conceito de hippie para a realidade semirrural, meu pai logo explicou que ser hippie era, sim, uma coisa boa. Era ter a coragem de ir contra a corrente, de contestar o sistema, de propor uma alternativa à estrutura vigente da sociedade. Se o mundo fosse dominado pelos hippies, provavelmente seria melhor.

Decidi, então, me aproximar deles. Mas os hippies da escola não eram tão legais. Eles ficavam ali calados, sem fazer nada, como se o mundo estivesse para acabar em questão de minutos e fosse inútil qualquer esforço para evitar o mais terrível dos destinos. Eram hippies góticos. A fumaça fazia meus olhos arderem, e eu tossia compulsivamente ao tentar dar uma tragada em um cigarro. Nem assim os hippies esboçaram um sorriso. Minha aventura na contracultura local deve ter durado quinze minutos. No mesmo dia, após ser visto falando com eles, fui chamado pela orientadora educacional, que fez o papel de salvadora de almas. Explicou-me que o meu comportamento vinha piorando bastante — "tudo isso por ter falado com os hippies?", pensei — e repassou uma oração que a havia ajudado muito, alguns anos antes, quando teve de enfrentar uma situação difícil na família. Rezar tinha sido fundamental para que ela superasse o impossível sem perder a sanidade. Arregalei os olhos, porém não ousei pedir detalhes. Qualquer coisa pela qual eu estivesse passando iria acabar se eu orasse com afinco.

A orientadora escreveu três ou quatro estrofes curtas em um pedaço de papel e recomendou que o levasse aonde quer que fosse. Um dos conselhos que sempre dava às crianças era manter Deus no subconsciente. Deveria, a exemplo de outros colegas malcriados, abrir e ler o papel em silêncio toda vez que tivesse vontade de fazer algo errado, mas ela se esqueceu de definir o que seria "algo errado". Meu pai não era de rezar, por isso fiquei um pouco confuso com o fato de alguém achar que somente Deus poderia dar um jeito em mim.

Cheguei pensativo em casa, tentando encontrar sentido no certo e no errado do mundo. Contei ao meu pai sobre a orientação de orar para levar as tentações para longe e perguntei o que deveria fazer.

— Você acha que está fazendo algo errado? — questionou Pedro.

— Não.

— Você acha que precisa rezar mais?

— Não sei.

— Então pense sobre o assunto.

Saí para brincar e voltei duas horas depois. Então meu pai perguntou se eu já havia decidido o que fazer com o pedaço de papel.

— Joguei fora. Eu nem sei o que é subconsciente.

— Muito bem. Quer tomar sorvete?

— Agora?

— Sim. Vai querer de quê?

— De chocolate.

— Mesmo? Não prefere maracujá?

— Não. Quero o de chocolate.

As lições de vida de Pedro, analisando em retrospecto, estavam baseadas na lógica da madrasta da Branca de Neve: nada está tão ruim que não possa ficar pior. Como sempre acontece com as crianças de dez ou onze anos, brigas homéricas surgiam absolutamente do nada, e chutes e pontapés começavam a ser desferidos de maneira aleatória. Toda vez que eu me metia em uma briga dessas, era submetido a um tratamento de choque. Ele chamava o primo com quem eu havia me desentendido e dizia que tinha um método muito bom de fazer a raiva passar. Sentava-se em sua poltrona para ler o jornal e fazia as duas crianças ficarem abraçadas por quinze minutos, meia hora ou uma hora, dependendo do tamanho da peleja. Quanto mais alterado pela briga eu estivesse, maior era o tempo da punição. Tinha de ficar abraçado com quem havia brigado, na soleira da porta, enquanto o pai dava umas espiadas por meio das páginas em preto e branco do jornal. Quando o tempo estipulado se esgotava, mandava o primo para a casa dele. E eu era mandado para o meu quarto. O castigo geralmente era de uma hora, mas ele sempre me liberava em, no máximo, dez minutos. A gente gostava de conversar. Ele sabia que eu o idolatrava. O pai sempre conseguiu transformar qualquer história em uma grande aventura. E, já que quase não tinha assunto com a esposa e não gostava muito dos parentes e vizinhos, todo esse meu interesse por ele vinha a calhar.

Uma das coisas que eu mais abominava, por óbvia influência paterna, eram as aulas de catecismo, que toda criança proveniente de família decente era obrigada a frequentar. Quando decidi que não queria mais, meu pai não ofereceu nenhuma resistência, mas minha mãe, pela primeira vez, fincou o pé sobre a questão. Dona Marta podia aceitar que o marido e o filho fossem um pouco excêntricos, que gostassem de desdenhar da cidade e das regras sociais, porém renegar o Senhor já seria demais. Eu iria, sim, às aulas de catecismo. E vestiria, sim, a roupa de garçom no dia da confirmação. E acenderia as velas e decoraria os hinos. Não faltaria à missa de domingo nem se estivesse com febre. E posaria para a foto com a língua de fora enquanto o padre me dava a primeira hóstia. Quando vimos que a situação era sem saída, fomos obrigados, eu e seu Pedro, a trocar um olhar de cumplicidade e dar a batalha por perdida. Qualquer coisa para que ela calasse a boca. Excepcionalmente, em uma quarta-feira à tarde em que a universidade estava em greve, o pai foi me buscar na aula de religião. E me pegou mostrando o dedo do meio para uma das madres, que estava de costas e andava na direção contrária. Pedro não escondeu a irritação e percorreu todo o caminho de volta em silêncio e a passos largos, fazendo com que eu precisasse correr de vez em quando para não ficar para trás — andávamos a pé, pois, ao contrário do resto dos pais, recusava-se a usar carro para distâncias tão curtas.

Ao chegarmos em casa, levei talvez o maior sermão da minha vida. Pedro começou a discorrer sobre a importância de se defender com unhas e dentes aquilo em que se acredita. Aos gritos, determinou que eu nunca, nunca deveria falar de ninguém pelas costas nem desafiar uma pessoa sem que ela soubesse exatamente o que eu pensava.

— É preciso saber tratar o oponente de maneira justa, dar-lhe o devido respeito — disse. — Uma dose de cavalheirismo e hombridade é necessária para tornar um conflito válido. Você precisa aprender a dizer o que pensa e a lidar com as consequências.

Em seguida, gritou:

— Entendeu?

Eu disse que sim, e lembro que só consegui deixar escapar um fiapinho de voz.

— Mostre o dedo para mim — desafiou-me.

Fiquei em silêncio.

— Mostre o dedo do meio para mim, vamos!

Mostrei o dedo em riste, com o pescoço levantado, o olhar firme e a expressão de desafio. Era como se me sentisse homem pela primeira vez. E ele me respondeu com um sonoro tapa bem no meio da cara. Eu sentia os vergões arderem no rosto.

— Nunca mais mostre o dedo para mim. Eu sou seu pai, e você me deve respeito. Entendeu?

Não consegui emitir sequer um resquício de som para responder. Não lembro o que fiz depois. Mas me recordo de que Pedro rapidamente entrou no escritório e, tremendo, serviu-se de uma dose de uísque em um copo de cristal, presente de casamento que haviam ganhado e que minha mãe havia orientado a jamais usarmos, pois era para as visitas. Serviu-se de outra dose e, logo em seguida, outra, tentando fazer a mão parar de tremer. Olhou para mim ali parado e fechou a porta antes que eu pudesse vê-lo chorar.

Anos depois, o raciocínio de Pedro virou o dia a dia da família de cabeça para baixo novamente quando resolveu que era hora de pensarmos onde eu faria o ensino superior. Quando completei quinze anos, decidiu que eu estava mais do que apto a enfrentar os perigos de São Paulo. Ele tinha um convite para voltar a dar aulas por lá, e seria muito melhor para meus estudos se vivêssemos em uma cidade maior. Assim, de um dia para outro, alugou um apartamento na capital, e a casa de Frutal passou a ser destino de veraneio e de fins de semana prolongados. Minha mãe se adaptou maravilhosamente à vida paulistana, às idas ao shopping durante a tarde e às partidas de gamão com as amigas ricas de Higienópolis. Quando fiz dezoito anos e decidi que ia morar numa república, Pedro não colocou empecilho. Disse que antes sair cedo de casa do que tarde, porém negou-se a me dar grande ajuda financeira para fazê-lo. Acabei no dormitório universitário, vivendo de bolsa e de uns bicos que foram aparecendo.

Aposentado, meu pai passou a reler os livros e a revisitar os discos de antigamente. De vez em quando é convidado por algum amigo para dar uma aula magna ou participar de uma banca de mestrado. Ele se dá por satisfeito, já que o nível de qualidade dos alunos não para de cair. Boa parte da sua renda vem do leite produzido pelas fazendas da família, administradas por um primo. A mesada chega sem que ele erga um dedo. Toda vez que o assunto surge, ele prefere desconversar. É como se falar disso significasse reconhecer uma espécie de impotência, de dependência.

Às quintas e aos sábados, sucumbe à pressão de minha mãe para ir dançar no clube. Toma uns uísques a mais e dá umas rodopiadas no salão para fazê-la feliz. É o que ele pode fazer, só não sei se está funcionando. Voltam para casa de táxi, nunca depois das duas da manhã. Como ele ronca, decidiram dormir em quartos separados. A distância entre eles, antes apenas insinuada, tornara-se palpável. Pareciam, cada vez mais, evitar a presença um do outro.

Quando me mudei para Buenos Aires, atrás de Leonor, o pai deu de ombros. Disse que também era seguidor de rabo de saia na época em que morara na Inglaterra, no período do doutorado.

— Não importa que a Argentina seja logo ali na esquina, você vai ser sempre um estrangeiro fora do Brasil — disse-me, em tom ufanista.

Nesse ponto, Pedro estava errado. Não sei se funciona para a Argentina inteira, mas o fato é que eu entendo Buenos Aires como não entendo nenhum outro lugar do mundo. E acho que Buenos Aires também me entende. A velha lição que aprendi entre um tapa na cara e um picolé de frutas — a de que se pode sobreviver a tudo — parece ser o mote daqui. A cidade que se arranha, se esfarela, leva safanões e pontapés, mas sempre dá um jeito de se levantar, aqui e ali, imponente. Quando dá a impressão de que Buenos Aires vai explodir, ela faz como seus moradores: abre uma nova janela clandestina na sala do apartamento, mesmo correndo o risco de levar o edifício inteiro a desabar. Um buraco na *medianera* deixa o vento entrar e ameniza a sensação de sufocamento pelo menos por um verão, até que chegue outro mais quente. A passagem de vento clandestina que abri no prédio de Palermo é o ponto alto desse novo apartamento. Desde que deixei San Telmo e Leonor, ainda não fui capaz de terminar de arrumar tudo o que carrego comigo. Quatro meses depois, muitas lembranças ainda estão em caixas de papelão que eu não consigo arranjar ânimo para organizar. Olho em volta e sei que vou permanecer em solo portenho por bastante tempo. Não vejo motivo para deixar Buenos Aires. Minha vida está aqui.

Depois de ler o meu e-mail sobre as feridas de Buenos Aires, minha análise poética da decadência da nação argentina nas últimas décadas, seu Pedro me ligou logo de manhã para dizer algo que já me falou diversas vezes: deveria pensar em escrever alguma coisa, umas crônicas, sei lá, e mandar para um amigo dele que trabalha em um jornal.

— Você tem jeito para a coisa — disse Pedro.

A realidade, no entanto, é que meu pai acredita que tenho talento para tudo. Posso ser de médico a cientista espacial. Geralmente, conversamos rápido pelo telefone, pois ele tem horror a gastar com interurbano — chamada internacional, só em caso de emergência. Já tentei convencê-lo a usar o Skype, mas acabei desistindo, pois sempre se irrita quando as vozes soam entrecortadas. Naquele dia, no telefone fixo, ele se esqueceu do dinheiro que gastaria, e acabamos deixando o fio da memória correr solto. Quando vimos, havíamos ficado pelo menos uma hora conversando. Ele me perguntou se eu não tinha de trabalhar, e eu avisei que conseguira uma folga porque, desde que mencionara a palavra "câncer" no trabalho, na semana anterior, todo mundo havia começado a me olhar estranho. É como se um diagnóstico desses fizesse sua gengiva imediatamente sangrar o dia inteiro ou marcasse uma cruz em carne viva no meio da sua testa. Então, contei que vinha tendo a chance de trabalhar em casa boa parte dos dias. Do outro lado do telefone, um silêncio sepulcral me fez parar de falar.

— Câncer? — ele perguntou.

— Sim.

— Câncer. E é assim que você me conta? — Pedro elevara o tom de voz.

— Sim, mas não é nada grave.

— Como não é nada grave? É câncer. Câncer.

Acho que ele repetiu a palavra umas vinte vezes, aos berros.

— Sim, mas o prognóstico é muito bom — respondi, tentando tranquilizá-lo.

— Como assim é muito bom? Então eles não sabem se é câncer?

— Não, eles sabem que é câncer, mas o prognóstico é muito bom.

— Como assim, muito bom? — ele gritou, provavelmente sendo ouvido por meia São Paulo.

— Não sei. Melhor que muito ruim.

Deu para ouvir um copo se quebrar do outro lado da linha. Ele começou a me xingar de todos os nomes do mundo, palavras que eu nunca ouvira sair de sua boca antes. E desligou na minha cara. Eu me senti culpado por ter mencionado a situação de forma tão casual. Eu já estava tentando achar uma brecha para contar a ele havia dias e não conseguia introduzir o assunto. Saiu do jeito que saiu. Está tudo acertado para começar o tratamento daqui a uns dez dias, o médico recomendou que eu tocasse a vida normalmente, que essas coisas aparecem, são tratadas e pode-se viver décadas depois disso. Quero entregar um trabalho antes da quimioterapia, mas passei boa parte da tarde vendo o cursor piscar em um documento em branco. Às vezes, acessava a internet; só notícias ruins. Resolvi dar uma volta. Passeei pelo Jardim Botânico por uma hora, olhando as folhas da primavera surgirem. Pensei em ir olhar os animais no zoológico. Havia lido no jornal que o urso estava deprimido e acabei desistindo. É contra os nossos princípios — meus e de Pedro — que os bichos encarcerados sejam usados como diversão. Abandonei a ideia e segui caminhando. Evitei a avenida Santa Fe por causa do tráfego e do barulho e me instalei em um café. Tomei dois sucos e dois expressos e tentei pensar no lado positivo da minha situação. Nada me ocorreu.

Resolvi ir ao cinema. Desci toda a Arenales, passei a avenida 9 de Julio e, quando dei por mim, estava bem no centro da cidade. A rua Lavalle foi um dia um lugar onde toda a nata de Buenos Aires formava filas no calçadão para ver um bom filme. Eram diversos complexos de nomes portentosos, de salas imponentes, com saguões decorados em mármore e equipados de bonbonnières sortidas. De tantas opções, sobrou apenas uma. As demais salas viraram shoppings de produtos baratos feitos na China ou passaram a exibir filmes pornográficos. Para sobreviver, mesmo aos trancos e barrancos, o Cine Monumental teve de fazer algumas adaptações e deixou de ser tão monumental assim. Dividiu os anfiteatros com mais de mil lugares em várias salas. Às vezes, viajar ao passado só faz mal ao coração. O saguão antigo há tempos não vê uma pintura. Os banheiros são velhos e as salas, mal projetadas, quase não têm espaço para as pernas entre as fileiras. Assisti quase sozinho a *Moonrise Kingdom*, um filme lindo que, estranhamente, lembrou-me a infância em Minas Gerais. O público não gostou muito, metade da plateia saiu no meio da sessão. Fora isso, a acústica ruim fazia o som das explosões do filme de ação exibido na sala ao lado atrapalhar a trilha sonora do romance pueril que eu via na tela. O chão foi tomado por pipocas pisoteadas, e o cheiro de mofo dominava o ambiente. Pensei em buscar no passado um tempo em que tudo era melhor e mais autêntico, mas acabei apenas com a impressão de que o Monumental não tem muito futuro.

Fui andar pelas ruas sujas para clarear a mente e novamente perdi a noção do tempo. Cheguei em casa depois das onze da noite. Em frente ao meu prédio, encontrei seu Pedro só com a roupa do corpo, sentado no degrau da recepção. Perguntei onde estavam as malas, mas ele nem se dignou a me dar uma resposta. O elevador havia quebrado. Subimos as escadas até o terceiro andar sem falar nada. Ele se instalou na minha sala, com cara de desespero, ódio, cansaço, indignação e revolta. Sim, tinha pegado o primeiro voo. Sim, comprara a passagem no aeroporto, e não pela internet, como eu havia ensinado. Sim, pagara os olhos da cara direto no balcão. Sim, viera só com a roupa que vestia. Sim, queria um copo d'água.

Ao me deparar com aquela figura abalada, suarenta e sem bagagem virando um copo d'água sem pausa bem no meio da minha sala, fui obrigado a engolir um pouco da minha empáfia e rever meus julgamentos e preconceitos sobre o que leva alguém a ter filhos ao custo que for. A realidade é clara. Eu não entendo absolutamente nada de paternidade.

Daniel, segundo Eduardo

Mercado Primera Junta

Saída da Estação do
Metrô Primera Junta

Um apartamento pequeno, cinzento e assustadoramente limpo. Não mais do que quarenta metros quadrados. Uma cama de solteiro, com lençóis brancos muito usados, um tanto puídos, mas tão alvos que fazem todo o ambiente ficar tomado pelo cheiro da pedrinha de anil. Uma mesinha estreita com um laptop pesado, comprado provavelmente de segunda mão, e uma impressora nova. Um armário espartano, com pouquíssimas roupas. Nem um sinal de poeira no chão sem tapete. Uma sala minimalista. Uma mesa dos anos 1970 com duas cadeiras combinando em um tom que é impossível distinguir entre o bege e o marrom. Uma poltrona de couro, bem gasta, porém sem nenhum rasgo. Uma tevê de catorze polegadas. Uma vitrola e alguns discos guardados dentro de um pequeno armário. Um rádio simples, sem compartimento de CD. Uma bandeja com uma garrafa cheia d'água e um copo americano no topo, virado com a boca para baixo. Na cozinha, geladeira, fogão, pia, filtro de barro, escorredor, três garfos, três colheres, quatro copos, quatro pratos e três panelas: uma de tamanho médio, boa para cozinhar arroz ou batatas, uma leiteira para ferver o leite e uma frigideira para esquentar o pão do café da manhã. Uma máquina de lavar roupa automática de quatro quilos, dessas que não se fabricam mais, completa o cenário do apartamento de Daniel. De certa forma, nunca vi uma casa que refletisse tão bem a personalidade de uma pessoa: um homem sempre em busca do estritamente necessário e que sabe o que lhe basta.

A casa é como os gestos dele, cheios de significados não calculados. Se eu pergunto algo como "quer mais, Daniel?", ele costuma responder:

— Não, para mim já está bom. — E levanta a mão discretamente em minha direção.

Como alguém se torna um garçom de bar gay? Eu aceito e respeito que existam garçons de bares gay, o que quero dizer é: como alguém, entre tantas escolhas e possibilidades na vida, se torna garçom de bar gay? Quando perguntei a Daniel por que ele havia começado a trabalhar em seu emprego atual, a resposta foi direta:

— Porque precisava de dinheiro.

E me jogou na realidade:

— Algumas pessoas escolhem o que fazem, outras precisam se contentar com o que aparece. Sabia que não ia surgir algo melhor. Não imediatamente.

Depois completou:

— Com o que pago de aluguel, consigo guardar alguma coisa.

Falou tudo isso sem parecer, para meu alívio, que eu o havia ofendido — um dos meus defeitos é justamente dizer o que me vem à cabeça sem pensar antes. Dani me explicou que poupar alguma coisa era um conceito estrangeiro para ele, que sempre viveu esperando o dia do pagamento para quitar a conta da mercearia. No sul da Argentina, os empregos eram escassos e, no lugar de onde ele vinha, ter qualquer coisa além de um prato de comida diante de si três vezes por dia já era considerado um luxo. E todo mundo vivia assim por lá.

Levou tempo para ele tomar coragem e vir para Buenos Aires. Chegou com os dólares que havia escondido no bolso de um casaco de inverno e foi procurar apartamento até achar seu cubículo sobre uma barbearia no Caballito. Não queria gastar muito em uma pensão, ainda mais estando sem trabalho. Precisava de uma moradia imediatamente disponível e a preço justo. Perambulando sem rumo pela cidade, viu uma placa de "Aluga-se". O apartamento tinha sido repintado; e gostou do jeito do proprietário, Pepe, o barbeiro mal-humorado que atende no térreo sem jamais deixar o cliente escolher o corte. Ele é da época em que não existia estilo de cabelo para homens. E seu estabelecimento continua a adotar essa noção. Decretou que, como inquilino, Daniel teria direito à manutenção de seu corte rente ao couro cabeludo sem pagar nada. Era um benefício do contrato sem papel, desde que o inquilino não impusesse nenhum padrão estético: quem entrasse ali sairia com cara de sério, máquinas nos lados e quase nada no topo. A cada doze minutos, um cliente satisfeito — e por um valor sempre um pouco mais em conta do que o da concorrência. Tem sido assim por anos. Rapidez e preço baixo. E não existe nada que vá convencê-lo a mudar de estratégia.

Pepe e Daniel se acertaram com um aperto de mão. O senhorio deixou claro que tinha seus métodos para tirar os maus pagadores de sua propriedade e disse que "esse negócio de oficializar tudo só serve para chamar a atenção do pessoal do imposto de renda, aqueles sanguessugas". Sem papel, sem vestígios. A barbearia tem as paredes pintadas de um verde-bandeira forte e duas cadeiras para os fregueses. O ajudante é o filho de Pepe, cujo nome é difícil de decorar, até porque o pai passa metade do dia dirigindo-se a ele não pelo nome, mas por meio de palavras que salientam sua inutilidade e falta de ambição. Pepe, que tem os cabelos mal cortados, mas cuidadosamente tingidos de preto, cobra exatos cem dólares mensais por cada um dos quatro cubículos localizados no prédio que ele mesmo ajudou a erguer sobre o salão. O edifício se parece com Pepe: não tem qualquer vaidade. É como uma repartição pública soviética: tudo muito gélido, porém com estrutura sólida. Pepe não faz perguntas, mas exige pagamento em dia e discrição como retribuição. Aquele é um estabelecimento de família, e ele não quer saber de festas nem esbórnia em torno dos clientes. Pepe defende firmemente que se mantenham as aparências.

Os inquilinos passam por um corredor estreito, com uma janela de vidro que está sempre com uma fresta aberta. Se olhar para o lado, às vezes o visitante pode ver o filho de Pepe lavando o cabelo de alguém. O proprietário se recusa a fazer o serviço, dizendo que está velho demais para ficar roçando os dedos em cabeça de homem. Quando comecei a aparecer com mais frequência no apartamento de Daniel, Pepe se pôs em nosso caminho e avisou que achava bom que o inquilino houvesse encontrado um amigo porque nenhum homem deveria passar tanto tempo sozinho. Ter um amigo era bom, e o rapaz em questão parecia ser uma pessoa distinta. Só que não queria saber de entra e sai ali. Esse amigo podia vir. Todo mundo precisa de companhia. Daniel fez o que se devia fazer toda vez que Pepe falava algo: ficou em silêncio e assentiu. E seguiu com seu dia como se nada tivesse acontecido. Homens de verdade aceitam as coisas como elas são e não têm tempo para ficar discutindo sentimentos. Nisso Pepe e Daniel pareciam concordar.

Fiquei surpreso ao saber quanto Daniel ganhava — tenho certeza de que era um valor maior do que a maioria dos garçons de Buenos Aires. Com o rosto meio vermelho, ele admitiu que costumava ser presenteado com boas gorjetas. Fora o gasto com aluguel, com a comida fresca comprada nos boxes do Mercado Primera Junta para testar suas habilidades na cozinha, suas despesas eram poucas: cinema uma vez por semana, as edições de La Nación e El Clarín aos sábados e domingos — leituras que se estendiam por toda a tarde e o ajudavam a digerir o almoço — e as prestações de uma bicicleta que comprara para exercitar-se. Só fez a aquisição após comprometer-se mentalmente a pedalar por uma hora e meia, todos os dias, depois do café da manhã (sempre um pedaço de pão francês com manteiga, uma maçã, um copo de suco de laranja extraído por meio de um espremedor manual e uma xícara de café preto). Daniel tem uma capacidade rara hoje em dia: faz uma coisa de cada vez. O que está fazendo, Daniel? Branqueando o colarinho das camisas. Cortando a cebola para o omelete de domingo de manhã. Passando a roupa. Comprando comida. Ouvindo rádio. Ele nunca está a caminho de fazer alguma coisa, como a maioria das pessoas, que está indo dar uma volta na rua, começar uma corrida no parque ou encontrar um amigo. Daniel está sempre no momento, fazendo algo específico, concentrado com afinco em uma tarefa mundana. Ou, às vezes, simplesmente não está fazendo nada. O meu momento preferido é quando ligo aos sábados depois da uma da tarde, quase na hora de nos encontrarmos, e pergunto o que ele está fazendo. A resposta, invariavelmente, é a mesma:

— Esperando por ti.

Daniel não costuma sucumbir a pressões nem gosta de falar muito de si. Perguntei-lhe quantos irmãos tinha, e isso foi o bastante para que parecesse acuado, como num interrogatório da ditadura. Ficou quieto, olhou para os lados e respondeu:

— Um só.

Com Dani, é preciso ter a paciência de deixar a informação vir aos poucos. Tento me controlar para não perguntar demais. Conviver com ele me faz resistir à tentação de discutir e esmiuçar tudo o que penso e sinto. Nossos fins de semana no Caballito são sempre preenchidos por um silêncio bom. Ele me ensinou a valorizar o poder das pausas. Aos domingos, liga o rádio em um volume médio para não incomodar os vizinhos, mas sempre suficiente para que o som percorra todo o apartamento. Espalha utensílios de cozinha e ingredientes pela pia e, entre uma canção e outra, tudo o que se ouve são os ruídos dos objetos sendo movidos em uma cadência ritmada. Ainda não consegui descobrir onde ele aprendeu a cortar a cebola tão fina, a picar um tomate em cubinhos em segundos ou a partir uma laranja e esmagá-la com tanta força até derrubar todo o seu suco sobre uma salada de frutas.

Uma canção pop que não ouvia fazia tempo começa a tocar. Saio da cama e sento-me atrás dele, na cozinha, tentando ser discreto para não tirar sua concentração nem estragar o momento. Ele joga um pouco de manteiga sobre a frigideira e começa a dourar as cebolas. Uma onda de calor toma conta do ambiente. Abre dois botões da camisa branca, passa a mão pelos cabelos para ajeitá-los e olha para trás. Diretamente para mim. Então se aproxima e puxa a manga da camisa, mostrando-me o antebraço forte e peludo.

— Já viste isso? — pergunta, referindo-se a uma longa cicatriz diagonal.

— Sim, claro que já notei.

Não dá nenhuma explicação. Apenas abaixa o fogo para retardar o cozimento dos ingredientes. Percebo que comprou novas especiarias no mercado. Sem dizer nada, levanto-me e começo a tirá-las dos saquinhos plásticos e a guardá-las nos pequenos potes de geleia que Daniel havia lavado e escaldado na noite anterior.

Sem aviso prévio, Dani retoma uma conversa que começáramos dias antes. Diz que ser garçom em um bar gay é melhor do que trabalhar na construção civil, que paga a metade do salário e exige o dobro do trabalho. É como se ele finalmente tivesse encontrado o instante certo para dizer coisas que nunca dissera antes. A única pergunta que fez quando lhe ofereceram o emprego foi se teria de fazer sexo por dinheiro. Não precisaria chegar a tanto caso não quisesse, mas deveria fazer uns agrados nos clientes, massagear-lhes os ombros e deixá-los à vontade no local. Sabia que tinha sido escolhido para o trabalho pelo tipo físico delgado e forte e pela pele dourada de sol que lhe dava um ar saudável e conferia um tom especial às suas feições comuns. E tinha a voz, a voz que era capaz de provocar descargas de energia que emanavam por todo o meu corpo. Talvez o seu diferencial fosse a ascendência indígena, o nariz mais grosso e os olhos bem desenhados. Ele acreditava que não tinha nenhum talento especial para ser garçom, sobretudo num lugar como aquele, mas esse não era o plano para sempre. Assim como começara a se explicar, de repente parou de falar. Levantou-se e jogou os tomates picados na grande frigideira em estilo chinês recém-comprada, que ele tratava como um troféu. Estava feliz com a aquisição. Queria terminar o café com um omelete preparado na hora. Mais uma vez, concentrou-se com afinco na tarefa, em silêncio. Fiquei curioso em perguntar de onde, afinal de contas, vinha aquela cicatriz. Acabei desistindo.

O movimento do restaurante em que Daniel trabalha é fraco aos sábados, pois todas as boates da cidade estão abertas. Lá pelas onze da noite, ele geralmente já está em casa. Então aproveita para acordar cedo aos domingos e antecipar o passeio de bicicleta a fim de não pegar o sol tão forte. Às vezes, caminhamos juntos pela bagunça do Mercado Primera Junta, mas na maioria dos dias ele vai sozinho. E me deixa dormindo na cama de solteiro, pequena demais para um homem de um metro e oitenta de altura, quanto mais para dois. Uma árvore evita que o sol entre diretamente pela janela do segundo andar, e o barulho intermitente da linha de trem próxima mais embala do que atrapalha meu sono. Sempre desperto cedo em casa, mas aqui tenho facilidade para dormir até as dez e meia, quando o cheiro do café da manhã começa a atiçar a minha fome matinal, antes quase inexistente. Hoje, porém, acordei com os passos leves de Daniel pelo quarto, pequenos rangidos de portas de móveis sendo abertas e fechadas. Espiando de canto de olho e ainda no meio do caminho entre o mundo real e o do sono, vi Dani tirar um LP da capa com cuidado, manuseando-o com as pontas dos dedos. Estava sem óculos e, míope, não consegui enxergar a capa do disco que ele pôs no aparelho, mas não escolheu nenhuma música para tocar. Achei que estivesse com medo de me acordar. Mais tarde, ele me contou que gosta de andar pelos subsolos da rua Florida nos fins de semana para achar preciosidades nos brechós de livros e discos. Aprecia o som de chiado que separa uma música da outra nos LPs.

Quando viu que eu o estava observando, voltou à vitrola. Com a mão tremendo enquanto segurava a agulha, pôs a primeira música, e aquele chiado levou um pouquinho mais de tempo para ir embora, talvez uns dez segundos. Nesse meio-tempo, a gente se olhou em silêncio — meu coração batendo forte, curioso para saber o que viria a seguir. Os primeiros acordes indicaram claramente qual era a música, na voz original e de puro soul de Otis Redding — "Try a little tenderness". Ao contrário de várias outras versões, que tentam imprimir um balanço desnecessário e um virtuosismo à canção, Otis sabe esperar e dar tempo até soltar toda a emoção. E é essa composição de cinquenta anos de idade que encheu o quarto e o Caballito, despertando a gente no domingo de manhã enquanto o sol atravessava mais insistente as folhas da árvore gigante do lado de fora da janela. Daniel não falou nada. Saiu do quarto e se dirigiu à cozinha. Ele pôs a mesa enquanto eu escovava os dentes com a porta aberta. Eu sorria, calado. Esse é um daqueles momentos em que palavras podem estragar tudo.

Sinceramente, pensei que minha relação com Daniel seria uma daquelas fantasias gay tipo *Pigmaleão*. Eu encontraria uma alma com potencial e a transformaria em algo exuberante para apresentar à alta sociedade. Uma borboleta que finalmente conseguiria escapar do casulo. Nesse caso, contudo, foi ficando cada vez mais claro que a Gata Borralheira da história era eu. Daniel me ensinou o que significa ser bom. E não só porque está na moda, porque a sociedade impõe ou porque você pensa que tem privilégios demais e que é sua obrigação oferecer alguma coisa ao próximo. Ele me mostrou que os valores não precisam necessariamente vir acompanhados de explicações lógicas nem longas teorizações filosóficas sobre as mazelas e as injustiças do mundo. Daniel sempre fez o certo porque acredita no que é certo, e isso basta. Demorou muito para que ele falasse com mais detalhes sobre como foi criado. Acho que só foi tocar no assunto depois de seis meses. O quebra-cabeça que eu já havia mais ou menos montado se confirmou: fora criado numa fazenda; a mãe cozinhava, lavava e passava; o pai trabalhava fazendo consertos em diversas propriedades rurais sempre a bordo de seu Dodge verde; ele e o irmão mais velho ficavam com a obrigação de cuidar das vacas, tomar conta da horta e alimentar as galinhas. O primogênito saiu da escola aos catorze anos, mas ficou decidido que Daniel continuaria até o colegial. A mãe, uma mulher impositiva chamada Lila, ensinou-lhe o básico da dignidade: comprometer-se com o trabalho, saber baixar a cabeça na hora certa, ter muito cuidado com a higiene (especialmente a das unhas, que deviam ser escovadas ao fim de cada dia) e organizar e limpar a casa. Qualquer cômodo simples se tornava uma morada digna quando tratado com esmero. Quem não deixa a tarefa de hoje para amanhã nunca está em dívida consigo mesmo.

Para mim, havia uma diferença fundamental entre ele e todos os outros seres. Daniel me emocionava. Como ninguém me emocionara antes. Admirar alguém e se ver desarmado por isso é a coisa mais próxima que já senti do amor. O prazer de estar com uma pessoa não por afinidades culturais nem proximidade intelectual, mas pela simples presença. O que posso fazer por você? Depois de tanto dirigir a mim mesmo essa pergunta, resolvi fazê-la a ele. E a resposta, mais uma vez, foi perfeita:

— Exatamente o que já fazes.

No dia em que o conheci, quando deixei as coisas irem um pouco além do programado com o garçom cuja função era massagear os ombros dos clientes, ele viu nos meus olhos o desespero para sair do ciclo em que eu havia entrado anos antes. Um caso depois do outro, dezenas de amantes que se sucediam sem significar quase nada — muitas vezes, absolutamente nada —, uma ciranda superficial que se repetia sem trilha sonora. O arquiteto que vive sozinho em um apartamento de cento e cinquenta metros e parece não saber o que está lhe faltando. A insônia recheada de preocupações irrelevantes, de problemas que não são de fato problemas. Para minha surpresa, foi um filho de agricultores dos pampas quem conseguiu solucionar meu mistério interior. Eu só precisava de alguém que entendesse que eu não sentiria a menor falta das noites acordado até as seis da manhã, da música alta e da fumaça dos clubes noturnos, do medo de ir dormir antes das duas em uma sexta-feira para não ficar rolando na cama, buscando encontrar um sentido para a minha existência ou me lamentando pela incompetência em torná-la mais relevante. Daniel foi o antídoto para isso. Daniel foi a resposta.

E, entre as centenas ou os milhares de homens que circularam por aquele bar decadente ao longo de um ano quase inteiro, ele soube esperar por mim.

A dedicação sem questionamentos ao trabalho que Dani tanto valorizava também me ajudou quando decidi me eleger, quase que por exclusão, como o responsável por Hugo durante o tratamento. Era algo que tinha de ser feito e ponto. Eu mesmo encontrei o apartamento para o qual ele se mudou depois de se separar de Leonor, a três quadras do meu, com o objetivo de usar meu melhor amigo como fonte de conforto, embora ele estivesse com o coração partido. Quando a doença chegou, no entanto, vi-me pela primeira vez preparado para cuidar dele. Estava alerta, via as coisas de forma clara. Seu Pedro viera a Buenos Aires disposto a tudo, mas não parecia em condições de fazer muito. O meu papel era ser prático. Estar lá. Precisava levar até Hugo as novidades, inventar festas que nem frequentava mais e contar histórias não necessariamente verdadeiras sobre a vida pessoal do nosso círculo de amigos. Hugo queria ouvir sobre o lado leve que se passava lá fora, queria que o mundo ao seu redor estivesse girando. Nas muitas noites em que fiquei com ele no hospital, em meio às crises de dor de cabeça que pareciam jamais ir embora, foi a dedicação do Daniel que me fez manter a saúde mental enquanto meu melhor amigo urrava de dor ou vomitava o pouco que tinha conseguido comer ao longo do dia. Você tem de cumprir sua tarefa. Você tem de fazer o que Hugo quer. Mesmo que o pedido fosse estranho ou mórbido, como imprimir uma lista de piadas sobre doenças mortais na internet ou gravar documentários do Discovery Channel sobre psicopatas para assistir com o volume nas alturas em um quarto de hospital.

Quando eu voltava à minha velha mania de analisar tudo de forma minuciosa, de questionar como isso estava acontecendo justo com uma pessoa como Hugo, Daniel vinha com frases que jamais imaginei que podiam sair de sua boca:

— Penses assim: só este dia. E, amanhã, penses assim: só mais este dia. E depois... só mais este dia. Até acabar.

Ele dizia o que tinha de dizer e então se voltava para o que estava fazendo no momento, com toda a concentração, fosse consertar o lustre da minha sala de jantar, que estava com mau contato e teimava em não acender, fosse passar uma de suas camisas brancas até atingir a perfeição. Nunca achei que passar roupa ou espremer um limão sobre um prato de chili com carne pudessem ser atividades tão sensuais. Tentei explicar isso a Hugo em uma das noites no hospital. Pela primeira vez em muitos dias, ele riu.

— Parece que você está apaixonado — resumiu.

Olhei para ele e baixei os olhos, voltando para a minha leitura.

No dia seguinte, fui até a casa de Daniel e o encontrei com um lápis na mão e extratos bancários sobre a mesa. Ele havia completado o volume de reservas que considerava adequado para anunciar para mim que, finalmente, poderia colocar em prática o plano de ação que o trouxera a Buenos Aires: fazer um curso de gastronomia no serviço do comércio. Poucos dias antes de completar trinta anos, preparou-se para o primeiro dia de aula como um aluno de primário. Em vez de comprar lápis de cor e tinta guache, foi ao bairro que fica no caminho do Aeroporto de Ezeiza e que reúne lojas de acessórios para casa e cozinha. Comprou tudo de que precisaria: medidores, colheres, facas e tigelas novas em folha. Outra parte do dinheiro foi usada para adquirir um freezer de segunda mão e renovar o estoque de carnes congeladas para os meses seguintes.

Para maximizar o impacto do investimento, decidiu que, para cada habilidade aprendida, faria uma receita à noite, em casa. E ainda tinha o dinheiro do carro, para emergências de saúde, devidamente convertido em dólares. Na semana que iniciaria o curso, anunciou que estava deixando a bandeja de garçom para trás e começaria a trabalhar como assistente de cozinha em um restaurante de verdade. O salário era equivalente a mais ou menos a metade do que tirava massageando ombros de homens solitários madrugada adentro, mas os cálculos feitos e refeitos sentado na sala de seu minúsculo apartamento estavam corretos. Era possível fazer alguns cortes temporários e viver com menos. Tinha um ano para trabalhar e colocar o seu plano em prática. Era impensável oferecer qualquer ajuda financeira a Daniel, embora isso fosse possível para mim. Seu orgulho exigia que resolvesse sozinho a situação, tinha de abrir os próprios caminhos. Pelo seu ar de felicidade, entendi que, do jeito silencioso dele, a linha de trabalho noturno lhe pesava na alma. Era um alívio deixar essa fase para trás.

No dia em que deveria começar como assistente de cozinha — um domingo —, encontrei-o na sala sorrindo para si mesmo, enquanto preparava uma elaborada bebida de café cuja receita havia copiado de uma revista. Com o jeito direto de sempre, ordenou que eu bebesse. Disse que tinha de me mostrar algo. Foi até o baú de discos e tirou de lá um caderno antigo e puído. Contou que era o passo a passo dos pratos de sua mãe, que guardara consigo após a morte dela.

— Tu sabes o que esse emprego significa para mim?

Antes que eu pudesse responder, ele mesmo completou: pela primeira vez, sentia-se no controle da própria vida, em vez de ser controlado por ela. Mantinha os olhos fixos nos meus. Por fim, alertou-me, quase em tom de profecia, que o curso era só o começo. O passaporte para o sucesso do seu projeto estava ali, no caderno que o fazia se lembrar de onde tinha vindo. As receitas dos pampas, anotadas ao longo de anos pelos dedos gelados de sua mãe, combinadas com as habilidades de chef que agora iria treinar, seriam a sua chave para uma nova vida.

Ainda não é a hora. Eu vou saber o momento. Ainda não é a hora. Permaneci imóvel. Acho que sorri. Com Daniel, bastava ouvir, não era necessário pensar em algo para responder. Ele se levantou, guardou com cuidado o caderno no baú e perguntou-me se eu queria outro café complicado. Respondi que não, estava bem. Então ele decidiu lavar a louça. Se deixasse os talheres e panelas se empilharem, mesmo num momento festivo como esse, sabia que teria de gastar o dobro do tempo para deixar a cozinha limpa no dia seguinte.

Eduardo, segundo Hugo

Plataforma da Estação Carlos Pellegrini

Linha vermelha,
Metrô de Buenos Aires

Seu Pedro não acredita que as verdadeiras amizades existam. Os amigos somem na hora em que as dificuldades realmente se apresentam — é o que ele costuma dizer. Na hora em que o sapato aperta, a gente se volta para a família. Os outros fogem, têm coisas melhores para fazer. Nunca entendi direito o que isso significava, já que sempre achei a relação dele com os irmãos meio fria. Parecia que só se encontravam para tratar de dinheiro, da divisão das terras deixadas pelo pai e para disputar quem não iria cuidar da vovó porque tinha inúmeros compromissos inadiáveis. Um bando de caipiras que gostava de falar de viagens à Europa, de comprar o carro do ano, de discutir política superficialmente, de reclamar das cotas raciais e do caos nos aeroportos, entre outras preocupações cem por cento burguesas. Também não me lembro de meu pai tendo um amigo de verdade, alguém fora da família a quem ele pudesse contar tudo, falar da mulher distante, que não parava de lhe dar lições de etiqueta e bons costumes. Seu mundo se resumia a mim, à esposa pouco interessada nele e aos irmãos gananciosos. Passou a vida toda sem aprender a ver o mundo sob diferentes perspectivas. Não falo de amigos no outro lado do planeta, de culturas completamente exóticas. Às vezes, basta ir à casa do vizinho para ver a vida a partir de um novo ponto de vista.

Acho que todo o amor que meu pai sente por mim, esse misto de admiração e companheirismo inabaláveis, tem origem em uma certa solidão. É como se eu fosse o único capaz de criar um elo entre ele e o resto da humanidade. Em uma roda de conversa, Pedro fala, gesticula, chama a atenção para si, faz piadas. É tudo disfarce, pois a única certeza que tem é a de que está, de fato, só. Quando eu era criança, às vezes meu pai mencionava a existência de um amigo ou outro, ria com algumas lembranças divertidas, mas logo mudava de assunto. Não parecia ter a necessidade de ligar para eles quando algo muito bom ou muito ruim acontecia. Uma ou duas vezes por ano, ele se reunia com os companheiros de faculdade para tomar uísque, pescar e, se tivessem sorte, comer peixe assado. Voltava bêbado, cheirando a bagre e lambari, e desmaiava no sofá. E era isso. Armariam um novo encontro se tivessem tempo.

Em um mês de julho, quando ele estava de férias da faculdade, o telefone tocou. Notícias ruins. Um de seus companheiros de pescaria havia morrido. Ataque cardíaco fulminante. Pedro passou a derrubar um caminhão de clichês sobre seu interlocutor, que pareceu engoli-los com prazer.

— Nossa! Morreu enquanto fazia a barba. Tão novo, né? É, temos de viver a vida plenamente. O amor é o mais importante — disse a quem quer que estivesse do outro lado da linha e desligou.

Eu devia ter uns onze anos na época. Perguntei se ele ia ao enterro, a resposta foi não.

— Ele está morto agora, que diferença faz? — limitou-se a questionar.

Disse que tomaria um uísque em homenagem ao amigo. Era uma boa razão para beber às dez da manhã. Uma desculpa a mais para irritar a esposa. A morte não havia sido em vão.

— Ao preclaro colega — brindou enquanto sorvia sua dose, pois o falecido era advogado.

Com minha mãe, Pedro agia mais ou menos da mesma forma. Nunca foi capaz de um gesto bonito, de lhe trazer flores ou surpreendê-la com ingressos para um balé. Pobre mulher. Talvez tenha faltado alguém para aconselhá-lo, ensinando-lhe que existem pequenas saídas para o marasmo e até a falta de amor em uma união. O semblante frio de dona Marta só parecia sorrir — com os olhos, sem jamais mostrar os dentes nem mover os lábios — quando ela se gabava de que os anos de bailarina haviam lhe educado o corpo, que permanecera esguio e firme através dos anos. A frieza e a adequação que tomavam conta de casa, a preocupação com as regras e os códigos sociais podem ter sido uma resposta à inabilidade de seu Pedro de ver o que estava bem à sua frente. O amor de marido não vinha naturalmente para ele, tampouco o talento para cultivar amizades. Mas, para ser pai, possuía um instinto particular. O resto do Universo não importava tanto, todos poderiam sumir que ele não sentiria muita falta. Desde que Hugo estivesse são e salvo. Agora, neste momento em que aparentemente eu não estou a salvo, muito menos são, uma represa de lágrimas se rompe, e seu Pedro senta-se num canto e chora. Meu pai parece ter perdido a habilidade de cumprir as mais simples tarefas, como lavar as mãos depois de ir ao banheiro ou comprar uma lista de três itens na mercearia. Precisa recorrer a alguém para controlar os próprios nervos.

Sempre calado e sentindo-se incapaz, tenta, sem sucesso, esconder o ciúme que sente de Eduardo. O problema é disfarçar aquele olhar. Ele não entende que a conexão entre dois completos estranhos pode ser mais forte do que a compartilhada por duas pessoas que sempre moraram na mesma casa. À medida que o mundo de cada um evolui, a saída é buscar pessoas que contribuam para expandi-lo.

A ligação entre dois melhores amigos é a mais pura que pode existir. Não é definida por laços familiares, que são uma espécie de contrato tácito de amor, nem pela promessa de uma noite inesquecível de sexo. É inexplicável como é possível conversar por horas ou apenas permanecer o dia inteiro calado ao lado de um amigo. É completamente diferente de um casamento, em que marido e mulher precisam dormir e acordar juntos. O pai, por convenção social, tem o dever de cuidar do filho. A relação entre amigos é mais natural, ela simplesmente acontece. Nunca tive o mínimo pudor de me meter na vida do Edu, de dizer que ele se deixava enganar com muita facilidade toda vez que se apaixonava — o que acontecia quase todas as semanas. Eu me irritava, pois creio que não há nada de errado com um pouco de senso de autopreservação. Ele só respondia que alguém bem que podia dizer isso ao namorado de uma certa Leonor. Depois se calava, temendo me magoar. Ele sabia tão bem quanto eu que não é fácil sair da inércia e agir para mudar o que incomoda.

Minha doença não foi um grande drama hospitalar a ser interpretado por um ator famoso em um filme. Os dias de hospital foram mais para controlar os efeitos colaterais dos remédios do que o câncer em si. Linfoma não Hodgkin estágio um. Até que o diagnóstico ficasse claro, levou um tempo. Um médico que cobrava muito caro pelas consultas aconselhou-me a voltar para o Brasil, disse que não havia razão para eu ficar longe da família numa hora dessas, que era melhor ir para casa. Grande especialista em filha da putice. Vago em suas explicações, pediu uma bateria de exames e assinou os longos formulários enquanto lia notícias de futebol na tela do computador. Se visse outra pessoa sendo tratada assim, talvez isso despertasse em mim a fúria pelos desvalidos, o ódio contra o sistema de saúde sucateado, a revolta pela incompetência dos planos de saúde e as injustiças do mundo. Quando uma coisa dessas acontece com você, a mais estranha sensação de impotência toma conta. Quanto mais ele olhava para a tela do computador e procurava notícias interessantes no site do *Clarín*, mais compaixão eu sentia pelas pessoas que estavam havia horas naquela sala de espera apertada e mal decorada. Um homem velho, cansado, enrugado, infeliz. Olhava para o seu rosto e sentia pena. Depois de ver tantas mazelas, ele havia perdido o dom da empatia. Diante daquela figura anestesiada e alheia ao resto do mundo, despedi-me educadamente, sentindo seu aperto de mão frouxo e desleixado. Acenei para a secretária atarefada ao sair e decidi jogar os pedidos de novos exames no lixo do corredor enquanto procurava o botão do elevador. Ela correu atrás de mim para marcar uma nova consulta. O médico só teria horário livre no mês seguinte. Eu disse que não me importava, que ela poderia encaixar alguém mais ansioso em meu lugar. O elevador chegou, e eu a deixei para trás, sem que ela entendesse a razão para eu recusar o tratamento daquele jeito. Assim que cheguei ao térreo, liguei para Edu. Precisava falar com alguém.

Meia hora depois, ele estava em meu apartamento. Edu, sentado no sofá. Eu, do outro lado do balcão da cozinha. Tentava lhe oferecer tudo o que tinha no armário: alfajor com café, uma colher de doce de leite passada no pão, macarrão com molho de tomate. Eram quatro e meia da tarde, e ele tinha de estar com fome, já que nunca comia na hora certa. Havia frutas e iogurte na geladeira. Um cigarrinho na janela? Hoje pode, abriríamos uma exceção. Poderia fumar um cigarrinho, eu garanti que não contaria nada para Daniel. De repente, Edu levantou-se do sofá, e eu olhei para ele vindo em minha direção. Naquele momento, passou pela minha cabeça algo que, em todos esses anos, nunca percebera. Edu é um dos poucos homens que conseguem usar cachecol em um dia relativamente quente sem parecer pretensioso. Fica bem nele. Não vou tentar fazer igual, vou me sentir ridículo. Estava prestes a lhe dizer isso quando ele agarrou um dos meus braços com uma das mãos e usou o pouco português que sabia para ir direto ao ponto:

— Cala a boca!

Eu encostei em seu ombro e chorei. Ser acolhido nos braços de alguém interessado somente em meu bem-estar é uma sensação que eu não experimentava havia tempo. Sempre se está buscando algo mais: um abraço pode ser o atalho para uma vantagem econômica, para deixar claro que um colega de trabalho acabou de ser promovido a amigo ou até um prelúdio para uma noite de sexo casual. Naquele dia, no meu apartamento, não existia nada disso. Éramos duas pessoas que se amavam incondicionalmente. Por duas vezes, Edu me fez sentir assim, como se eu fosse a pessoa mais importante do mundo. Uns três meses mais tarde, já quase no fim do tratamento, tive de ficar internado novamente por causa de dores de cabeça e náusea. Em um dos acessos de vômito que aconteciam toda vez que a dor atingia o nível do insuportável, ele segurava meus braços com uma força que parecia sem fim. E eu tinha a certeza de que não cairia no chão nem desistiria. Edu não falava muito, às vezes, repetia que era para eu parar de resistir, tentar segurar só alongaria o sofrimento. Sempre fui grato por nunca ter ouvido um tom de pena nem de sentimentalismo em sua voz.

O senso prático de Edu, sua mente de arquiteto, ajudou a transformar o tratamento em um jogo matemático, uma etapa de um videogame mórbido a ser vencida a qualquer custo. Um dia tenho de pedir desculpas a Daniel pelo que fiz, mas precisei monopolizar Edu por um longo período. Foi necessário, pois seria impossível lidar com a doença e com seu Pedro ao mesmo tempo. Meu pai tem a tendência de transformar tudo em novela. Todas as vezes que uma enfermeira entrava para me aplicar uma injeção ou quando a ânsia chegava, ele ficava a ponto de chorar. Um dia, não aguentei e joguei um travesseiro na cara dele. Que falta de compostura. Se quisesse chorar, estava mais do que convidado a fazê-lo, mas em casa. Definitivamente, não queria viver dentro de um filme desses feitos para as pessoas se debulharem em lágrimas, não estava preparado para escrever cartas para os meus amigos lerem depois que eu morresse. As estatísticas conspiravam a meu favor, não haveria funerais nem fotos envelhecidas em meu túmulo. E tudo o que Pedro fazia era me lembrar de que uma tragédia poderia acontecer, de repente eles achariam algo que ainda não tinham visto, um tumor ou uma metástase. Essa pequena possibilidade era real. E ele parecia se concentrar nela. Por isso, Edu o proibiu de ficar no hospital por mais de vinte minutos. Para que a punição não fosse excessivamente cruel, poderia vir todos os dias. Se chorasse, perderia o direito à visita seguinte. Era necessário seguir as regras. Ele tinha de aprender a se controlar.

A sabedoria popular diz que o corpo tem de expelir tudo o que não presta. E, aparentemente, no meu caso, havia material descartável sem fim. O meu médico defendia que excesso de remédio atrapalha o funcionamento do organismo. Edu parecia concordar. Decidimos todos então dispensar as pílulas para segurar o que eu tinha no estômago. Passar o dia vomitando tinha algo de bom, pois, pelo menos durante os meus ataques de náusea, eu esquecia a dor de cabeça. Quando a ânsia dava um tempo, voltava o placar da dor de cabeça. De hora em hora, numa espécie de gincana tragicômica, Edu me pedia um número e anotava em uma folha quadriculada presa a uma prancheta de madeira. De um a dez, eu tinha de dar uma nota ao que estava sentindo para que pudessem dosar o remédio — esse não dava para eu negar. Às treze horas, dor de cabeça quatro; às dezesseis, seis. E assim por diante. O placar havia virado uma distração para mim. Minha dor de cabeça nunca passou de sete. Eu sabia que, quanto maior a nota, mais difícil seria me darem alta. Chega um momento em que você não pensa mais em nada, só quer sair do lugar, levantar-se da cama, mesmo sem a menor condição de andar até o corredor. Numa escala de um a dez, sete, para mim, significava doze.

Só muito mais tarde descobri que Edu, ao preencher a minha ficha, escrevera em letras maiúsculas: "Paciente tende a minimizar a gravidade do quadro". Edu, em vez de ler as minhas palavras, decifrava a expressão do meu rosto. Quanto mais eu mentia para baixo, menos ele acreditava. Uma vez, no meio da madrugada, quando gemi um "três" para o estágio da dor de cabeça, Edu olhou direto para mim:

— Você está achando que eu sou idiota?

Ele anotava no prontuário números diferentes do que eu dizia. Um traidor na cama de acompanhante. Sempre inflacionava a nota da dor de cabeça em dois ou três estágios. Ninguém me conhecia melhor. Isso pode reconfortar, cansar ou salvar a sua vida, dependendo do caso. Quando soube da manipulação dos números, entendi por que, quando disse "sete" para a dor naquele instante de fraqueza, ele correu para chamar o médico no corredor. Meio zonzo, escutei-o falar de longe, quase perdendo a calma:

— Faz alguma coisa, o medicamento não está fazendo efeito.

Foi a única vez, nesse tempo todo, que ele chegou perto de sair do controle. Pelo menos na minha frente. Quando a situação começou a amenizar, passou a trazer o laptop e a tentar fazer um projeto ou outro. Eu não tinha nada a dizer, mas era bom ter alguém ali do lado o tempo todo, caso alguma ideia brilhante passasse pela minha cabeça e precisasse ser anotada para a posteridade ou para impressionar uma turma de hippies do primeiro ano de ciências políticas.

Enquanto isso, seu Pedro tentava disfarçar, mas estava a um passo do completo desespero. Ele passava os dias de pijama e ligava para Edu de maneira insistente para perguntar como eu estava. Estocava comida no armário para garantir o meu pronto restabelecimento assim que saísse do hospital. Acreditava no poder curativo do capim-cidreira, da farinha de milho e de uma combinação perfeita de frutas: banana, pêssego e ameixa-preta. Nas visitas, não conseguia parar quieto, andava de um lado para outro no quarto. Logo saía para incomodar as enfermeiras fazendo sempre as mesmas perguntas e reclamava, enquanto zapeava os cem canais disponíveis na tevê, que o pacote a cabo do hospital não era bom o suficiente. Os cateteres grudados em minhas veias lhe davam arrepios, e até a troca do soro o levava a um estado de agonia. Mas o que mais incomodava Pedro, curiosamente, era como meus lábios podiam ficar tão secos. Passava vaselina na minha boca rachada, perguntava se meu nariz estava entupido e se precisava de ajuda para assoá-lo. Eles deveriam me dar um pouco de Tylenol para estancar o corrimento. Como é que deixam Hugo com o nariz escorrendo? Parecia um menino de rua. Bando de incompetentes. Às vezes, eu até achava graça, mas não conseguia rir.

Não deixei que meu pai presenciasse os piores momentos de náusea. Sempre dava um jeito de estar bem quando ele vinha me visitar, consideradas as circunstâncias extremas. Eram poucos minutos, no entanto, ele conseguia me deixar em um permanente estado de tensão. Parecia que a dor de cabeça aumentava com seu Pedro por perto. O fato de ele não estar tomando banho direito, aquela barba por fazer, os cabelos fora de ordem e as orelhas cada vez mais cheias de pelos contribuíam para piorar o meu humor durante a tarde. Assim que meu pai era escoltado para fora, graças às regras restritivas de visita criadas por Eduardo, seguia-se um

100

período de calmaria em que eu assistia à tevê sem som. Eu imaginava seu Pedro voltando para casa e lendo livretos de vocabulário em espanhol, buscando artigos sobre linfoma na internet, cozinhando algo de aspecto horripilante e deixando a louça suja para a faxineira lavar no dia seguinte.

Por volta das quatro da tarde, quando Edu chegava, o remédio para dor de cabeça começava a fazer efeito. Não demorava muito e era a hora da sessão náusea. O corpo esperava companhia para começar a rejeitar o que estava incomodando. Edu se transformou, naquelas semanas, no homem do balde. Lembro-me de ter ficado grato, de ter até agradecido a Deus, pela pontualidade das crises de vômito. É impressionante como a gente é capaz de se apegar a coisas tão pequenas em meio ao desespero. Qualquer esperança microscópica serve. Depois de uma semana, sabia quando iniciavam e terminavam. Quando uma situação se torna conhecida, por pior que seja, fica mais fácil de enfrentar.

Sem mais nem menos, um dia, as dores de cabeça passaram. Era como se elas nunca tivessem existido. Eu não precisava nem de uma aspirina. A liberação do hospital veio no dia seguinte, e não demorou para que Edu me telefonasse para dizer que era hora de eu voltar à vida normal. E que já havia passado da idade de morar com meu pai — precisava botá-lo para fora. Ou ele voltava para São Paulo, ou então que encontrasse outro apartamento por aqui. Mal desliguei o telefone, e seu Pedro chegou da rua. Eu ainda estava com o mesmo aspecto cansado, mas a minha alta operara maravilhas no meu pai. Voltara para casa cheio de compras de supermercado, com os cabelos cortados e a barba feita. Tinha trocado de roupa, a camisa estava passada. Anunciou que não voltaria mais para o Brasil, não havia nada para fazer lá. Nem se abalou quando declarei que preferia morar sozinho, que ele seria obrigado a achar um canto próprio. Ele estava otimista. Todos os problemas podiam ser resolvidos. Disse até que já tinha visto um apartamento no mesmo edifício. Ficaria tudo bem desde que mantivesse os olhos grudados em mim. Dessa condição, não abriria mão. Resolveu pegar uma garrafa de vinho e anunciou que brindaria comigo se eu pudesse beber.

— Como você não pode beber, vou ter de fazer isso sozinho. Uma pena — falou, fazendo graça enquanto manejava o saca-rolhas.

No dia seguinte, Eduardo decretou que jantaríamos juntos e tentaríamos tratar de assuntos que não envolvessem notas para dor de cabeça, náuseas e horários para remédios. Com a ajuda de Daniel, havia programado o meu celular para tocar de quatro em quatro horas, em horários repetidos, para que eu não esquecesse os medicamentos. Também me deu uma camisa nova, dois números abaixo do que eu costumava usar, já que eu havia emagrecido um bocado. Eu me sentia bem apesar do cansaço e do rosto marcado por olheiras. Finalmente não carregava um peso quase insuportável no peito. De vez em quando, porém, me batia uma tristeza que eu não sabia de onde vinha. Durava um minuto ou dois, e meu melhor amigo foi o único a percebê-la.

— Dor? — perguntou-me.

— Não, nenhuma — respondi.

— Então está na hora de melhorar essa cara.

Era uma ordem bem estranha para uma pessoa que se sentia como um daqueles pacientes de telefilmes sobre aids dos anos 1980. Ainda tinha pela frente a obrigação de tomar, em casa, nada menos que dezoito comprimidos todas as manhãs, mas Edu me disse que era melhor eu engolir tudo com um sorriso, senão meu pai não me daria paz. A última coisa que queríamos era seu Pedro sem tomar banho de novo. E isso dependia de mim, era o meu trabalho, tinha de encarar como uma tarefa que não podia ser adiada. Comprou-me um copo de água enorme e me recomendou que tirasse o Band-Aid da ferida e tomasse todos os comprimidos de uma vez — os amarelos, os vermelhos e os que mais pareciam um Melhoral. Eu vestia a camisa que ele me dera sempre que podia, pois tinha a impressão de que aquela peça de roupa era o meu elo com o mundo das pessoas normais. Aquela camisa branca comum era suficiente para que eu não me sentisse mais uma miniatura de mim mesmo.

Um dia, achei que meu aspecto estava um pouco melhor. Esbocei um sorriso no espelho e decidi fazer um clareamento nos dentes. Liguei para o meu dentista, mas ele explicou que eu precisava esperar algum tempo para que a capacidade de cicatrização do meu corpo voltasse ao normal. Ele insistiu que eu deveria me concentrar na minha recuperação. Era esse, justamente, o problema. Eu estava exausto de pensar nisso. Preferia fazer qualquer outra coisa. Até ir ao dentista.

— Estou me sentindo realmente ótimo hoje. — Era o que eu repetia, com o sorriso amarelado mais sincero que conseguia forjar, ao encontrar meu pai.

Eu parecia um robô programado para agradar. Na verdade, não me sentia tão bem assim, mas os olhos de seu Pedro se acendiam quando eu falava que tudo ia dar certo. O homem era viciado em ceninhas baratas. Tinha pelo menos a decência, toda vez que sentia vontade de chorar de alegria, de dizer que precisava de um copo d'água ou que iria ao banheiro. Depois de dez ou quinze minutos, voltava com os olhos vermelhos fingindo que nada tinha acontecido.

Eu me sentia capaz de me virar sozinho agora. O despertador me avisaria o horário dos remédios, e eu não tinha nenhum tipo de deficiência intelectual. Decretei, depois de quase dois meses de escravidão, que era hora de Eduardo voltar à própria vida. Deveria ir menos à minha casa e aumentar a frequência de suas visitas ao

Caballito. Poderia ligar duas vezes por semana e tomar comigo um café de vez em quando. Edu tinha projetos para entregar, casas que precisavam sair das pranchetas. A minha rotina de comprimidos e comida saudável seguia tranquila. Então, um dia, Daniel me ligou. Era um sábado, e Eduardo havia saído de manhã dizendo que precisava organizar a cabeça. Dani entendia que ele precisava de um tempo sozinho, um homem bom merece pôr as ideias em ordem para não deixar o coração transbordar. Nas horas de dificuldade, Edu costumava desaparecer por Buenos Aires. Sabe como ninguém ir a pé de um bairro a outro, tem na cabeça as ramificações e conexões que unem as diferentes partes da cidade. Daniel disse que estava preocupado porque ele não atendia ao celular. Eu respondi que ficasse tranquilo, pois o sinal não pegava bem no lugar em que ele costumava ir. Eu iria ao encontro de Edu, e pediríamos uma pizza mais tarde, os três, no Caballito, mas Daniel afirmou que já ia começar a preparar uma massa caseira.

— Tens certeza de que está tudo bem? — Daniel quis certificar-se.

— Sim, eu vou buscar o Edu para você. Inteiro. Prometo.

Sempre que saía sem rumo por Buenos Aires, Edu acabava bem no coração da cidade, na mais central das estações da Linha Vermelha do metrô, a Carlos Pellegrini. Era ali, em um dos lugares mais movimentados da capital, que ele encontrava paz. E ouvia Walter Moore tocar rock'n'roll em troca de uns poucos pesos. Edu tentou, uma vez, propor um documentário sobre cantores de metrô para a tevê pública, mas o projeto não foi adiante. Por frustração de não ter conseguido apresentar Mr. Moore ao mundo, ele continuou a repetir o ritual de se sentar em um banco qualquer da estação suja e, entre um trem barulhento e outro, ouvir os clássicos do rock inglês interpretados por um barbudo portenho. Os passageiros passavam rapidamente, tentando chegar a tempo da próxima conexão, mas

Edu ficava alheio ao entra e sai de gente dos trens. Sentava-se, separava algumas notas no bolso para contribuir com o cachê do artista. Nunca trocava mais de meia dúzia de palavras com ele, mas tinha um estoque de CDs em casa com os quais fazia questão de presentear meus amigos brasileiros de passagem por Buenos Aires. No meio daquela confusão de música e ruídos, organizava as ideias e esperava sua canção preferida. Nada de Rolling Stones nem The Doors, Beatles ou Elvis — o repertório que faz os turistas se maravilharem. É a canção de número treze do CD mal gravado de Moore que Edu aguardava antes de ir embora. Às vezes, precisava ficar ali dez minutos, às vezes, quarenta. Nunca fazia um pedido ao músico, preferia esperar a surpresa dos primeiros acordes, parecida com a sensação que a gente tem quando aquela música que não ouvimos há muito tempo começa de repente a tocar no rádio. Depois de "Midnight special", do Creedence, ele se levantava e, sentindo-se mais leve, embarcava no próximo trem.

Martín, segundo Carolina

Milonga de la Glorieta

Barrancas de Belgrano

Não quero que esta sensação acabe nunca, o toque sobre minha pele poderia ser repetido ao infinito. Pequenos calafrios tomam conta do meu corpo a cada mínimo movimento. Só quero continuar aqui. Carícias em minhas pernas, meus seios nus e sobretudo meu rosto. Acho que é sábado à noite, mas é como se o tempo tivesse parado e só restasse a delicada cadência do meu corpo. Cronometrada, sincronizada. Todos os fios de algodão, um a um, presenteiam-me com uma repetida descarga de energia que faz os pelos de minha nuca se levantarem. Uso a ponta dos dedos e tento contá-los, saber quantos são. Este lençol branco foi comprado quando substituí uma comissária de voos intercontinentais no ano passado. Pode ter sido no Japão ou em Taiwan. Um lugar muito longe, estou certa disso. Em uma loja de departamentos. Fazia frio. O lençol em promoção. Por que não trouxe outros tantos? Estou submersa em um mar de tecido branco que desliza sobre mim e responde instintivamente a meus comandos. A luz do quarto está acesa e incomoda um pouco meus olhos mesmo através do lençol. A tosse já passou faz uns três dias, mas o vidro de xarope de cereja me lembra a infância, por isso o mantenho. Só um golinho, depois dois, depois o vidro todo. Sinto-me leve. Não sabia que barato de xarope era tão bom. Estou com sede e quero ir à cozinha. Fico na intenção. Não consigo organizar meus braços e pernas. Estão soltos como os oito membros de um polvo. Parece que estou nesta cama há horas, será que já amanheceu? Acho que não. Pode ser que tenham se passado só vinte minutos. Nada é linear, o mundo é elíptico e complexo. Preciso anotar isso, parece um pensamento inteligente. Há muito tempo não me sentia tão bem. A vida pode ser bem simples, li isso num livro de autoajuda outro dia. Pode resumir-se ao estritamente necessário. Agora entendo. Lençóis brancos e xarope de cereja.

Depois da minha noite de amor com os lençóis brancos, passei a semana inteira com medo da farmácia. Ao mesmo tempo que dizia a mim mesma que era bom fazer um estoque de xarope — nunca se sabe quando a tosse pode chegar —, concluía que isso não fazia o menor sentido. Aceitei que já estava pensando como viciada e resolvi me controlar para não agir como uma. Fui ao supermercado e descobri que também vendem xarope lá sem receita. Eles facilitam muito a vida de quem tem esse vício. Andava obcecada com o xarope de cereja, mas, dia após dia, venho me esforçando para resistir à tentação. Só consegui mudar o pensamento após ler uma notícia no jornal enquanto esperava a torre de controle autorizar uma decolagem. Um homem havia morrido engasgado com um pedaço de pizza. Não era do tipo solitário. Tinha uma namorada. Pediram a pizza na sexta à noite, e ela não era de comer muito. Sobrou uma fatia para o café da manhã do dia seguinte. Acharam o rapaz só na segunda-feira. A garota viajara para o exterior a trabalho, e ele não estava respondendo às mensagens que ela enviava. Primeiro ficou brava, depois confusa e, finalmente, preocupada. Mandou que alguém fosse com urgência apurar o que estava acontecendo. Acharam o rapaz morto, sufocado no chão da cozinha. Tinha estrebuchado no sábado de manhã, a polícia estimou que estava morto havia dois dias. Aquele pedaço de pizza amanhecido e gelado, o melhor de todos, que a gente fica rezando em silêncio para sobrar na caixa, matara um homem. A reportagem não dizia o sabor da pizza, mas eu só conseguia imaginar o rapaz duro no chão segurando uma fatia de pepperoni. Ser morto por uma pizza marguerita parecia improvável, meio humilhante. Tenho convicção de que a culpa era do pepperoni. E eu adoro pizza de pepperoni. Poderia acontecer comigo.

O sábado chegou novamente, e eu não tinha nada para fazer. Ou melhor: tinha até opção, pois, durante a semana, dois homens me entregaram cartões de visita na esperança de que eu ligasse em um momento de solidão. Não o fiz, pois sequer conseguia me lembrar do rosto deles. Ficar em casa deitada era melhor. Continuava sem xarope havia seis dias inteiros. O líquido de cereja representava mais uma relação daquelas que causam dependência, dessas que eu jurara abandonar. Afastar-me dos homens estava sendo fácil, havia me cansado deles. Como se fosse possível a um cocainômano, depois de vários anos acordando à base de pó, de repente se cansar da droga. A ponto de nem querer vê-la. Não sei se era algo químico ou psicológico, mas os homens haviam se tornado tão previsíveis e desinteressantes que eu mal tinha ânimo para conversar com eles. Os fios que me ligavam ao sexo masculino pareciam ter perdido o contato para sempre. E nem James Bond seria capaz de juntar o emaranhado de cores para produzir uma explosão. De repente, eu já provara todos os sabores da sorveteria, e meu paladar não podia mais suportar repetir nem que fosse um só deles. Logo eu, mestre em papo furado encostada em balcão de bar, doutora em acariciar meus cabelos para fazer charme, professora em rir de piadas sem graça. Agora, tudo isso não servia mais para nada. Mas o xarope, ah, o xarope... era uma tentação.

Neste fim de semana específico, estava restrita a duas opções: o aniversário da minha colega Joana, que na maioria do tempo me faz bocejar com sua carência, ou uma farmácia repleta de marcas de xarope. Corredores inteiros e uma infinidade de sabores ainda não experimentados. Incrível como me via sem alternativas melhores, sem uma janela para abrir, sem ninguém para ligar no sábado à noite. Eduardo, sempre disponível, agora vivia agarrado a Daniel. Tornaram-se o casal mais comum e irritante de todos os tempos, daqueles em que um completa a frase do outro. Sentia-me traída por meu amigo gay, que não tinha mais tempo para mim. A lista de contatos do meu celular estava repleta de chatos. E havia Hugo. Eu conseguira transformar algo especial em mais um caso mal resolvido. Minha cegueira e falta de capacidade de julgamento atingiram o ápice. Era preciso encarar os fatos: eram nove e quarenta e sete da noite, e meu bote salva-vidas se chamava Joana.

Hugo e eu vínhamos nos evitando. O sentimento permanecia e também a vontade de nos vermos, mas o que antes era tão natural se perdera. Talvez com o tempo isso passasse, porém o silêncio, que quase não existia entre nós, agora insistia em ficar ali. Os minutos demoravam a passar, as frases saíam forçadas e não diziam mais quase nada. Os dois com vergonha e sabendo que agiram como crianças mimadas. Conscientes também de que precisavam falar algo, mas sem a coragem de fazer isso agora. Sempre que ele me ligava, eu propunha um passeio no Patio Bullrich, pois ele odeia shopping center. Quando eu o procurava, ele inventava que precisava levar uns amigos brasileiros para jantar em um daqueles restaurantes para turistas de Puerto Madero, ideia que sempre achei detestável, mesmo na época em que fazia de tudo para agradá-lo. Enquanto me arrumava, dei-me conta de que Hugo desaparecera por completo nas últimas semanas e me perguntei se havia acontecido alguma coisa.

Quando fiquei pronta, odiei tudo: cabelo, blusa, sapato, colar. Aquela imagem no espelho me incomodava, uma figura meio patética, implorando para ser amada. Decidi que não tentaria vestir outra coisa, mudar a roupa não resolveria o problema. E, se não saísse logo, acabaria fazendo alguma besteira. Ligar para Hugo só para escutar a voz dele, sem falar nada. Entregar os pontos de vez e telefonar para minha mãe — isso, sim, seria o fundo do poço. Queria mesmo caminhar feliz pelos corredores de uma megaloja Farmacity. Então fugi. Agarrada à minha bolsa para me apoiar em alguma coisa, corri para a saída. O elevador havia sido reformado recentemente e agora estava forrado de espelhos. Para não ser obrigada a olhar meu reflexo, baixei a cabeça e olhei para o chão. Pensei que fosse desabar ali sozinha, mas consegui engolir o choro. Por sorte, não só o porteiro já tinha ido embora, como também não demorei a encontrar um táxi na rua. Nem me lembro da última vez que estive em Belgrano. Joana ainda morava lá com os pais, e quase todos os amigos dela vivem na região.

Traçara uma estratégia para que a festa não ficasse vazia: escolheu um bar tradicional que atendia ao gosto de todo mundo e que ficava a uma distância conveniente para a maioria dos convidados. Para mim, no entanto, a corrida de táxi sairia cara. Decidi que tudo bem. Belgrano seria o destino da minha fuga naquela noite. E eu precisava ganhar tempo para pôr as ideias em ordem.

Ao chegar ao bairro, vi alguns casais dançando tango na Milonga de La Glorieta, evento que acontecia num coreto instalado no meio de uma grande praça, e meu mau humor por me arrastar até ali se dissipou pelo menos por alguns momentos. Não sabia direito onde era o bar e me perdi pelas ruas. Percebi que havia mais espaço entre os edifícios e que os apartamentos não eram caixas de fósforos. Viver em um apartamento grande em Palermo ou na

Recoleta é coisa de milionário. Pela primeira vez, achei que havia alguma vantagem em viver em Belgrano. Encontrei o bar e me dei conta de que Joana estava lá quase sozinha, a não ser por uma amiga que gesticulava muito. Não precisei de mais de dez minutos de conversa para entender que o ponto alto de sua existência fora os tempos de colégio — ela não falava de outra coisa. Era uma das colegas de sala de Joana no ginásio, embora estivesse vestida de um modo muito formal, que a fazia aparentar ser dez anos mais velha. Agradeci por não ter amigos de infância, porque, pelo jeito, eles viram uns chatos. Essa, cujo nome nem fiz questão de guardar, também reclamava da música alta e explicava repetidamente que o marido e os dois filhos estavam em casa esperando por ela. Respondi que eu, por outro lado, não tinha hora para ir embora e ficaria até me certificar de que Joana estivesse bêbada o suficiente para não lembrar o caminho de casa. Então eu a colocaria num táxi, se possível seminua e com um cafajeste a tiracolo. Os olhos de Joana se encheram de gratidão, parecia que eu estava salvando não apenas seu aniversário, mas sua vida.

A verdade, no entanto, era que estávamos no mesmo barco. Agarradas uma à outra, não estávamos mais prestes a nos afogar. Uma diferença entre nós é que Joana deixava seu desespero transparecer no rosto, revelando que seus trinta anos talvez sejam pesados demais para ela carregar. Já eu sei dissimular. Minha mãe sempre me disse que é importante manter a dignidade, não derrubar sobre os outros os próprios problemas. Uma mulher precisa saber quando ficar quieta, e uma mocinha deve segurar o xixi até chegar em casa. Sou grata a ela por ter me ensinado a importância de sofrer em silêncio desde cedo. Isso agora me dá um ar bem resolvido, de superioridade. É tudo aparência. No entanto, me sinto protegida. Não é prático nem emocionalmente sadio, mas tem sua utilidade.

Uma música pop dessas que se repetem no rádio o dia todo começou a tocar, e, de repente, todo o bar passou a se mover na mesma cadência. A vantagem de estar em Belgrano é que pelo menos ali os rostos eram novos. Mas a linguagem corporal era a mesma, assim como as reações. Era impossível conversar num ambiente daqueles, então as pessoas passavam metade do tempo fingindo que entendiam o que as outras falavam. O lugar era diferente, mas uma rápida olhada pelo salão mostrava que os homens eram seres bem pouco surpreendentes. Tentavam não se mexer demais enquanto dançavam e disparavam olhares para todos os lados na esperança de acertar algum alvo. Ao longo da noite, teriam muita chance de sucesso, pois o nível de exigência caía a cada minuto. Madrugada adentro, tudo o que importaria seria não ficar sozinho.

A música mudou e, para acompanhar o ritmo, todos foram obrigados a se movimentar um pouco mais rápido. Vi um ou dois drinques sendo derrubados no chão. Minha visão era panorâmica, e todos os homens do mundo pareciam estar concentrados ali no salão. É como se eu os reconhecesse pelo cheiro. Todos os tipos.

Começando pelo fim do bar, constatei as variações do universo masculino, uma a uma: pretensioso, camisa aberta no peito, divorciado com dois filhos, cabelo esquisito, provável disfunção erétil, obcecado por dinheiro, sudorese excessiva, relógio caro demais, aliança escondida no bolso, pau fino, o mais animado da festa, cabelo esquisito de novo, sapato caramelo, eternamente com a boca aberta, velho babão, obcecado por celular, novinho virgem, alto e magro, baixo e gordo, alto e gordo, baixo e magro, já bebeu demais, desesperado para agradar e, por fim, aquele que acha que apalpar a bunda da gente é início de paquera.

Então a porta do bar se abriu. Ele entrou de bermuda e casaco de inverno da Le Coq Sportif. Parecia saído de um jogo de futebol com os amigos. Agora, tudo o que queria era beber uma cerveja. Passou pedindo licença por toda a confusão de corpos em movimento. Encontrou miraculosamente o único banco vazio no bar e certificou-se com alguém de que estava vago. Ao ouvir uma resposta afirmativa, sentou-se e acenou para fazer seu pedido. Os cabelos lhe caíam sobre a testa, e ele tentou ajeitá-los com as mãos. Ao ser atendido, pediu uma cerveja de trigo, aquela servida em um copo enorme. Concentrou-se apenas na bebida, não olhou para os lados. Enquanto engolia, seu pomo de adão movimentava-se de forma suave.

A diferença entre mim e aquele homem era que ele não estava ali julgando ninguém nem precisava desdenhar daquele grupo de pessoas que, no fim das contas, só queria arranjar companhia para o fim de semana. Ele viera atrás de um prazer simples, de uma meta clara. Então pediu outra cerveja. Agarrou o copo pesado com força. Observei seus braços peludos, os ombros largos, o nariz proeminente e um pouco arredondado. Uma barriguinha aceitável. Uma garota interrompeu meu estudo, meu exame daquele homem desconhecido, e me perguntou se eu podia ceder uma das cadeiras vazias à minha frente. Respondi que não, que estavam ocupadas, os convidados já estavam para chegar. À medida que o bar se enchia e muita gente começava a se avizinhar das mesas próximas às que Joana havia reservado para os amigos que não chegavam nunca, éramos obrigadas a ceder uma parte de nosso espaço. A amiga de Joana recebera uma ligação da filha de cinco anos, que se recusava a dormir porque ela não estava lá para esquentar o leite, e disse que precisava ir embora. Ficamos só nós duas para proteger cinco cadeiras e não podíamos nos permitir perder mais território. Os amigos de Joana eram respeitáveis, não eram do tipo que ficavam em pé em um bar no sábado à noite. Portanto, precisávamos de aliados, e Joana parecia a um passo do desespero. Quando outra pessoa nos perguntou se podia usar uma das cadeiras, respondi que um convidado acabara de chegar. Levantei-me e fui direto até ele. Beijei seu rosto, simulando familiaridade. Antes que ele tivesse tempo de reagir, sussurrei:

— Faça o que digo, por favor. Venha comigo.

Ele se levantou, pegou o copo e aceitou ser retirado do bar por uma estranha. Percebi que estava um tanto suado e que a situação o deixava um pouco nervoso, pois senti sua mão trêmula. Tudo nele me agradava, ainda podia sentir o perfume forte que ele passara provavelmente horas atrás. Não devia ter corrido muito no futebol, quem sabe era o goleiro do time. Ele me ajudou a chegar rapidamente à nossa mesa. Eu o apresentei.

— Joana, esse é o...

— Martín — disse ele para me socorrer.

— Martín, hoje é o aniversário da Joana — continuei.

— Feliz aniversário — ele falou, sem jeito.

— Bem-vindo à nossa festa, Martín — eu disse para quebrar o gelo.

— Obrigado — ele respondeu, meio enrubescido.

— Desculpe ter puxado você assim, mas a gente não estava mais conseguindo segurar as cadeiras, e os amigos da Joana estão atrasados.

— Eu sei como é, ninguém mais respeita horário de festa.

— E nem os trajes adequados. Acho que Joana deveria ter sido mais específica sobre o traje a ser usado na festa dela. Acho que nós dois recebemos convites diferentes — provoquei-o, fazendo uma referência à roupa esportiva dele.

— O meu convite dizia traje informal. Acho que a interpretação disso pode variar — brincou, sorrindo com a própria piada e ficando ainda mais vermelho.

Martín olhou para o chão e para mim, para o chão e para mim. Comecei a sentir meu rosto esquentar. Resolvi pedir um martíni de maçã para relaxar. Martín tinha os olhos castanhos muito claros, sinceros, honestos. O sorriso meio amarelo, aquela timidez por achar que deveria ter se arrumado um pouco melhor antes de sair de casa. Eu quis saber tudo sobre ele naquele momento, queria dizer alguma coisa, de preferência algo inteligente.

— Eles chegaram! — exclamou Joana alto, meio zonza de alegria, quebrando o clima.

Percebi que os olhos dela se encheram de lágrimas, provavelmente porque o mundo inteiro fora tirado de seus ombros. Dois casais caminharam rapidamente em direção à nossa mesa, desculpando-se pelo atraso. Tinham vindo no mesmo carro, precisaram dar várias voltas na quadra para conseguir uma vaga para estacionar. Uma lista de todas essas desculpas que a gente inventa quando deixa alguém esperando um tempão.

A chegada dos verdadeiros convidados foi a desculpa para Martín dar um jeito de sair dali, lembrando que estava malvestido porque planejara entrar e sair, viera só para tomar uma cerveja. Disse que tinha um compromisso no dia seguinte logo cedo, e, antes que eu pudesse pelo menos me oferecer para ir ao bar e pagar-lhe uma saideira pela boa ação, ele já havia desaparecido porta afora e deixado uma nota sobre a mesa. Era muito mais do que o preço das cervejas que ele tomara. Uma raridade entrara e saíra de um bar em Belgrano sem deixar telefone nem qualquer outro tipo de vestígio. Fiquei um pouco frustrada, mas só por um minuto. Martín ter passado por ali era uma prova de que existia um número razoável de pessoas que ainda valia a pena conhecer, que talvez eu só precisasse sair do meu estado de anestesia e ficar um pouco mais atenta. O xarope e a minha mãe não eram minhas últimas paradas. Senti-me, pela primeira vez após um bom tempo, leve.

Eu havia planejado chegar em casa antes das três da manhã, só que, quando dei por mim, já havia aceitado o convite de Joana para assistirmos juntas ao nascer do sol sentadas no coreto. Ambas bêbadas, acabadas e felizes. Passamos por uma vendinha e compramos alfajores, medialunas, suco de maçã e café bem forte para espantar a ressaca. Tudo da pior qualidade, mas com um gosto bom demais. Lembro-me do sol quase surgindo no horizonte, dos primeiros raios no meu rosto, porém devo ter apagado antes que ele surgisse por completo. Não sei o que aconteceu. Quando acordei, algumas pessoas se movimentavam em torno de nós. Estávamos no meio do caminho daqueles seres dispostos a acordar muito cedo mesmo em um domingo. Devia fazer uns dez graus, eu me enrolara totalmente em meu casaco, a cabeça escondida como a de uma tartaruga, os cabelos despenteados. Uma mendiga usando sapatos de salto de verniz. Podia sentir o peso da máscara de cílios do dia anterior escorrendo dos olhos, a luz era quente e agradável, mas me obrigava a fechar os olhos e franzir a testa, pois ao mesmo tempo me cegava. A minha visão estava embaçada e mal consegui entender que aqueles vultos eram pessoas fazendo tai chi comunitário no meio da praça, às sete da manhã. A maioria era de velhinhos, dava vontade de tirar uma foto. Joana parecia estar em estado de graça — talvez a bebida finalmente a tivesse ajudado a se soltar um pouco.

Ela sorria para o sol e ficava bonita naquela luz. Já eu começava a juntar a nossa bagunça para dar lugar às crianças que queriam brincar por ali. A ideia era mostrar que estávamos dispostas a ceder o coreto a elas. Como boa cidadã, esforçava-me para recolher embalagens de alfajor e copinhos de café. De repente, a luz do sol foi interrompida por uma sombra, como num eclipse. Não podia enxergar contra a luz, mas reconhecia aqueles ombros. Era Martín, sorrindo para mim como uma criança, usando um conjunto de moletom. Ele, de fato, tinha um compromisso cedo. Era o tai chi na praça com os velhinhos chineses. Eu nem fora para casa, e ele já estava terminando seu ritual de exercício matinal.

— Você parece que está precisando de um café da manhã de verdade — disse ele.

— Não, preciso ir para casa. Sou uma moça séria.

— Eu não tenho dúvida. Mas o que há de errado com um copo de café com leite?

— Absolutamente nada — respondi, com um sorriso.

— Tem um lugar aqui perto. Já levei muita gente lá e sempre tive as melhores críticas.

— Já levou muita gente lá?

— Algumas pessoas. Nenhuma reclamação até agora. Muitas resenhas cinco estrelas.

— Acho que seria um pecado perder um café da manhã cinco estrelas.

Virei-me para Joana, pedindo silenciosamente, pelo amor de Deus, que ela dissesse que não queria ir. Eu não a conhecia tão bem assim e já tivera alguns indícios de que ela às vezes não sabia a hora de se retirar de cena. Procurei as melhores palavras para sair dali educadamente. Tentei evitar qualquer chance de ela entender que estava convidada. Optei por uma estratégia que não daria margem a dúvidas.

— Você vai ficar bem? — perguntei.

Ela acenou com a cabeça que sim, e foi o suficiente para que a gente fosse embora, eu caminhando num zigue-zague de sono e ressaca, descalça e carregando os sapatos de salto nas mãos. Martín me acompanhava de perto, com as mãos nos bolsos do blusão. Depois de tanto tempo voando de um lado para outro, encontros com homens desconhecidos estavam longe de ser novidade para mim. Mas acho que nunca tinha me sentido tão tranquila acompanhando um estranho antes. Uma mudança e tanto para quem estava quase sempre acostumada a falar em código e a dar respostas evasivas para manter o ar de mistério.

Já perdi a conta de quantos nomes inventei ao longo dos últimos cinco anos. Fui Claudia, Marcia, Laura, Lisa, Maria, Dina, Felicitas, Monalisa... Hoje, olhando-me no espelho do banheiro da lanchonete, decidi que não queria máscaras. Lavei o rosto com muita água e sequei-o com as toalhas de papel. O negro escorrido dos olhos, e o vermelho apagado dos lábios. Amarrei os cabelos em um rabo de cavalo, voltei para o salão e sentei-me diante de Martín. Ele sorriu.

— Bem melhor. Agora posso ver o seu rosto — elogiou.

Senti-me no controle. Devolvi o sorriso. Pousei o guardanapo de papel comum no meu colo. Ele fez o mesmo com cara de garoto que se desculpa pela falta de modos. Parecia me observar com atenção. Dei um suspiro e esperei mais um momento.

— Então — eu disse.

— Então — ele respondeu.

— O que quer saber? — perguntei. Ele pensou por um momento.

— Não sei. O que você faz da vida?

— Sou comissária de bordo.

Ele olhou para mim e soltou uma risada.

— Sério?

— Como assim?

— É que aeromoça é a resposta clássica para quando as pessoas não querem dizer o que realmente fazem.

— Mesmo?

— É.

— Quer ver meu crachá?

Ele fez um sinal de que não era preciso, de que acreditava em mim. O garçom chegou com o café quente e forte. Os ovos mal mexidos na medida certa, o queijo *brie* fresco, o iogurte com pequenos pedaços de maçã e banana. Aquela lanchonete parara em algum momento dos anos 1970; tudo era laranja e bege, das cadeiras à louça. A comida era boa, e a companhia também. Martín tinha razão. Era um ótimo café da manhã.

Ele parecia ser um rapaz confiável. Pediu um café preto e se dedicou a me observar. Normalmente, isso me deixaria incomodada, mas estar de cara lavada, sem disfarces, mostrou-se uma experiência libertadora. Sentia-me analisada com ternura, se é que isso faz sentido. Como num concurso de beleza em que minha vitória estivesse garantida. Enquanto eu comia, ele começou a falar. Pequenas pílulas de informação. Era engenheiro formado, mas trabalhava com finanças. Dava-se bem com os pais. Tinha um cachorro que morava na casa de um tio e uma ex-mulher que não havia requerido o pagamento de pensão. Deixou claro que estava solteiro agora.

Quando acabei de comer, ele pagou a conta e fez questão de me levar para casa. Sabia que era longe, mas não aceitou "não" como resposta. Entramos no carro dele. No caminho, nenhuma vulgaridade, nenhuma tentativa de pegar na minha perna nem qualquer olhar de duplo sentido. Martín parecia ter a calma dos anos, mesmo não sendo muito mais velho que eu. Ele parou em frente ao meu edifício e, depois de alguns segundos em silêncio, pegou minha mão e perguntou:

— Baila comigo hoje?

Eu disse que fazia anos que não dançava tango, e ele retrucou que não importava, era uma milonga naquele coreto de Belgrano, no meio da praça, ninguém ia ligar. Tinha um professor lá para ajudar. Eu retruquei que tinha um compromisso profissional, mas que iria pensar, que ele não precisava vir me pegar, que eu tentaria ir, só não sabia se conseguiria. Despedi-me depressa e cheguei em casa nervosa, sem saber o que fazer. Tinha um voo às nove da noite, porém achei que poderia me livrar, mudar a escala. Não suportava mais aquela profissão, não aguentava mais ser garçonete de luxo doze horas por dia, não tinha mais estrutura para repetir o mesmo discurso diariamente. Precisava mudar de vida. Como não podia fazer isso de imediato, só telefonei para o responsável pela equipe do fim de semana e inventei que estava doente. Curta, grossa e impaciente, como uma pessoa doente de verdade. Passei a procurar freneticamente meus sapatos de tango. Encontrei-os empoeirados no fundo de um armário, experimentei várias saias e blusas, as mais loucas combinações. Achei um vestido antigo da minha mãe e me decidi por ele. Ao cair da noite, estava outra vez num táxi em direção a Belgrano, ao coreto da praça, dessa vez com uma flor branca decorando minha cabeça. O adereço, a princípio, fez-me sentir meio ridícula, depois me deu uma estranha sensação de confiança.

Ansiosa, com as mãos tremendo, cheguei antes do horário e me vi obrigada a esperar sentada nos degraus, com as pernas esticadas e enrolada em um xale negro para me proteger do vento. Observando as pessoas que já dançavam, fui interrompida por uma mão pousando em meu ombro e pela voz afável de menino que acabara de ganhar um presente. Ele parecia feliz em me ver. Martín me estendeu a mão para me tirar para dançar, e eu a aceitei. Frente a frente, olhos nos olhos, eretos e prontos para o primeiro acorde da música prestes a sair do CD player conectado por um emaranhado de fios às caixas de som espalhadas pelo coreto. Ele pôs a mão ao redor da minha cintura e me puxou para junto dele devagar, até a posição exata. Não havia quase espaço entre nós, eu podia sentir sua respiração um pouco ofegante. Sentia-me completamente pronta, com meus ossos bem encaixados e tudo no lugar certo.

Sem pressa, ele pousou os lábios de leve no meu ouvido. Esperou um segundo, depois mais um e então outro. E, afinal, disse:

— Eu conduzo.

* * *

Era manhã, e Martín segurava uma carta nas mãos, tinha os lábios meio trêmulos. Estávamos juntos havia pouco mais de três semanas. Eu saí do banheiro de cabelos molhados e o vi sentado na poltrona com as luzes do quarto semiapagadas. Ele estava de cueca, mas usava a parte de cima do pijama com os botões abertos. Pela expressão em seu rosto, estava óbvio que tinha algo para me contar. Como a cara era de má notícia, bateu-me uma sensação ruim: a de que esse tempinho de felicidade que eu vinha desfrutando talvez estivesse próximo do fim. Era a prova de que eu não deveria ter acreditado quando ele disse que me amava. Como se fosse inevitável descobrir que o amor não era para mim.

Ele me ofereceu o papel para que eu lesse a carta. Eu disse que não queria ler, preferia que ele me explicasse o conteúdo. Não sabia o que esperar. Apertando as mãos, como que tentando se justificar por meio de gestos, ele explicou que, uns dois anos atrás, quando achava que seu casamento ainda tinha alguma chance de sobrevida, ele e a ex-mulher foram a uma agência de adoção. Vinham tentando engravidar havia anos, e os médicos não encontravam nada errado com eles — os ovários dela eram meio preguiçosos, os espermatozoides dele, meio lentos. Mas milhares de pessoas com esses problemas, dado o esforço ao longo do tempo, acabavam tendo vários bebês bastante saudáveis. Com os dois, porém, parecia que a coisa não funcionava. Não era para ser, a natureza mostrava sua sabedoria. Eram capazes de conceber, só não tinham sucesso juntos.

A ideia de recorrer à agência de adoção teria representado o último suspiro do relacionamento. Ela não pareceu muito interessada na ideia e logo se mudou de casa. Então, sozinho e determinado a ser pai, ele continuou a visitar o orfanato. Preencheu os papéis. Há uns seis meses, fixara-se no bebê Victor, que então acabara de nascer.

Semana após semana, ia aos sábados de manhã vê-lo, levando fraldas, roupas e chocalhos. Tanto tempo passou sem ouvir uma resposta das autoridades que acabou aceitando que, eventualmente, em um sábado qualquer, descobriria que Victor fora adotado por uma família e que nunca mais o veria. Desde que me conhecera, havia ido só uma vez visitá-lo. Sentia-se vencido pela burocracia e decidira desistir. Estreitar o laço só confundiria o gurizinho.

Eis que a carta de aprovação chegara. Ele não me perguntou o que eu achava. Simplesmente me comunicou o que faria. Explicou que não era uma questão de ter certeza. Não era escolha. Aquele pacotinho de cabelos loiros embrulhado em macacões azuis parecia estar sempre à espera de sua visita. Era um tipo de amor inconsciente e inexplicável, de ambos os lados. Estava certo de que não era nem a imaginação nem a solidão falando em nome dele.

Ele me olhou bem nos olhos e disse:

— Ele é o *meu* filho.

E mais nada. Em silêncio, continuou me olhando. Encarava-me como se pedisse ajuda ou perdão. Foi naquele momento que eu entendi que também não tinha escolha, não havia mais nada a fazer.

Não era racional, não havia lista de prós e contras a ser levantada nem um grande plano para desenhar. Aprendera, finalmente, que não precisava de razões. Era simples e estava muito claro para mim. Eu amava Martín.

Hugo, segundo Pedro

Uma Pequena Loja Godiva

Juncal, 1740

Cabelos cheios e completamente loiros. Incrível como uma criança pode ter nascido tão cabeluda. Todos os bebês usavam gorros rosa ou azul, dependendo do sexo. Nos anos 1980, os testes que existiam para determinar o sexo do bebê eram pouco confiáveis. Será que esses pais compravam tudo em duas cores? Ou seriam videntes? Em seus primeiros meses, Hugo foi o bebê com as roupas mais excêntricas da cidade. Usava uma touca listrada, em tons de laranja e amarelo, que era grande demais para sua cabeça e volta e meia caía de lado, no berço. Decidi tirá-la de perto dele com medo de que se asfixiasse. Só depois entendi que ele ainda era incapaz de mover a cabeça para morrer sufocado. Mas, no meu raciocínio de pai velho de primeira viagem, era melhor que se resfriasse, pois isso era algo que se poderia solucionar. Hugo não chorava; também não dormia muito. Mantinha os olhos sempre abertos, mesmo sem conseguir fixá-los em lugar algum. Exatamente os mesmos olhos que se reviravam de dor numa madrugada, em um hospital de Buenos Aires, mais de trinta anos depois. O olhar procurava um ponto focal que não existia, o pulso estava arroxeado pela constante troca de cateteres para a administração de remédios. A tabela da dor.

— Você precisa perguntar e marcar os números na prancheta — Edu me explicara diversas vezes, como se eu fosse lerdo.

Eu estava me esforçando para não esquecer. Hugo não era criança, eu precisava me lembrar disso. Sabia, era claro que eu sabia. Só que, às vezes, me confundia. Hugo não era mais aquele bebê de touca laranja nem o garoto que gostava de andar com os pés descalços pelo terreiro. Já os olhos permaneciam os mesmos. Olhando para Hugo, hoje, parece que decifrei algo que nunca consegui entender antes. Por trás do sorriso, o menino sempre teve olhos tristes. Os olhos do meu filho são os mais tristes que já vi. Os mais tristes do mundo.

Naquela noite, Hugo não estava de mau humor nem tentando me espantar, como sempre acontecia nas minhas visitas. Eu sabia que não existia regra nenhuma de vinte minutos de permanência no quarto durante o dia. Eu tinha confiança de que poderia ajudar Edu e tirar um pouco o peso dos seus ombros. Mas preferi não ter certeza do plano dos dois para me afastar nem queria saber de quem fora a ideia. Estava magoado, porém não me sentia no direito de reclamar. Até queria seguir as instruções que me foram dadas. Tocar a vida normalmente, fazer a barba com frequência, vestir roupas limpas. Mas era impossível. Queria provar que, mesmo longe de Marta, sou capaz de manter a linha. Não me esquecer de passar as camisas, comprar revistas a caminho do hospital, pegar a correspondência na caixa do correio. Mas simplesmente não conseguia. Fiz listas para tudo: aplicar gel no cabelo; ir ao dentista fazer uma limpeza; trocar a armação dos óculos, que começava a machucar meu nariz. Não estava com ânimo para nada, mas Hugo queria que eu me ocupasse. Recusei um convite da universidade para escrever um artigo sobre os efeitos sociais do controle da natalidade na periferia. De repente, a reprodução humana e os problemas sociais — ou os dos outros — não tinham mais a menor importância.

— Comprei uma carteira nova, veio junto um cinto, acho que era uma promoção — disse ao meu filho deitado na cama.

Pensei que ele gostaria de me ver fazendo alguma coisa, no entanto, Hugo não esboçou nenhuma reação. Eu falei que estava me cuidando, mas bastou ver meu reflexo no espelho do banheiro para eu mesmo constatar que o cabelo estava despenteado e os olhos profundos, com olheiras. Andava bebendo demais à tarde. Vinho é a coisa mais barata no supermercado.

Assim que cheguei em casa, comecei a revirar as caixas de documentos, papéis e lembranças que mandara trazer do Brasil. Vasculhei uma por uma e achei uma foto de Hugo. Fora tirada na escola por um fotógrafo profissional. Ele não só sorria, ele ria. Terceira série, era 1994 (havia uma plaquinha no canto da foto, do lado esquerdo). Ainda bem que resolvi comprar essa imagem. Lembro que Marta achou desnecessário. Entretanto, essa fotografia me ajudou a me lembrar dele de uma forma que eu tinha esquecido. Ele ria, quase gargalhava, os olhos, porém, não estavam lá. Procuravam algo além do quadro, pareciam também meio fora de foco.

— Eu sou eterno. Eu sou eterno — disse Hugo no dia seguinte no hospital, meio fora de órbita.

Ele estava grogue de medicamentos, dormindo de olhos abertos. Foi tudo o que ele enunciou naquela minha visita de vinte minutos, contudo não tive certeza de que ele realmente notara minha presença. Essa frase, repetida duas vezes, na verdade quase sussurrada no meio do dia, ficou martelando na minha cabeça durante horas, sem me deixar dormir direito à noite. Hugo disse isso alisando os diferentes fios conectados ao seu corpo. Dava a impressão de que analisava as diferentes cores dos remédios que entravam por suas veias, o sangue que era bombeado, o soro amarelado.

— Não dói — ele havia me assegurado, referindo-se ao cateter inserido em seu pulso.

Pluga e despluga, enfermeira entra, enfermeira sai. Parece que é sempre hora de tomar remédio, de medir a temperatura, de dar nota de um a dez para a intensidade da dor de cabeça. Quimioterapia oral ou intravenosa, ambas eficientes; a última, mais consagrada. Fiquei feliz que ele tenha escolhido a segunda opção. Também vai fazer acupuntura e tomar florais, qualquer coisa que ajude. Isso, porém, vem depois. Meu filho precisa, primeiro, passar por essas três semanas.

Então chegou o dia em que, enfim, dormiria com ele no hospital. Edu tinha um compromisso e pareceu preocupado em deixá-lo comigo. Pensei em dar-lhe um sermão; acabei desistindo e ouvindo suas instruções com disfarçada paciência. Ele me orientou a falar o mínimo possível, pois Hugo andava irritadiço. Esse seria o primeiro dia em que eu realmente faria alguma coisa, então precisava me concentrar para anotar a dor de cabeça de hora em hora. Hugo adormeceu, e decidi não acordá-lo. Seu sono era leve, por isso fiquei quase imóvel na minha cadeira tentando não o perturbar. Lá pelas três da manhã, dei-me conta de que o médico da madrugada já deveria ter passado. Sempre tem algum resultado de exame para sair, e qualquer coisa que apontasse para uma melhora já me serviria e ajudaria a enfrentar a noite. Pensei em chamar a enfermeira para fazer mais algumas perguntas, mas a primeira coisa que Hugo me disse quando cheguei foi para não apertar a campainha por qualquer coisa.

— Elas vêm aqui o tempo todo.

Às quatro, sempre etéreo e distante, Hugo voltou a alisar os fios sobre seu corpo, analisando suas cores. Suas ações ocorriam em ciclos. Lembrava um herói de filme de ação em câmera muito lenta tentando decifrar as cores para desarmar uma bomba armada por um terrorista. Eu perguntei sobre a intensidade da dor de cabeça, ele não respondeu. Hugo não estava realmente ali, os olhos estavam apagados. Concluí que, se a dor fosse forte, ele responderia. Combinei com Edu que o silêncio queria dizer quatro ou cinco, o que parecesse mais certo na hora. Hugo pediu os fones de ouvido, fazendo um sinal para colocá-los em sua cabeça e apertar o play do telefone celular. Comprei um fone com isolamento acústico porque as enfermeiras, outro dia, reclamaram que os comuns não impediam que o som se propagasse pelos corredores. Poderia incomodar os outros pacientes, em especial pela natureza das músicas. Tudo muito lúgubre. Versões em espanhol de Cazuza, Edith Piaf, Maria Bethânia, Ney Matogrosso, Joni Mitchell. Uma atrás da outra; às vezes, uma única canção repetida à exaustão. O som alto devia agravar as dores. Ao mesmo tempo, parecia distraí-lo. Às vezes, a gente dá tudo para o tempo passar mais rápido. Quando pousei os fones em suas orelhas, perguntei se estava confortável, e ele fez sinal de positivo, levantando o polegar. Tinha voltado de onde quer que estivesse estado.

Foi a primeira vez que consegui olhar em seus olhos naquele dia. Deu um sorriso meio forçado, e vi seus dentes fracos e manchados. Dessa vez, eu estava perto demais para ele me evitar. Vi seus olhos negros naquele rosto magro. Os olhos eram os mesmos, graças a Deus. Lembrei-me da única vez que lhe dei um tapa na cara, deu-me uma pontada no estômago e pensei que fosse cair no chão. De dor, de arrependimento, de vergonha. Mas me mantive lá, em pé e calado.

Não preguei o olho a noite toda. Era preciso manter-me vigilante. Queria ser útil, era extremamente importante mostrar que sou capaz. Hospital é um lugar muito chato, nada acontece. Entretanto, existe uma constante tensão no ar. De repente, há uma correria de enfermeiros e médicos pelo corredor. O paciente que parecia estável entra em estado de choque sem explicações, os aparelhos apitam, os parentes ensaiam um vaivém desesperado e inútil. Um frenesi sem razão de ser. Não vi nada disso hoje, mas poderia ter acontecido.

A comida do hospital tinha um cheiro bom, parecia gostosa. Hugo não comeu quase nada. Eu devorei quatro empanadas de carne e tomei café preto. Depois, agachado, juntei com cuidado as migalhas que deixei cair no chão do quarto. Era preciso manter o ambiente estéril.

Na ronda das seis da manhã, o médico olhou o quadro da dor de cabeça e comunicou que os números baixavam de forma consistente. Senti-me orgulhoso da minha organização e resolvi que era preciso ir além. Achei melhor monitorar tudo o que ocorria com Hugo, começando pelos batimentos cardíacos. Disseram-me que qualquer coisa perto de noventa é bom. Oitenta e seis, oitenta e sete, melhor não ultrapassar noventa e nove. Eles programaram a máquina para apitar toda vez que o batimento saísse do normal. Apitou algumas vezes nos primeiros dias; anda normal ultimamente. Ele está mais estável. A aparência piorou, mas todos me asseguram que é assim mesmo. Os fóruns que leio incessantemente na internet dizem que o paciente precisa piorar para melhorar. Às vezes, o batimento vai a cem, cento e dois, os números do visor ficam vermelhos por alguns segundos, depois tudo volta ao normal. É como se eu parasse de respirar por um instante para em seguida me acalmar, num exercício de masoquismo em tempo real. Fiquei hipnotizado pela telinha. Esses números pareciam ser a minha única ligação com o mundo real, com alguma coisa que importava.

Sentia meu estômago roncar ao amanhecer do dia. A enfermeira me deu um copo de café com leite. Logo, outro médico entrou. Contou que os exames apresentaram um resultado dentro do esperado, que tudo estava correndo bem. Ele gostaria que Hugo comesse um pouco mais, mas também disse que é comum a perda completa de apetite.

Não é bom perder peso nessas circunstâncias, o tratamento prejudica a imunidade. O menino sempre comeu pouco, precisa comer mais. Vou recomendar isso a Edu assim que ele chegar, avisar que precisa ser duro com ele, não se cria uma criança sem um tanto de disciplina. Disso eu sei. Se não me deixa forçá-lo a se alimentar, então que o faça ele. Às vezes, me bate uma sensação repentina de impotência, não dá para enfiar comida na boca de Hugo só porque eu quero. Ele é um homem agora. Porra, caralho, merda. Que vontade de falar um monte de palavrão. Eu sou pai e sei de uma coisa: ele precisa comer. Não sou eu quem diz, é o médico. O doutor Núñez recomendou, virou as costas e foi embora. Deixou-me com o problema na mão. Às vezes, tudo o que eu queria era poder demitir Eduardo, dizer que os serviços dele não são mais necessários. É difícil dispensar alguém que está trabalhando por amor. Hugo o ama e confia nele. No fundo, eu também confio em Edu. No entanto, ando com vontade de estrangulá-lo. É baixo, eu sei, é ciúme, admito.

O relógio marcava dez horas e sete minutos quando Edu chegou ao quarto pedindo desculpas pelo atraso. Os donos da casa pediram dezenas de alterações no projeto, o tráfego estava ruim, ele passou no supermercado para comprar umas frutas. Eu não compreendia direito o que ele falava, não havia dormido, não tinha mais idade para passar noites em claro. Agradeci e entendi, no fim das contas, o grande trabalho que ele fazia. Hugo dormia tranquilo havia pelo menos umas cinco horas seguidas, o que Edu achava que era um bom sinal. Expliquei que a visita do médico de manhã não durara mais do que quarenta e cinco segundos. Ele passara olhando tudo rapidamente e preenchendo uma ficha com pressa, atrás de casos mais graves. Por aqui, o aparelho não estava apitando. Eu estava exausto, e Edu trouxe-me outro copo de café quente. Ele recomendara que eu aproveitasse qualquer intervalo para dormir, que seria melhor para mim. Não obedeci. Deveria ter ouvido, ele é um bom rapaz. Mal conseguia me levantar da poltrona, as costas doíam. Senti-me impotente, burro, incompetente, inepto, atrapalhado. Devia ter seguido as instruções. Se algo acontecesse agora, se uma emergência surgisse, seria capaz de reagir à altura?

Quando vi Edu se ajeitar na poltrona e se preparar para ler casualmente uma revista, uma onda de tranquilidade e calma tomou conta de mim. O respirador funcionava em movimentos constantes. Estava tudo bem. Queria que ele acordasse para que eu pudesse me despedir e mostrar que estivera ali, que sobrevivera àquela noite, mas ele embalara um sono comprido. Achei melhor ir embora. Edu olhou a prancheta com as notas das dores de cabeça daquela noite e se mostrou otimista. Disse que, se continuasse assim, apostava que Hugo poderia ir para casa em dois ou três dias. A contagem das células aumentara. As sessões de químio haviam terminado. Por algum motivo, o cabelo de Hugo não caíra por completo. Ele parecia um palhaço triste, com chumaços faltando aqui e ali. Aquele corpo magro e despenteado me lembrava um espantalho. Rodeado de pássaros nos dias de sol, mas inevitavelmente só quando uma tempestade se aproxima.

Setenta e duas horas, eu só teria de aguentar mais setenta e duas horas para saber se ele sairia do hospital. O que fazer em três dias? É fevereiro, e em Buenos Aires a energia elétrica vai e vem. Os apagões são constantes, e os portenhos, com razão, ficam de mau humor com o calor e a falta de ar-condicionado. Restaurantes sofisticados, os apartamentos classudos de Belgrano, as milongas do Centro e as bibocas de Barracas — de repente, todo mundo estava no mesmo barco. Fiquei com medo de que os cortes de luz pudessem afetar o hospital, entretanto me garantiram que haviam comprado dois geradores para evitar que as interrupções não programadas causassem qualquer dano aos pacientes. Pude ler uma mistura de cuidado genuíno e medo de processos milionários na expressão da médica que me deu essa informação. Cheguei em casa, a lâmpada se acendeu. Ufa, tem luz. Liguei o ventilador. Ar-condicionado gasta muita energia e, às vezes, faz o disjuntor cair. Não queria ter de descer até o térreo pelo resto do dia. Então, abri bem as janelas. O vento não entrou. Botei a cabeça para fora para pegar uma brisa inexistente.

Passei o dia andando de um lado para outro. Acabei dormindo no sofá e acordei só no dia seguinte, mais desconjuntado ainda. Fiz um omelete no café da manhã (ficou ruim, mas comi de qualquer jeito), tomei o resto do suco de laranja meio azedo direto da caixa e preparei um café com leite instantâneo que bebi pela metade. A geladeira estava vazia, não havia nada para fazer. Fiquei olhando um tempão seus compartimentos para ver se esquecera algo de bom em um canto escondido e também para me refrescar um pouco. Não estava com vontade de ir ao supermercado.

* * *

O relógio marca onze e meia, e o calor está insuportável. Sento-me diante da tevê desligada, e um ódio começa a tomar conta de mim. No nascimento, ela estava lá, nas brincadeiras de criança, nas fotos de formatura. Agora não está aqui, nenhum sinal, telefonema, nada. Sei que tenho parte da culpa, sei que nunca deixei que ela se aproximasse de Hugo, mas não consigo entender isso. Neste momento, tudo o que passa pela minha cabeça é o quanto a odeio, o quanto quero xingá-la e desonrá-la. Se ela estivesse aqui, provavelmente bateria nela; ainda bem que está longe. Preciso pôr um fim nisso, não posso mais esperar, precisa ser agora. Eu não quero mais nada, não quero saber de você; por mim, você pode morrer, eu preciso lhe dizer isso agora. Nem que tenha de usar o celular, o que vai me custar uma fortuna. Procuro desesperadamente o telefone. Por que nunca coloco o aparelho de volta na base? Saio jogando almofadas, chutando jornais espalhados e bato o pé contra a mesinha de centro. Escondido sob um pacote de salgadinhos, o telefone cai no chão.

Pego o aparelho, aperto o botão e, nesse exato momento, a energia cai. A bateria não funciona. Lembro que vi um telefone antigo numa gaveta do guarda-roupa e corro para pegar. Plugo direto na tomada de telefone e ouço o sinal de linha. Começo a discar os números, erro na primeira vez, respiro com calma, é preciso fazer isso. Tenho de fazer agora, já esperei muito tempo. Como é que uma mãe não vem visitar o filho doente só por medo de avião? Dá para vir de ônibus de São Paulo, sua vagabunda dos infernos. A cada segundo, meu ódio por você aumenta. Chega de silêncio, eu não quero mais deixar para lá, eu preciso direcionar todo o ódio que sinto a você, a culpa é sua, você é uma infeliz, uma inútil que só sabe jogar tênis, tomar chá diurético e comer comida sem sal.

O telefone toca e dá caixa postal, eu só grito que preciso falar com ela imediatamente, que é urgente e não posso esperar. Ligo uma, duas, doze vezes para o celular. Tento em casa, ela desativou a secretária eletrônica. Deve estar no cabeleireiro. Típico. Sento no sofá, estou cansado, acho melhor dormir um pouco. Não, preciso pôr um ponto final nisso agora. De repente, a luz pisca, pisca e volta, firme. Alcanço o telefone de novo, disco os números com calma, meu cabelo está comprido e fica caindo em meu rosto. Vou cortar mais tarde. A hora é agora, não importa se ela não atender o celular, vou deixar um recado assim mesmo. "Depois do sinal, você já sabe o que fazer", ela diz com a voz entojada de sempre. Ouvir a mensagem me dá vontade de gritar. Sinto o sangue do meu corpo correr todo para a minha cabeça, e uma sensação de azia sobe pela garganta. Tudo queima. Engulo em seco e sou tomado por uma repentina onda de calma. Não tenho mais vontade de gritar. Prossigo.

— Marta, acabou. Então eu liguei para te dizer uma coisa. Eu me divorcio de você, agora, neste momento. Não me importa o dinheiro, não me importa a divisão dos bens, não me importa se vamos assinar um papel oficializando tudo. Eu estou muito cansado, velho e cansado, e quero viver o resto da minha vida. Viver mesmo, não fazer pose. Quanto tempo a gente perdeu com isso. Você me deu um filho, e eu te dei o status de mulher casada. A gente se contentou com tão pouco, eu e você. Oportunidades perdidas, aproximações planejadas que jamais concretizamos. Sempre no mesmo lugar, com muito medo de tomar uma atitude. Uma pena que não tenhamos dado esse passo antes, que ninguém tenha tido essa coragem. Mas, se a gente não teve essa conversa até agora, não vamos ter mais. Um casamento terminado por secretária eletrônica. Acho que cada relação tem o fim que merece. Trinta e oito anos. Mas obrigado. Obrigado pelo seu presente. Você me deu o maior presente do mundo: meu filho. Ele é tudo o que eu sempre quis ser. E por isso eu sempre serei grato a você.

Desligo e sinto necessidade de fazer alguma coisa. Saio, tranco a porta. Resolvo voltar para pegar o celular. Retorno ao corredor. Estou com pressa, não quero esperar pelo elevador. Desço pela escada, cada vez mais suado. Vou ficar em Buenos Aires. Preciso encontrar um lugar para morar. Tenho de sair da casa do meu filho. Quando dou por mim, estou diante de uma dessas pequenas imobiliárias de Palermo olhando os anúncios. Chego à conclusão de que os preços de imóveis por aqui são muito altos e compensa mais alugar. Entro e começo a falar em português com o atendente, que responde em espanhol. Uma loucura linguística que acaba funcionando. Tem um apartamento vazio no prédio do Hugo, no oitavo andar, acho que vai ser perfeito. Ele pergunta se quero ver o imóvel, eu digo que sim.

O apartamento, como o do Hugo, é meio velho e parece um pouco cheio demais de móveis, mas vai funcionar por agora. Desço com o corretor e peço que ele prepare a papelada. Corto o cabelo na barbearia ao lado e percebo que minha camisa está molhada, exalei todo o ódio que sinto de Marta pelos poros. Tenho de tomar um banho e trocar de roupa, não dá mais para andar assim na rua. De repente, meu celular toca. É Hugo. Ainda falta um dia e meio. O que será que aconteceu?

Pergunto se está podendo usar o telefone. Ele me responde que sim. O médico disse que, se nada mudar, ele poderá sair amanhã. A nova contagem veio acima do esperado. Muitas plaquetas extras. A voz dele está meio embargada, está emocionado, feliz. Sinto um raro vento bater no rosto neste meio de verão. Clemência, afinal, com um velho calorento. Volto trinta anos no tempo e sinto a alegria do dia em que vi Hugo pela primeira vez, no berçário do hospital. Meus olhos se enchem de lágrimas, já não consigo falar direito. Mas consigo reunir forças para pedir uma coisa.

— Filho, eu posso chorar agora?

Ele ri do outro lado da linha.

— Pode, pai, pode chorar agora.

Já é mais de uma da tarde, e um grupo de meninas passa cantando uma música pop argentina em voz alta, indo ou voltando do colégio com suas saias plissadas e uniformes com brasões de uma escola de bem-nascidos portenhos. Busco o lenço incessantemente para enxugar o suor da testa e assoar o nariz, esta calça tem bolsos demais. Respiro fundo e desisto de tentar me conter. Desligo o telefone e deixo as lágrimas escorrerem pelo rosto. As pessoas olham para mim — um homem em prantos no meio da rua —, mas seguem seu caminho com pressa e sem me perguntar nada.

* * *

Entro no elevador carregando uma caixa cheia de produtos de limpeza para organizar o apartamento novo. Uma mulher com uma pequena caixa de chocolates Godiva nas mãos, comprada em uma bonbonnière que fica bem em frente ao nosso prédio, traz consigo também um enorme cachorro vira-lata malhado, talvez uma mistura de dálmata. Ela pede que eu segure a porta do elevador.

— Oi — diz ela.

— Você mora aqui? — pergunto.

— Sim, eu moro aqui. Já nos cruzamos algumas vezes pelo corredor, mas você não parece notar que eu existo.

— E ele mora com você?

— Sim, Napoleão mora comigo.

— É um tanto grande para o tamanho do apartamento.

— Sim, o pessoal do abrigo me falou que era um cachorro de tamanho médio, mas cachorros são iguais a filhos. Não dá para devolver porque cresceram demais.

— Em compensação, essa é uma caixa de chocolates muito pequena.

— É que eu sou diabética e só posso comer chocolate quando a taxa de açúcar baixa. E já que é um prazer raro, prefiro não desperdiçá-lo com qualquer coisa. Tenho um gosto por coisas glamorosas. Eu sempre me permito o melhor.

— Coisas grandes e glamorosas.

— Exatamente.

— Aliás, muito prazer, meu nome é Pedro — digo, meio sem jeito, ou completamente sem jeito, estendendo a mão para cumprimentá-la.

— Charlotte.

Paramos no corredor do oitavo andar.

— Não acredito que vamos morar no mesmo andar — diz ela, olhando o material de limpeza e passando a mão nos cabelos acinzentados.

Veste calças bem cortadas de linho, uma camisa estampada de seda — será que são gaivotas? — e um lenço vermelho amarrado ao pescoço. Está maquiada, talvez um pouco maquiada demais. Charlotte manda que o cachorro se sente e fica ali em pé, contando histórias da vida. Ela escreve musicais aparentemente famosos na Argentina — até cantarola a letra de uma música que escreveu em português, tema de uma personagem brasileira no estilo Chiquita Bacana — e me convida para tomar um chá. Conta que sempre pede aos amigos europeus que tragam uma caixinha quando vêm visitá-la em Buenos Aires. Assim, conseguiu reunir uma coleção impressionante de sabores. Se me comportasse bem, poderia até ganhar um chocolatinho Godiva.

— Agora? — hesito.

— Sim, na nossa idade não é bom ficar adiando as coisas. Nunca se sabe.

Olho para ela, entendo o que quer dizer. Faz tempo que estou fora do jogo, mas entendo. Ela tem razão, não há mesmo tempo a perder. Sorrio sem falar nada.

— Se temos alguma vantagem, é que os contraceptivos não são mais necessários — ela completa, devolvendo o sorriso.

Arrumo a caixa com os produtos de limpeza com cuidado do lado de fora, ao lado da porta — não posso entrar na casa de uma dama carregando água sanitária e desinfetante. Passo a mão nos cabelos para ajeitá-los (não sei se consigo algum efeito). Ela me estende a coleira para que eu segure o cachorro enquanto tenta acertar a chave no buraco da fechadura. Quando a porta se abre, eu solto o animal, que se acomoda em uma grande almofada perto da janela.

— Depois de você — diz ela, convidando-me para entrar.

Penso que todos precisamos seguir em frente. Respiro fundo.

(Acho que, enquanto passo pela porta, ela pega de leve no meu pinto.)

Marta, segundo Hugo

Confeitaria Ideal

Suipacha, 384

Não havia mais remédios para tomar, as dores de cabeça tinham passado e o cabelo começava a fazer o caminho de volta. Mais magro, eu parecia um candidato a soldado de dezoito anos com rugas de um homem de quarenta e sete. Fiz trinta e dois anos na semana passada e cheguei à conclusão de que, depois dessa idade, a cara cai quando a gente emagrece. Eu me olho no espelho e demoro a me reconhecer. Perdi vinte quilos e quase me acostumei a ficar sem comer. De certa forma, gosto de ver as costelas aparecendo. Mesmo agora, um pouco mais forte graças a um coquetel de vitaminas, é possível contá-las uma a uma só passando os olhos, sem a ajuda das mãos, pela lateral do corpo. Estou cansado. Depois de ficar duas semanas e meia no hospital, ser picado e espetado, era de esperar que a vontade de viver e a boa notícia sobre a eficácia do tratamento se transformassem em uma alegria constante, que eu saísse pelas ruas de Buenos Aires para respirar o ar puro produzido pelas árvores dos parques misturado ao monóxido de carbono dos ônibus antigos, que viajasse pelo mundo, visitasse parentes, fizesse alguma coisa. Mas não. Uma onda de calor sem precedentes tomou a cidade de assalto no verão, e isso só alimentou a minha vontade de não fazer absolutamente nada. Como suava bastante toda vez que me deitava no sofá, as costas nuas grudadas ao revestimento de couro, trazia dois travesseiros para o ladrilho da pequena varanda, um para a cabeça e outro para proteger as costelas magras quando o chão começava a ficar duro demais.

Sem iPod, sem livro, sem nada. Do meu ângulo de visão preferido, sempre na sombra, gostava de observar a forma como o sol amarelava as folhas já meio secas da árvore da rua, de ver como elas se mexiam devagar com a brisa cansada do verão. Esperava a chuva, mas ela nem sempre vinha ao fim da tarde para amansar o calor. Evitava olhar a previsão do tempo para não estragar a surpresa. Qualquer chuvisco alterava meu humor. Minha rotina se estabeleceu de maneira tão natural que comecei a manter umas barras de chocolate e uma garrafa de água congelada comigo. Lá pelas treze horas, passava a garrafa pelo corpo para me refrescar e não precisava me levantar nem ir à cozinha buscar água para beber, já que ela ia degelando aos poucos — o suficiente para que eu pudesse ficar imóvel até o fim do dia, quando, com ou sem chuva, a temperatura amenizava um pouco. O ar-condicionado me dava rinite, o barulho do ventilador me irritava, mas o vaivém dos carros lá fora, as vozes quase inaudíveis das pessoas na calçada e os cachorros que latiam trancados, sozinhos em apartamentos calorentos, distraíam-me. Os dias se sucediam sem pressa. Sempre que o sol estava para se pôr, eu me arrastava até a banheira, enchia-a de água fria e ficava ali por uma hora, submergindo de tempos em tempos, para aumentar a resistência do meu curto fôlego. Jamais conseguia ir além de dezenove segundos — um relógio digital sem pulseira dos anos 1980, daqueles com calculadora, mostrava-me minha falta de progresso. Algo não funcionava mais direito. Ou os segundos passavam rápido demais para o meu corpo, ou o relógio os contava muito devagar.

Meu pai andava preocupado com o que chamava de apatia. Queria que eu saísse com ele, que chamasse Edu para fazer alguma coisa, reclamava que eu ainda estava com cor de hospital. Eu me sentia muito cansado, muito cansado mesmo. Era simples assim. A vida estava boa nessas últimas semanas, como se minhas baterias se recarregassem no chão frio, no travesseiro de pena, na barra de chocolate e na banheira de água fria. Sem tevê, sem internet, ignorando os telefonemas das operadoras de celular, das empresas de cartão de crédito e das entidades que pediam dinheiro para uma quantidade infindável de causas muito nobres. Confrontados com a secretária eletrônica, alguns atendentes de telemarketing ficavam sem saber o que dizer ou simplesmente desligavam. Uma sucessão de bipes sem conteúdo.

Seu Pedro disse que não aceitaria que eu vivesse assim, que o médico avisara que eu precisava comer bem. Decretou que eu poderia fazer o que quisesse — ou mesmo não fazer nada, que era tudo o que eu queria naquele momento —, desde que comesse direito. E não só três barras de chocolate por dia, mas café da manhã, almoço e jantar. Ele faria as compras de supermercado, algo que sempre abominara, e se certificaria de que eu havia comido uma refeição saudável e balanceada, conforme os cardápios que havia pesquisado na internet. Como estava muito quente para comer demais ao meio-dia, concordei em tomar café da manhã e encarar outra refeição lá pelas quatro da tarde, quando já estaria disposto a me levantar do meu ninho de ladrilho xadrez. Tudo com uma condição: que não precisássemos conversar sobre nada. Não sabia o que estava acontecendo no mundo e a última coisa de que tinha vontade era falar sobre como estava me sentindo, já que havia passado um bom tempo falando de dores de cabeça e consistência de fezes. Era o fim da temporada de procurar doenças. Se eu sentisse algo diferente, apelaria para um chá de boldo. Os muitos medicamentos que eu já tomava pela manhã pareciam ser suficientes. Se não resolvessem tudo, paciência. Além disso, garanti que seguiria as orientações das minhas consultas médicas quinzenais. Um acordo sem assinatura pela minha paz.

Meu pai, um homem que nunca parece ficar sem palavras, viu-se obrigado a expressar afeto de maneiras não verbais. O café expresso bem tirado, as torradas integrais milimetricamente tostadas dos dois lados, o queijo fresco, o leite fervido, dois tipos de fruta. Bife temperado, salada com azeite, azeitonas como aperitivos. Nossa comunicação se limitava a "coma mais uma fruta e vou embora", "vou guardar essa para mais tarde" e "vou checar se você comeu mesmo, senão vou começar a vir para o jantar também". Como confisquei a chave que seu Pedro tinha do apartamento para evitar ser sufocado por tanto cuidado e atenção, ele reclamou, uns dias depois, que eu demorava muito para atender à porta quando ele chegava carregado para o café da manhã — às vezes, eu levava dois minutos para me arrastar do quarto até lá. Disse que não se importava de esperar do lado de fora, mas havia desenvolvido uma espécie de fobia desde que eu mencionara a palavra "câncer" pela primeira vez. Não conseguia ficar sem checar se eu ainda estava vivo, se havia parado de respirar. E, toda vez que precisava se afastar de mim por muito tempo, temia não voltar a me ver. Esse meu minuto de mau humor, em que eu me enrolava para alcançar a porta, dava-lhe taquicardia. Pediu, todo educado, sem tom de cobrança, que eu gritasse, do quarto mesmo, ainda que isso fosse meio malcriado, que estava vindo. Assim acabaria a espera interminável. Pedi licença, levantei-me da cadeira e fui ao banheiro. Abri a torneira da pia e deixei a água escorrer para fazer barulho. Fiquei ali uns cinco minutos, esforçando-me para conter as lágrimas. Quando senti que havia conseguido me controlar, que não cairia no choro, voltei para a sala como se nada tivesse acontecido. Coloquei a chave do apartamento na mesa e arrastei-a para bem perto de seu braço.

— Use com moderação. — Limitei-me a dizer.

Ele me respondeu pegando outro bife enorme de peito de frango, partindo-o em pequenos pedaços em seu prato e despejando o conteúdo para o meu. Os papéis estavam muito bem definidos. Ele era o pai, e eu, a criança. Soltou apenas uma palavra:

— Coma.

Esperou que eu acabasse a refeição em silêncio, olhando-me fixamente. Saiu dizendo que voltaria às nove da noite para trazer umas frutas para eu comer caso sentisse fome. Tinha descoberto uma feira orgânica que só abria às sextas-feiras, na rua Perú. Lá vendiam um suco de uva bom. Cogitei pedir que trouxesse uma revista, porém achei que seria muito avanço para um dia só. Estava querendo comprar um guia de viagem de algum país exótico, senti vontade de andar até a livraria Ateneo, mas ainda não estava com ânimo para enfrentar o barulho da rua. Precisava lavar os pratos. O relógio marcava quatro e trinta e cinco, parecia que a tarde não passaria tão rápido. O vento estava mais agradável. A cama seguia mal-arrumada — era preciso esticar melhor a colcha. A casa não era varrida havia dias. Os quadros que eu trouxera quase um ano atrás, quando me mudei para Palermo, continuavam empilhados e aguardavam um lugar na parede. Os livros formavam um edifício prestes a desabar, pois não havia comprado a estante. Seria bom ter uma máquina de café expresso de diferentes sabores. Gosto dessa mesa de canto redonda, onde a comprei mesmo? Comecei a me perguntar o que Leonor fez com a estante de livros vermelha. Devolveu ao lixo? Acho que ela faria isso. Não, pensar na Leonor agora, não. Com ou sem Leonor, me deu vontade de voltar para San Telmo e comer uma empanada na rua. Precisava desviar meus pensamentos, pois recordações não me ajudariam em nada. Caminhei até a cozinha e tirei uns cubos de gelo das forminhas. Coloquei-os na boca para chupá-los como fazia quando era criança, mas meus dentes agora trincavam de dor — não me lembrava de isso acontecer no passado. Aguentei firme, era boa a sensação dentro da boca, tudo geladinho, do pescoço às axilas. As pedras foram ficando menores, e eu não tinha mais a boca aberta.

O telefone, bem do meu lado, tocou. A primeira reação foi atender à ligação, desrespeitando minha própria regra de filtrar as chamadas. Respondi com a boca cheia um "alô" meio atrapalhado. Do outro lado, uma voz feminina. Pensei: telemarketing de novo. Vou desligar. Antes que fizesse algo, a mulher se identificou.

— Hugo, é a sua mãe.

Demorei a acreditar e respondi de boca cheia, fazendo parecer que eu não tinha ouvido bem. A voz repetiu a frase e acrescentou "Marta". Cuspi o gelo fora, no chão mesmo.

— Oi, quanto tempo — respondi, meio sem saber o que dizer. — Como vão as coisas?

— Vão bem. Eu tenho um pedido a fazer.

Fiquei em silêncio.

— Você está me escutando? — ela perguntou.

— Sim. Pode falar.

— Você pode se encontrar comigo?

— Acho que posso, em algumas semanas. É quando vou estar liberado para viajar de novo. Acho que posso me encontrar com você em São Paulo.

— Hugo, estou em Buenos Aires.

Para minha surpresa, Marta tinha conseguido entrar em um avião. Havia tomado coragem de ver o mundo além de Ilhabela e das cidades históricas de Minas. Ela perguntou se poderia me visitar no apartamento, mas eu disse que achava melhor não, menos pela possibilidade de ela ver seu Pedro namorando Charlotte — isso até me daria satisfação, na verdade — e mais porque minha casa estava toda bagunçada. E eu não queria dar a impressão de que não podia cuidar da minha própria vida, muito menos dar explicações. Sugeri então um café no centro de Buenos Aires, um desses lugares meio decadentes que me fazem gostar tanto daqui. Já foi ponto turístico, agora está caindo aos pedaços. Vive de um passado de glórias que ficou para trás. Serve um bolo gostoso e uma variedade considerável de chás. O aspecto geral, no entanto, é de cansaço. Achei que combinava com Marta. Um monte de móveis chiques tentando manter a aparência de momentos melhores, lustres bonitos para paredes com a pintura muito descascada. Fachada imponente vizinha a um cinema pornô infestado de pulgas e percevejos. A soma desses elementos parecia resumir bem o meu humor naquele dia e também a relação com minha mãe.

— Confeitaria Ideal — eu disse, seco.

— Ouvi falar — Marta respondeu.

— Em uma hora.

— Tão logo? Não sei se podemos.

— Em uma hora — afirmei e desliguei o telefone.

Fiquei imaginando com que roupa iria e encontrei uma camiseta antiga, acho que dos tempos do Brasil ainda. Era amarronzada e imitava um estilo havaiano, com um sol e uma palmeira desenhados em amarelo e verde desbotados. Acho que eu tinha essa camisa desde os dezenove anos, e era uma das poucas que ficavam mais ou menos decentes em mim naqueles dias. O resto das roupas estava parecendo um saco; a calça jeans, eu tive de amarrar com um cinto para não cair. Achei um boné velho com o símbolo do Boca Juniors que o seu Pedro me dera após uma viagem que fizera a Buenos Aires quando eu era criança. O boné estava meio empoeirado, mas serviu para esconder os tufos de cabelo que haviam sobrado. Saí meio desorientado. Estava nublado, no entanto, achei o dia claro demais. Dobrei a esquina e pensei que deveria ter deixado um bilhete para o meu pai. Levei comigo o celular, só que a bateria tinha só dois risquinhos e poderia acabar muito em breve. Parei um pouco para entender por onde eu devia ir, fazia tempo que não andava na rua sozinho. Um pensamento me fez rir: será que vou reconhecer minha mãe? Não sei por que isso passou pela minha cabeça. Vi meu reflexo na vitrine de um supermercado Disco. Achei que era mais fácil o contrário acontecer: ela não conseguir achar o filho por não se lembrar mais dele. E também fiquei pensando se meu boné já havia virado item de colecionador e quanto eu poderia conseguir por ele nesses fóruns de aficionados por futebol na internet.

Mamãe deve ter cancelado qualquer compromisso que tivesse, pois, quando cheguei, ela já estava tomando um chá de frutas vermelhas. O cheiro me embrulhou o estômago e me deu uma vontade imensa de voltar correndo para casa e deitar no chão gelado. Chá, naquele calor, só dona Marta. Estava acompanhada. Não foi difícil notar que eram velhos conhecidos. Pelo jeito, seu Pedro não era o único que já desistira do casamento havia um bom tempo. Ele tomava um café duplo, e as medialunas estavam intocadas. Não pareciam um casal do tipo que petisca, eram pessoas corretas que só faziam as refeições nas horas determinadas. Vestiam-se em tons quase iguais de bege, cinza e tijolo, como se coordenassem as cores ao andar nas ruas. O ambiente um tanto desleixado da confeitaria, com algumas mulheres ao fundo trocando os sapatos de trabalho pelos de tango, as luminárias antigas meio amareladas e as paredes cheias de quadros de visitantes famosos que passaram por ali décadas antes, parecia servir de moldura para uma pintura que retratava Marta e Paulo. Eu não sabia nada sobre Paulo, nunca tinha ouvido falar dele, mas deu para ver que era um homem de boa educação.

Mamãe o apresentou como um amigo, preocupada, como sempre, com as aparências. Ele não contestou. Comportavam-se como tal, mas havia intimidade além da amizade entre eles. A indignação por ver minha mãe com outro homem durou uns trinta segundos. Era óbvio que havia algo ali que ela estava procurando há muito tempo: o jeito com que Paulo perguntava se ela queria mais alguma coisa, os toques discretos de encorajamento no braço dela, os cabelos grisalhos bem penteados para trás, os olhos grudados nela toda vez que ela abria a boca para dizer alguma coisa. Parecia que, finalmente, ela conseguira o que queria. E eu me sentia, de fato, feliz por ela. Às vezes, passavam-me pela cabeça pensamentos de raiva, de cobrança, queria esganá-la por ter me ignorado. Naquele momento, tudo parecia bobagem. Entretanto, ela ainda tinha o dom de me irritar.

— Por que você está usando esse boné aqui? — perguntou.

— Você é louca? Como é que você pode me perguntar uma coisa dessas? — respondi, meio alto, meio frustrado, cansado da incapacidade dela de mudar e de perceber as situações ao redor além das convenções sociais, do que é apropriado, a ponto de extinguir toda a sensibilidade em determinados momentos.

Pensei em tirar o boné para chocá-la, mas, quando olhei sua fisionomia, me contive. A verdade é que ela despertava minha impaciência, meu lado vil. Pedro passara a vida fazendo piadas a seu respeito enquanto eu ficava pronto para o ataque. Sempre foi assim. Ela estava cansada, tentando fazer contato depois de todo esse tempo. Venceu o medo e fez uma tentativa de aproximação. Eu poderia blefar, jogar e usar a carta do câncer, dizer que o tratamento me deixava irritadiço, mas seria um golpe baixo demais. Marta merecia mais do que isso. Com discrição, pediu a Paulo que esperasse lá fora. Com certeza não queria dizer na frente dele tudo o que precisava falar. Eu quase pedi que se calasse, tinha entendido seu olhar. Mesmo assim, deixei-a falar, era a vez dela. Era a vez da Marta, era a vez da mãe, ela precisava sair da sombra em que ficara durante trinta anos, destilar toda a mágoa, exorcizar as décadas em que fora relegada ao banco de reservas. É uma sensação terrível conseguir ver uma história pelos olhos de outra pessoa, entender que você não é o único que se sente injustiçado. Entender que sua mãe se sentiu a vida toda em permanente estado de alerta, porque você e seu pai estavam sempre em um clubinho próprio em que ela era proibida de entrar. Tudo me pareceu claro. As risadas pelos cantos, os longos passeios de carro que fazíamos sem convidá-la ou aquela simples troca silenciosa de olhares com a expressão "ela não sabe de nada mesmo".

Ela estava ali, mesmo tendo tremido de medo por quase três horas em um avião, e era preciso uma resposta definitiva. Ou eu abria a porta, ou a fechava de vez. Fui ali para o confronto, mas, vendo-a assim, decidi-me justamente pelo caminho contrário. Era preciso deixá-la entrar, pelo menos uma vez. Sentia que lhe devia isso. Não fiz cobranças, não perguntei por que não veio antes. Talvez ela não tivesse tido forças para fazer isso, talvez precisasse acreditar que haveria um jeito de recomeçar, talvez não se achasse na obrigação de cuidar de mim e de aguentar meu inevitável mau humor. Nos últimos meses, só pensava o que seria do meu pai se algo acontecesse comigo, nunca imaginei quanto dona Marta poderia ser afetada. Tentei ficar calmo, e meu tom de voz me pareceu mais ameno. Ela deve ter sentido que jogávamos de igual para igual, que não havia distanciamento nem superioridade em meu jeito de abordá-la. O olhar ficou menos pesado, o sorriso começou a aparecer, e de repente seus olhos se viraram para os alunos de tango, que se desdobravam para aprender passos impossíveis.

— Será que a gente pode fazer uma aula aqui, só para ver como é? — perguntou-me.

— Acho que sim — respondi. — Você devia tentar.

De repente, a mulher sem graça virou alguém com interesses, a mulher que não era capaz de visitar o filho doente era alguém que talvez tentasse se livrar da mágoa de ter sido ignorada durante toda a vida. Marta deixou de ser a esposa afetada de um professor universitário pouco aplicado para se tornar a namorada — ou amiga — de um empresário interessado nas artes. Tenho uma ou duas lições para aprender com ela sobre reinvenção. Eu disse que ela e Paulo precisavam me visitar em casa, que seria um bom estímulo para eu arrumar a sala se eles passassem para tomar um café, desde que compreendessem minhas limitações para escolher xícaras e talheres.

— Sei fazer um bom café italiano e posso encomendar um bolo na padaria — avisei.

— Mas o que você vai dizer a seu pai?

— Nada.

— Eu preciso vê-lo?

— Se você quiser.

— Eu não quero, eu não consigo mais, eu não sei o que acontece comigo, mas ele... Eu não espero que você entenda isso. Não dá.

— Eu entendo melhor do que você imagina. Eu o amo tanto quanto é possível amar alguém. Só que às vezes quero pular no pescoço dele e não largar nunca mais.

Ela deu uma risada gostosa, genuína. Paulo, que a essa altura já havia se juntado a nós de novo, dessa vez também se deixou relaxar um pouco mais. Tomou-lhe a mão e beijou-a. Ele era o que as mulheres da idade da minha mãe chamavam de "um tipão". Dava para ver que ele se importava com ela. Marta estava feliz, mesmo sem se casar, mesmo sendo uma adúltera aos olhos da lei e da Igreja. Pelo menos parte dela finalmente tinha conseguido se livrar das amarras do que era socialmente apropriado, e as coisas pareciam estar dando certo. Pensei que um dia, talvez entre um pedaço de bolo e outro, na próxima vez que nos víssemos, eu lhe diria isso. Ou se nunca nos visitássemos, que meu convite para um café não fosse interpretado como retórica. Pode ser que eu só tivesse convidado por convidar, mas isso não precisava ser uma tragédia.

— Posso te perguntar uma coisa? — perguntei.

— Claro.

— Você se arrepende de ter se casado com Pedro?

Ela hesitou, olhou para Paulo, mas decidiu responder.

— Não. — Ela conseguiu me surpreender de novo. — Você poderia imaginar um pai melhor para você?

Senti um nó na garganta. Balancei a cabeça para dizer "não".

Ficamos um tempão assistindo à aula de tango. Eu e Marta arriscamos passos meio atrapalhados, até que nos resignamos a olhar os casais circularem pelo salão. Parecia que estava no sangue. Homens barrigudinhos e mulheres já entrando na fase matrona, com o cabelo enrolado em um coque, transformavam-se nessas figuras elegantes que a gente só vê em filmes. Deixamo-nos perder entre as pernas que se entrelaçavam e, principalmente, no olhar dos casais. Acho que dá para dançar um tango medíocre e passar por bom dançarino só mantendo a altivez, como se não existisse ninguém mais no mundo além do parceiro ou da parceira.

Saí de mãos dadas com Marta para irmos embora. Caía uma chuva fina sobre Buenos Aires. Os alunos de tango se dividiam para garantir uma carona para casa ou se abrigavam sob a estreita marquise. Pareciam preparados para uma outra apresentação bem ali no meio da rua, mesmo carregando as mochilas com suas roupas de trabalho. Paulo, como bom cavalheiro, ofereceu-se para disputar um táxi com os dançarinos portenhos. Marta e eu ficamos ali conversando, um aproveitando a companhia do outro.

O fim da milonga da confeitaria Ideal coincidiu com o encerramento da sessão do muito movimentado — e pouco respeitável — cinema ao lado. Marta havia tirado da bolsa um lenço verde que a deixava bonita e que combinava com seus olhos. Era, na minha opinião, a mais bela mulher de sessenta e dois anos que eu já tinha visto na vida. E o mundo parecia concordar comigo.

Um homem, talvez um pouco mais novo que ela, saiu do cinema pornô e se aproximou dela falando de uma forma tão enrolada — dava para sentir o odor de uísque barato que exalava de seus poros e impregnava suas roupas — que eu não consegui entender o que ele queria. Mas ela sabia muito bem. E respondeu usando todo o seu espanhol.

— *Amigo, tú simplemente no puedes pagar mi precio.*

Sim, ela também tinha senso de humor.

Paulo havia encontrado um táxi. Ela se ofereceu para me deixar em casa, mas eu disse que preferia andar, sabia muito bem o caminho. E fazia tempo que não via Buenos Aires. Estava com saudades.

Marta foi pulando as poças d'água até o carro. Antes de partir, abriu o vidro da janela e me soprou um beijo. Eu tirei o boné da cabeça e deixei a água que caía, insistente, molhar meus escassos cabelos. Tentei jogá-los para trás a fim de esconder as falhas. Acabei desistindo. E não quis disputar as marquises dos prédios com as pessoas que se apertavam pelos cantos para fugir da chuva. Depois de duas ou três quadras a pé, estava bem na frente do monumento da avenida 9 de Julio, o marco zero de Buenos Aires, o maior símbolo da existência argentina. Via as pessoas correndo, apressadas, para conseguir atravessar a rua e decidi fazer o contrário. Simplesmente parei no canteiro que divide a 9 de Julio ao meio e olhei as luzes das lojas, as lâmpadas amareladas dos postes e o neon das casas de shows de tango a distância. Ao longe, podia ver o teatro Colón.

Decidi subir em um banco de madeira para acompanhar tudo melhor. Não ajudou muito, mas fiquei ali mesmo, observando aquele mar de guarda-chuvas que se movia de um lado para outro. A chuva impedia que eu olhasse para o céu, pois deixava minha visão turva. Ali parado, pensei que, se alguém me notasse, provavelmente pensaria que eu era louco. Mantinha-me concentrado nos pingos que caíam sobre minhas bochechas e minha testa. As gotinhas me provocavam uma espécie de cócegas. Sorria para mim mesmo. Por um segundo, talvez dois, uma mulher de cabelos compridos carregando um guarda-chuva amarelo parou no meio da multidão e olhou para mim. Não parecia pensar que eu tinha perdido a cabeça. Ela realmente olhava para mim. Sorri, fechei os olhos. As gotas de água caíam mais insistentes ainda sobre minha face.

Fazia tempo que eu não ansiava por algo nem fazia planos. Naquele momento, no entanto, desejei com todas as forças que ela viesse até mim e me beijasse.

Charlotte, segundo Pedro

San Martín Confecções Finas

Avenida Raúl Scalabrini Ortiz, 528

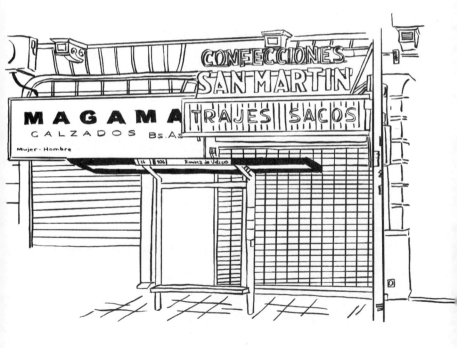

Enquanto tomávamos chá, eu examinava cada detalhe dos quadros na parede da sala de Charlotte. Seu cão enorme, Napoleão, espremia-se num canto, sobre um cobertor. Quanto mais ela se movimentava entre a sala e a cozinha, primeiro em busca de mais água quente, depois levantando-se para achar a caixa de leite e finalmente voltando porque esquecera a manteiga, mais Napoleão se encolhia, esforçando-se para não ocupar espaço, deixando-a passar com seu pijama de listras em tons de cinza e azul e robe negro de seda, que flutuava quando ela se movia. As imagens que decoravam a sala iam de rabiscos desconexos em guardanapos de restaurante a fotos antigas com personagens de uma Buenos Aires boêmia de décadas atrás. Paredes cheias de memórias. Embora nunca me atrevesse a perguntar alguma coisa, era possível perceber que ela se incomodava com a minha bisbilhotice silenciosa. Decidi desafiá-la e ver se a minha tentativa de descobrir mais sobre ela surtiria efeito. Passei a encarar as fotos por minutos inteiros, fingindo decifrar minúcias.

Charlotte não gostava de falar do passado, não ficava à vontade com perguntas que eu considerava naturais — como a razão de nunca ter tido filhos ou de ter parado de escrever musicais. Afirmava que queria viver o presente. Mas por que, então, insistia em ter tantas lembranças espalhadas justamente no lugar em que passava a maior parte de seus dias? Imaginava se todos aqueles homens tinham sido seus amantes, se uma das figuras com brilhantina no cabelo, terno impecável e instrumento musical nas mãos teria sido o grande amor de sua vida, aquele que havia feito Charlotte desistir — ou ao menos querer desistir — de sua existência independente e leve.

Quando sugeri que morássemos juntos, ela foi abrupta. Definitivamente, isso nunca aconteceria, estava fora de questão. Perguntou-me aonde essa ideia tinha me levado até agora. Se morar na mesma casa fosse solução para alguma coisa, meu casamento teria sido um sucesso.

— A experiência me mostrou que morar com um homem é o caminho mais rápido para torná-lo desinteressante — explicou após um longo gole de café.

Charlotte decidira há tempos que ficaria só com a parte mais palpitante do amor, que, para ela, são três: a conquista, a troca de gentilezas e o sexo. E uma relação só valeria a pena quando todos esses três elementos existissem em alguma medida. O desdém de Charlotte pelo casamento me incomodava. Como é que ela, nesse ponto da vida, não se preocupava em ter alguém perto de si? Será que não via que ficarmos juntos seria nossa salvação?

De vez em quando, o joelho dela dava uns estalos, obrigando-a a esticar as pernas por longos períodos, tomar pílulas contra a dor e passear de bengala pelo minúsculo apartamento. O caminho até a cozinha de repente ficava muito longo. Enquanto a situação não melhorava, recusava-se a sair de casa. Só me deixava entrar quando eu fazia escândalo do lado de fora, ameaçando buscar um chaveiro ou derrubar a porta. Gostava de chamar a atenção, disso eu sabia. Talvez ter um homem louco de amor gritando por ela lhe desse alguma satisfação. Por fim, acabou desistindo de me deixar na soleira. Eu não era como os outros, admitiu. Minha voz soava tão amargurada quando eu choramingava no corredor que ela, em vez de se sentir amada, se sentia culpada. Napoleão e eu tínhamos algo em comum: com olhos pidões, conseguíamos convencê-la a ceder e derrubávamos barreiras que nunca tinham sido transpostas.

Quando a dor chegava, o que acontecia semana sim, semana não, parecia que ela viajava para longe. Ao entrar na casa de Charlotte, eu tinha a impressão de que os ossos claudicantes dela a transportavam para um local do qual não queria mais voltar. Parecia que suas forças se esvaíam e ela não tinha mais como encarnar a personagem que construíra com tanto cuidado. A mulher de gestos largos e sempre com um assunto em mente se aquietava. Seu fôlego falhava, as frases vinham aos poucos. Passei a ter uma cópia da chave do apartamento, mas em nenhuma circunstância deveria entrar sem antes bater. E, já que estava por perto o tempo todo, deveria, sempre que possível, comprar pães. Quentes. Daquela padaria. Você sabe qual? Via-se cansada com frequência. Sempre precisava de um minuto para se recompor. Preferia penumbra à luz. Pedia que eu apagasse essa luz que lhe cegava os olhos e levasse o cachorro para um passeio vespertino. Eram cinco da tarde. Ia tomar uma pílula contra a dor. Um calmante também. Amanhã estaria melhor. Nunca, jamais, sob nenhum pretexto, sairia na rua amparada por uma bengala. Se chegasse a esse ponto, faria como Greta Garbo. Desapareceria pelo resto de seus dias.

Charlotte finalmente me confessou que teve três amores na vida. Nenhum deles estava naquela foto que eu tentava decifrar com tanta insistência. Em uma manhã, quando voltei com o pão quente e um Napoleão bastante aliviado, que a lambeu copiosamente depois de passar a noite comigo, ela havia retirado um quadro da parede e posto sobre a mesa de jantar. Disse-me para preparar-lhe um chá preto inglês, bem forte, e pingar um pouco de leite para engrossar. Além dos pães, eu havia levado os croissants de amêndoas de que ela gostava. Charlotte, que comia bem pouco, avisou que provaria um. Em relação à imagem que eu examinara com tanto cuidado, explicou que se tratava de amigos queridos, todos mortos agora. O trompetista que segurava o instrumento sobre a cabeça sucumbira à cirrose no ano seguinte ao daquela foto. Nas últimas semanas de vida, começara a cheirar cola e beber perfume. Uma tremenda falta de gosto. Não era profundo o suficiente para ser classificado como artista atormentado. Apenas gostava de se drogar. Sorria na foto, parecia estar contente, mas ela não se lembrava dele assim. Era bem o contrário, uma presença até desagradável, pegajosa. Armando, que segurava uma palheta na boca, era um bom guitarrista. Trabalharam juntos durante bastante tempo, a mulher dele morria de ciúme. Não dela em especial, mas da noite. Armando e a esposa criaram quatro filhos. Quando ficaram velhos, ela o convenceu a tocar na igreja. Foi atropelado na avenida Santa Fe num domingo tranquilo, a caminho da missa. O outro rapaz da foto era um frequentador do clube, vestia um terno bem cortado. Não era ninguém importante. Tinha esquecido o nome dele.

— Você realmente acha que eu sou o tipo de mulher que sai pendurando quadros na parede para se lembrar de amantes? Eu não preciso disso. Tive três amores, três amores na vida, e nunca me esqueci de nenhum deles.

A razão para aquela foto estar ali era simples. Charlotte gostava dela, gostava de si mesma nela. Explicou que era bom ver sua boca firme, carnuda, tão bonita e vermelha. Agora murchara. Fora que aquele parecia ter sido um dia feliz.

— Quem vive na noite é assim. Esquece os dias bons e acaba só se recordando dos ruins. Às vezes, não se lembra exatamente do que se passou em dias importantes de sua juventude. Pode ser culpa do champanhe em excesso.

Ela sempre adorou um bom champanhe. Na foto, usava um vestido de franjas e uma pena presa por uma bandana na cabeça. A imagem era em preto e branco, por isso ela a detalhou conforme sua lembrança. Contou que a pena era azul-celeste. Ou talvez alaranjada. De qualquer maneira, era chamativa, ela nunca foi mulher de passar despercebida. As pessoas não mudam tanto com o tempo quanto a gente imagina. Na época, carregava menos na maquiagem porque não precisava tanto dela. Mas dos amores — ela prefere usar uma palavra francesa, *liaisons*, que, para mim, soa como um cruzamento de "amado" e "amante" — podia se recordar indo ao supermercado, ao ver uma peça de teatro ou mesmo em casa, ao tirar alguns casacos de inverno antigos do armário e estendê-los na janela em um dia de sol.

— Desses três amores, não existe um que tenha sido o amor da sua vida? — perguntei.

Charlotte olhou para mim com um misto de piedade e insatisfação e disse que estava cada vez mais — ou talvez menos — impressionada com as minhas noções sobre a vida. A tevê havia pasteurizado demais minha visão do mundo, só podia ser isso. Decidiu que, se era hora de remexer no passado, era preciso pôr as cartas na mesa de uma vez. Alcançou uma pequena caixa onde guardava os incensos que usava para espantar os maus espíritos e disfarçar o cheiro de Napoleão e tirou dali um envelope negro. Havia três fotos dentro, duas em preto e branco e uma em sépia. Acompanhei-a com os olhos enquanto ela espalhava as três imagens feito um valete, um ás e um rei sobre a toalha florida do café da manhã. Pôs a unha sobre a primeira, a da esquerda. Depois olhou as outras duas:

— Estes dois já estão mortos. Este aqui — e aí ela apontou o dedo para a primeira fotografia — não. Está vivo. Voltou para a Suíça.

Juan, o segundo, havia morrido de câncer, o que me fez tremer. Quarenta e quatro anos, Charlotte segurando a sua mão. Em três meses, estava tudo acabado, ele emagrecera sem parar e chegara ao médico quando o tumor já estava do tamanho de uma laranja. Manteve-se otimista até o fim, até mesmo quando começou a cuspir sangue porque os órgãos começaram a falhar. Falava da infância no interior, do caminho que fazia para ir à escola todos os dias. Tudo o que mais queria era viver. Ela se lembra bem disso porque, após acompanhá-lo por tantos dias no hospital, essa foi a única vez que se sentiu perto de fraquejar. Conseguiu disfarçar o sorriso por alguns minutos até o horário de visita acabar. Sabia que era o fim, mas não queria desabar na frente dele. Juan morreu naquela noite.

O terceiro — Charlotte, por algum motivo, não falou seu nome, referindo-se a ele apenas como "este aqui" — tomou uma atitude prática e, em certa medida, corajosa. Admitiu para si mesmo, aos setenta e três anos, que já tinha vivido o suficiente. Enforcou-se com uma corda no lustre de casa, deixando um bilhete simples: "Vi de tudo". Era ator. Não se falavam havia anos. Charlotte ficou sabendo semanas depois do enterro, ao folhear uma revista antiga em uma de suas cada vez mais frequentes visitas ao cardiologista.

Eu disse que só tinha uma pergunta. Podia parecer idiota, mas queria de verdade saber se ela se arrependia de não ter tido filhos. Ela riu e respondeu que não. A vida toda não os quis e tomou a decisão de não os ter conscientemente. Não via razão de ser mãe por ser mãe.

— Todo mundo sabe que filhos são uma loteria — acrescentou. Ela mesma tem um sobrinho que virou uma pessoa completa, morou em vários países, fez trabalho voluntário no Malawi e hoje dirige um instituto de traumatologia em Madri. O irmão dele mora com a mãe e entra e sai de clínicas de reabilitação. Um dia, Charlotte e a irmã o acharam em uma favela de Buenos Aires, tão chapado que não conseguia sequer se mover. Estava com a metade da cabeça enfiada em um bueiro, só o reconheceram pela estampa da camiseta. Duas senhoras de sessenta e tantos anos carregando um marmanjo desacordado. A vida pode ir por um caminho ou por outro. Nenhum de seus dois sobrinhos é a imagem dos pais, embora tenham sido feitos das mesmas sementes. O sobrinho mais velho excedeu todas as expectativas e, sob qualquer aspecto, é mais interessante do que a mãe e o pai, que nunca se empenharam em nenhuma atividade verdadeiramente útil, e seus hobbies resumem-se a ficar em casa assistindo à tevê e a talhar objetos em madeira. Ao mesmo tempo, os dois foram bem mais longe do que o filho que só pensa no cachimbo de crack. Charlotte ressaltou que via, contudo, como Hugo havia aberto meus horizontes. Se não fosse por ele, eu jamais teria vindo para Buenos Aires e largado meu casamento para tentar um rumo diferente. Mas poderia ter feito o mesmo motivado por um irmão, um amigo ou uma amante, caso não tivesse um filho. A verdade é: nunca se sabe.

— Está satisfeito? — perguntou-me.

— Sim.

— Três amores, mais amantes do que posso contar e nenhum filho. Às vezes, é melhor simplificar tudo do ponto de vista matemático — emendou.

Eu assenti. Só que ela precisava falar mais. Então continuou:

— Só não pense que uma dessas coisas, ou tudo isso, me define. Por mais que a gente se pergunte sobre o passado, por mais histórias loucas ou tristes que eu conte, você nunca vai me entender totalmente. Uma coisa posso te dizer com certeza: não me arrependo de nada. Eu sei por que tomei cada uma de minhas decisões. E assumo toda a responsabilidade por elas.

166

Charlotte parecia cansada. Eu me sentia culpado por revirar seu passado, porém me achava no direito de saber. Depois que ela contou, tudo pareceu bobagem. E eu sabia que, apesar do seu tom casual, como conversa de cabeleireiro, relembrar esses assuntos deixava-a, de alguma forma, abalada. Levantou-se, escancarou a janela, passou a mão rapidamente na cabeça do cachorro, que lhe ofereceu a pata. Abriu um armário, alcançou um pedaço de carne seca comprada em um pet shop e lhe jogou. Ele abocanhou o aperitivo e se deitou nos azulejos cor-de-rosa do chão da cozinha para degustá-lo devagar. Charlotte retirou uma pequena caixa que estava atrás do porta-mantimentos. Dentro, havia uma cigarreira prateada. Pegou um cigarro longo, desses que se viam nas publicidades dos anos 1960, e acendeu um. Deu uma longa baforada e jogou a fumaça para fora da janela. Voltou, sentou-se em frente a mim, imóvel, deixando o cigarro queimar em um cinzeiro de cristal sem colocá-lo de novo na boca. A única forma que encontrei para reconfortá-la foi abrir o mesmo espaço, falar-lhe da minha vida. Fiz uma oferta:

— Você quer saber alguma coisa sobre mim?

— Do seu passado? Não, nada.

A rapidez e a sinceridade da resposta me pegaram desprevenido.

— Nada?

— Estou muito mais interessada no seu futuro do que no seu passado.

— Mas você não quer saber, sei lá, se eu já traí a minha mulher?

— Espero que tenha traído.

— Como assim? — perguntei, achando que ela estivesse tentando me provocar.

— Não me parecia o casamento mais feliz do mundo. Se você tivesse arranjado outra, não seria algo que me deixaria de boca aberta. Você tem de arrumar amor em algum lugar. E, às vezes, o casamento é o lugar errado para se procurar o amor.

— Bem, não traí.

— Eu sei disso. Não importa. A maioria das pessoas pensa em traição como um bicho-papão. Eu acho que é um modo de fazer uma avaliação de como as coisas estão indo. É um método de diagnóstico, na realidade. Pode ser uma boa forma de saber que você tem um parceiro ótimo ou então de você entender que tem coisa bem melhor por aí. No seu caso, poderia ter lhe salvado bem uns vinte anos.

— Você já traiu? — indaguei, meio revoltado com a sinceridade da resposta.

— O que você acha? — devolveu ela enquanto apagava o que restara do cigarro praticamente intocado.

— Acho que sim.

— Com o tempo, fui descobrindo que trair era desnecessário, pois eu sabia identificar bem a minha hora de sair. E quando você sabe que quer pular do barco, trair, além de ser desperdício de energia, vira também exercício de covardia.

Ia retrucar alguma coisa quando ela me interrompeu:

— Então, se você está remexendo tudo isso porque está querendo sair, prefiro que me diga logo. Entre sofrer agora e sofrer depois, prefiro sofrer agora.

— É exatamente o contrário — declarei, firme.

Charlotte olhou para mim, e pude perceber que ela estava um pouco confusa. Então fiz questão de explicar:

— O motivo de tudo isso não é eu querer sair. É que eu tenho certeza de que quero ficar. Desculpe, mas isso é um pouco assustador para mim.

Um longo silêncio. Afinal, eu conseguira o que vinha tentando havia tanto tempo: deixá-la sem palavras. Charlotte passou a andar pela sala agitada, supostamente procurando algo, até que desandou a falar. O joelho estava bom, no entanto, não sabia se a gente devia sair, ir ao tango... Ver o tango seria bom, sim, iríamos ao tango. Precisava de uma dose de noite. E, de súbito, disparou:

— Essas camisas polo que você tem mania de usar o tempo todo já estão desbotadas.

Precisávamos de um terno. Fazia tanto tempo que ela não ia à alfaiataria de Miguel... Segundo ela, viajar com a roupa do corpo tinha algo de heroico e romântico, só não era nada prático. E nada apropriado para acompanhar uma dama ao salão de baile.

— Você precisa de Miguel — decretou, como se eu soubesse quem era Miguel.

Miguel é um velho falador, mas faz os melhores ternos e, como nunca frequentou a avenida Alvear, ainda praticava preços equivalentes aos de trinta anos atrás, explicou Charlotte. Disse que precisávamos sair imediatamente. Mandou-me chamar Hugo, pois ele também estava precisando de uma roupa nova. Reclamou que andávamos muito desleixados, malcuidados. E determinou que era hora de eu tomar uma atitude definitiva em relação a meu filho.

— Eu sei que ele só quer ficar deitado o dia inteiro. Você quis ser pai, não quis? A melhor parte de ter um filho é mandar em vez de pedir. Vai lá, mande-o dar uma volta no quarteirão com Napoleão, senão, quando a gente voltar, o cachorro vai ter riscado toda a minha porta, de desespero. Quando ele não vai para a rua, anda aflito pelo apartamento com essas unhas enormes fazendo barulho no assoalho. A vizinha de baixo vai reclamar. Vamos, vamos. Quero sair em meia hora. Mande Hugo ir logo, essa onda de pena de si mesmo já ficou cansativa.

Antes que eu saísse, Charlotte sugeriu que eu recomendasse a Hugo que fizesse a barba, pois não queria nos apresentar a um velho conhecido e correr o risco de que ele nos desse esmola, pensando se tratar de dois mendigos. Passou-me Napoleão já com a coleira e me deu um beijo tímido no rosto. Em menos de um minuto, eu e o cachorro estávamos no corredor, olhando um para o outro, meio atônitos.

Para minha surpresa, Hugo não ofereceu qualquer resistência ao passeio. Aceitou o que propus sem discutir. Disse que precisava de roupas novas, pois estava pensando em voltar a trabalhar em breve. E, além do mais, não tinha nada melhor para fazer. Quando dei por mim, Charlotte, Hugo e eu nos apertávamos no banco traseiro de um táxi. Ela entrelaçou as mãos nas minhas, evitando olhar em meus olhos. A alfaiataria ficava entre centenas de lojas em uma avenida movimentada e poluída. Eu a imaginara com uma portinha espremida, comandada por um homem de cachimbo na ponta da boca. Miguel de fato fumava cachimbo, mas sua loja era grande, apesar de um tanto escura, com um balcão de madeira maciça separando os clientes dos alfaiates, todos com fita métrica em volta do pescoço. Os trajes feitos a mão, em apenas três ou quatro cores básicas, eram enfileirados nas araras por ordem de tamanho. Miguel estava ocupado, atendendo um cliente no provador, mas Charlotte recusou a ajuda de um de seus assistentes. Preferia ser recebida pelo dono. Agiu como gente importante e mandou um dos funcionários anunciar que o esperava. Miguel saiu do provador. Seus olhos pareciam felizes de vê-la. Cumprimentou-a, respeitosamente, como señorita Charlotte. Ela respondeu com charme e disse que tinha dois novos clientes, dois casos urgentes, e que precisava dos ajustes para hoje. Queria levar os ternos com caimento perfeito e se certificar de que eles nunca mais usassem outra roupa. Não se faziam mais ternos como os dele por aí.

Ignorando-me, Miguel revelou sua conexão com Charlotte:

— E o Dieter? — perguntou. — Há décadas não o vejo.

— Voltou para a Suíça — respondeu Charlotte, explicando que às vezes ainda recebia dele uma cesta de chocolates finos, que costumava chegar perto do aniversário, depois perto do Natal e agora vinha quando menos esperava.

— Acho que ele está ficando gagá! — exclamou Charlotte, contando que a irmã de Dieter havia dito que ele estava com problemas neurológicos.

Assim, o mistério do terceiro amor dela me foi revelado de modo bastante casual.

— Eu acho que sou uma mulher de sorte. Só tenho umas dores no joelho — disse Charlotte, dando um tapinha no ombro de Miguel. — Dancei muito flamenco na juventude. Mas não reclamo, podia ser pior.

Todos os ternos ficaram largos em Hugo, até que um tamanho quarenta e seis serviu razoavelmente. Era o menor disponível, e ainda precisava de ajustes.

— Agora, sim! Você está parecendo um astro de filme mudo — elogiou Charlotte, dirigindo-se a Hugo. — Os homens mais elegantes que já pisaram na Terra.

Ela analisou a imagem do meu filho no espelho.

— Vamos ajustar isso bem aqui na cintura. Mais um pouco. Lindo, um espetáculo.

Enquanto ela separava camisas e gravatas para usarmos, nos vimos, de repente, Hugo e eu, de cuecas e paletós cheios de alfinetes, o dele tinha tantos pontos de ajuste que fez o meu menino mais parecer um boneco de vodu. Nós nos olhamos naquela situação inédita e um tanto inesperada.

— Estamos juntos — disse a ele, abraçando-o com cuidado para não o espetar.

— Dois homens bonitos em Buenos Aires. Direto de Frutal — respondeu.

E, de repente, sem que eu mesmo me desse conta, perguntei:

— Hugo, você traiu Leonor alguma vez?

— Não.

— Eu também nunca traí sua mãe.

— Eu sei — ele respondeu, com tranquilidade. — Não está em nosso DNA.

Perguntei a Charlotte se devia comprar um lenço de seda daqueles que os homens de antigamente costumavam carregar na lapela, igual ao que Miguel usava para trabalhar. Ela me respondeu dizendo que existem dois estilos de homem com lenço na lapela: os verdadeiramente elegantes e os perdedores viciados em roleta de cassino. Tudo era uma questão de atitude.

Então me decidi e, estendendo o lenço quadriculado em vermelho e azul-marinho em direção ao rapaz que fazia as contas, disse:

— Vou levar isso aqui também.

Depois de duas horas com Miguel e após visitas a várias outras lojas, voltamos para casa cheios de sacolas contendo o nosso novo guarda-roupa. E Charlotte me informou que eu seria responsável por encontrar o melhor lugar para tango naquela noite.

Quando ela chegou ao meu apartamento, horas depois, eu ainda estava afundado em uma confusão de roupas espalhadas, debatia comigo mesmo a decisão de pentear ou não o cabelo todo para trás e me perguntava se não estava usando perfume demais. Olhei-me no espelho e gostei do lenço no bolso. Concluí que era um homem elegante, já que nunca entrara em um cassino na vida. Enquanto fazia o nó da gravata, Charlotte arranjou um lugar no meio da bagunça e sentou-se em um canto do sofá, com as pernas cruzadas, esperando que eu terminasse de me arrumar. Parecia estar gostando do que via. Mostrei-lhe dois sapatos e pedi que escolhesse um. Ela apenas apontou com um dos dedos a melhor opção. Pedi-lhe desculpas pelo estado do apartamento. Ela só olhou para mim, e eu entendi que ela não se importava, que ali era o meu lugar, não o dela. Ali, eu podia ser cem por cento quem eu era. Naquele instante, a ideia de morarmos juntos me pareceu bastante tola. Estava funcionando bem assim.

Saímos pelas ruas de Palermo, braços dados, a pé. Vendo o nosso reflexo nas vitrines das lojas já fechadas, pensei que parecíamos um desses casais de idosos — essa era a realidade, não dava para fugir — que as pessoas admiram na rua pela elegância. Por duas quadras, ela, de saltos quadrados vermelhos, e eu, com meus sapatos pretos de bico fino bem engraxados, olhamos para os pés como se contássemos os passos. Depois de dez minutos de caminhada, sem falar quase nenhuma palavra, aproveitando essa difícil sabedoria que só vem com a idade de simplesmente usufruir o silêncio, chegamos ao nosso destino. Luzes discretas piscavam no subsolo de um prédio que abrigava uma seguradora durante o dia. Quarta-feira era noite de bolero, e não tango, anunciava a recepcionista na porta. Charlotte me encarou sem saber o que dizer. Mas não falou nada.

Quando entramos, o show já havia começado. Uma moça frágil, de uns trinta e poucos anos, cantava uma versão de "Quizás, quizás, quizás" com um fiozinho de voz, acompanhada de um baixista — sempre achei o tamanho desse instrumento impressionante —, um pianista e uma bateria que se resumia a um único tambor tocado com baquetas que mais pareciam pincéis. Alguns casais se arriscavam a dar uns passos no meio do salão.

— Por que bolero? — perguntou-me Charlotte.

— Porque tudo em você lembra a minha juventude — respondi. — Fazia anos que não pensava em dançar, mas me pareceu um pouco tarde para aprender tango. Bolero vai ser suficiente. É mais apropriado para a nossa idade. É só seguir adiante, devagar.

Abracei-a pela cintura, arrastei minha cadeira para mais perto dela. Ela pousou o braço no meu ombro, ficamos ali juntos observando o ambiente. As mesas tinham pequenos abajures individuais. Sempre achei isso chique, mas só tinha visto lugares assim em filmes, nunca ao vivo.

O garçom veio com o menu, sussurrando que poderíamos fazer o pedido quando desejássemos. Recusei o cardápio e respondi no mesmo tom:

— Para a dama, um *dry martini*. Duas azeitonas — improvisei, ela não protestou.

— E para o senhor? — devolveu o garçom.

— Uma cerveja, por favor. Quilmes.

Dei um beijo no rosto de Charlotte.

— Quer dançar? — perguntei.

— Não, agora, não — respondeu. — Está bom assim.

Levou a mão aos joelhos. Eu podia ver na expressão dela que estavam doloridos. Então ganhei um beijo. Ficamos ali ouvindo música, sentados e de mãos dadas, assistindo aos mais jovens que se aventuravam pela pista. Tomaríamos todos os drinques que pudéssemos beber. Tudo bem se nossas pernas não aguentassem fazer o caminho de volta andando. Iríamos para casa de táxi.

Ernesto, segundo Hugo

Teatro Colón

Cerrito, 628

Quatro anos em Buenos Aires, e nunca fui a um espetáculo no Colón. Segundo seu Pedro, a visita guiada para turistas, que fizemos quando ele me visitou logo que cheguei à cidade, não conta. O que vale é sentir a música, a acústica. Ele até se ofereceu para me levar, mas eu precisava fazer alguma coisa sozinho, sem aquele olhar vigilante de pai protetor.

— Não sabia que você gostava de ópera — disse-me a secretária do meu departamento na universidade.

Eu respondi que gostava, claro que gostava. A verdade, porém, é que fui criado no interior do Brasil, onde a coisa mais próxima de uma ópera são os circos de leões desdentados e de humanos um tanto cansados, todos palhaços meio trágicos, não importa a função que exerçam no picadeiro. Já fui a alguns ensaios de orquestras, balés, mas jamais a uma ópera de verdade. Escolhi um ingresso caro, e, ainda assim, o lugar era mediano. No Colón, a tertúlia é uma espécie de balcão chique de onde se vê o espetáculo de longe. Recomendaram-me comprar binóculos se quisesse ver as expressões dos atores. Se esperasse alguns meses, poderia ver *O barbeiro de Sevilha*. É um clássico que vale a pena. No entanto, considerando tudo o que vem me acontecendo, não quis correr o risco de esperar. *Calígula*, a atração atual, teria que ser suficiente. Morria de vontade de ver o filme quando era criança por motivos diferentes. Meu pai não deixava.

Sinto-me o imperador da minha vida. Ninguém anda com coragem de me dizer "não", o que dá uma estranha sensação de poder. Nem ligo que esse bônus venha embalado em uma boa dose de pena. Enquanto todo mundo me parabeniza pela competência com que me desvencilho de uma carga de trabalho levíssima, tenho me dado ao luxo de experimentar novos prazeres estéticos. Sempre olhei o teatro Colón de fora, como se não fosse para mim. Meu papel era o do intelectual acadêmico que prefere os espetáculos alternativos, mambembes. Por esses dias, não ando mais com paciência de me apertar num quartinho escuro para ver uma performance ou assistir a alguém declamar uma poesia desconexa. Quando possível, permito-me o melhor. Por isso, decidi vestir o terno que a namorada do meu pai me deu de presente e comprar uns sapatos novos, pelos quais paguei um caminhão de dinheiro em Palermo Hollywood. São lindos e extremamente confortáveis. Estou meio apaixonado por eles. Andando entre os pedestres de passos apressados em plena 9 de Julio, não consigo parar de olhar os meus pés. Uma sensação nova e, no entanto, uma lembrança antiga. Não gostava tanto de uns sapatos desde os sete anos. Apesar de todo o trânsito e das buzinas que tocam sem parar, sou capaz de ouvir, talvez sentir, o salto de madeira batendo no pavimento. O ritmo cadenciado, uma sinfonia particular composta à perfeição. Um caso de amor com os próprios calçados, que reflete uma bem-vinda reconciliação comigo mesmo.

Ninguém diz em voz alta o motivo para a concessão desse recreio longo. Eu acho meio cômico. Mas, se os outros preferem evitar "aquela palavra", se ela dá azar, eu é que não vou pronunciá-la. Não vou pôr fim à minha festa. Esse reforço positivo parece ter me aproximado das pessoas, ao mesmo tempo que elas tentam ao máximo respeitar o meu espaço. Sinto-me tratado de forma cada vez mais cortês, com uma saudável dose de educação coletiva. Todos se aproximam para falar apenas sobre temas agradáveis. Nada mais de política, crise econômica ou violência urbana.

O relógio marca dezessete horas quando atravesso as portas do Colón. Fica evidente para mim que, sempre que passava em frente ao teatro, meu impulso era entrar. Na visita guiada, o teatro estava morto, os turistas tiravam fotos sem parar. Os lustres, o café, as paredes decoradas às minúcias, tudo ganha vida quando tem gente aqui para um espetáculo. Fiz questão de chegar cedo. Tenho quase uma hora antes de entrar. Sou o homem de terno e sapatos elegantes, prestes a assistir a uma ópera. Tenho dúvidas de que seria reconhecido por meus alunos aqui. Acho que estou sendo admirado pelas mulheres que desfilam pelo salão, pelas velhinhas que tomam chá em xícaras de louça chinesa e cortam bolo com talheres de prata. Os jovens de hoje não se vestem mais tão bem quanto eu. Os garçons passam com bandejas cheias de *macarons*, bem à moda europeia. Coisa rara: sinto fome.

Cruzo com as mulheres de cabelo alto e vestidos reluzentes e com um homem de camisa de mangas curtas acompanhado da esposa, que veste o que parece ser roupa de ginástica, para atingir uma mesa ao fundo do salão de chá. Ao me aproximar do único lugar vazio, vejo um senhor idoso numa cadeira de rodas ao lado de uma mulher vestida de branco. Ele se concentra, treme, tenta levar o chá à boca. Desiste. A enfermeira lhe diz alguma coisa, talvez palavras de encorajamento. Ele respira fundo e levanta a cabeça. Olha para mim, reconhece-me, e percebo que está desesperado e com vergonha. Os olhos parecem cheios de lágrimas, e os lábios, secos. Está cansado, exausto. Não consegue levantar uma xícara de chá direito. Quer manter um pouco da própria dignidade. Então, ensaia um sorriso.

— Meu filho — diz, devagar, em voz muito baixa.

Ernesto, o pai que não quis saber de Leonor, chamou-me de "filho". Demorei alguns momentos para reconhecê-lo. Não vi naquele senhor, encorajado pela forte enfermeira a completar a mais mundana das tarefas, o homem homenageado no salão nobre da universidade. Aquele homem jamais me chamaria de "meu filho". Não chamaria nem a filha de "filha", nunca se daria a esses arroubos de sentimentalismo. Talvez agora, encolhido num suéter que ficou grande demais com o tempo, palavras como "filho" (para mim) e "querida" (para a enfermeira) tenham passado a fazer sentido. Talvez também tenham se tornado úteis.

O ano que passou desde que deixei Leonor sozinha na feirinha de San Telmo não fora pesado só para mim. A adoração dela pelo pai pode ter feito com que eu o percebesse mais alto e forte do que, na verdade, ele era, o que tornou sua decadência e fragilidade ainda mais chocantes. Pensei em tocar no nome de Leonor, mas o momento não parecia apropriado para assuntos potencialmente desagradáveis. Resolvi estender a Ernesto a cortesia que meus colegas de trabalho vinham me concedendo — tentei ser leve com ele. Assim como desisti de Leonor, acho que ela também cansou de lutar pelo amor do pai. Dois casos de longa insistência, quase obsessiva, que não levaram a nada. Penso que Leonor não se interessaria por ele nas condições atuais. Ela parecia o tipo que precisa de homens fortes.

O professor me contou que tem ingressos vitalícios para os espetáculos, pois faz parte do clube de contribuintes para a manutenção do teatro. Faz questão de vir todos os meses, pois o médico lhe explicou que, em sua condição, qualquer atividade é válida e pode ajudar na recuperação dos movimentos perdidos. Eu sabia, por Leonor, que o pai sempre tivera tendência à depressão e à melancolia. Sofria com enxaquecas que apareciam sem aviso e duravam semanas. Agora que lidava com um problema físico que tolhia sua independência, estava alerta, prático, aberto aos outros. A enfermeira vestia-o de maneira elegante e discreta e o empurrava por salões nobres, festas de aposentadorias de colegas e palestras de professores do exterior. Era um jeito digno de mostrar que não entregara os pontos, mesmo que a maior parte da areia de sua vida já tivesse corrido para a parte de baixo da ampulheta.

— E sua esposa, como vai? — perguntei.

O arrependimento foi imediato. Era tarde demais para voltar atrás. Esperei que ele respirasse, dei-lhe tempo para formular a má notícia que sabia estar por vir. Esperei uma longa e complexa explicação, como as incluídas em suas dissertações. Mais uma vez, Ernesto me surpreendeu. Foi sucinto, simples, direto:

— Fora do ar. Totalmente fora do ar.

Os sinais da demência de Lola, que eram discretos, avançaram muito em poucos meses. A doença começou a lhe acometer cedo, ainda antes dos sessenta anos. Ela passava dias no quarto. Levanta-va-se, desesperada, sem saber onde estava. Ainda antes do derrame de Ernesto, já dormiam em quartos separados. Lola tinha ataques histéricos e chamava pelo pai, que havia morrido havia quatro décadas. Um dia, deu um soco no marido, deixando-o com o olho roxo. O médico explicou que ela associava Ernesto a um trauma que poderia ter ocorrido — ou não — quando era bem jovem. Por essa época, nem sempre reconhecia o marido com quem estava casada havia quarenta anos. Então, veio o acidente vascular cerebral de Ernesto. Dois destinos distintos sob um único teto: ele, em plena lucidez, porém incapaz de levar uma colher à boca. Ela, sem contato com a realidade, correndo pela sala e brincando de esconde-esconde tal qual uma criança de nove anos de idade. Forte como um cavalo

180

de corrida, poucas rugas, cabelos ainda aloirados aos sessenta e um anos. A mente de um no corpo do outro poderia operar maravilhas. Ele então decidiu que Lola iria para uma casa de cuidados especiais. No dia de ela ir embora, para colocá-la na ambulância, foi preciso dizer-lhe que era um ônibus especial para um passeio na fazenda. Lola, cheia de classe e elegância, teve o destino dos cachorros da nossa infância. Foi viver num lugar melhor, no campo.

Ernesto visitava a esposa todos os sábados. Não sabia se era uma prova de amor ou apenas alguma coisa para fazer, um motivo para sair de casa. A logística era complicada, um enfermeiro forte vinha para colocá-lo no carro. À medida que o número de árvores aumentava, ele sabia que estava mais perto. Tinha dificuldade de seguir o caminho que o motorista percorria. Logo ele, que sempre soubera quais eram os trajetos mais curtos para chegar aonde quer que fosse. Durante décadas, ensinou e deu sermões aos taxistas, agora tinha dificuldade de entender para onde estava indo. Aprendeu a calar-se e a aceitar ajuda. Ao contrário da maioria das pessoas, sentia-se um pouco melhor por pagar por ela.

Velho e inválido, agarrava-se ao pragmatismo como uma tábua de salvação, fazia o que tinha de ser feito. Contudo, parecia ansiar por migalhas de afeto que antes julgava supérfluas. O casamento com Lola fora baseado em contratos verbais jamais quebrados. Ao pedir a mão da jovem advogada, quase vinte anos mais nova que ele, anunciara que não queria ter filhos. Contou-lhe que tinha uma filha de uma união anterior, a quem ajudava financeiramente. Não via motivos para tentar de novo. Se estivesse bom para ela, poderia considerar o pedido feito. Lola concordou. Pelo que percebi, honrou a palavra. Não era dessas pessoas sem filhos que ficam correndo atrás de crianças na rua, apertando suas bochechas como psicopatas. Pelo contrário: era como se ignorasse a existência delas. Lola e Ernesto demonstravam uma só temperatura, o mesmo comportamento, não importava a ocasião.

Teve um único dia em que ela voltara a si desde que fora internada. Naqueles três minutos, Lola era novamente Lola. Sabia o nome do marido e, pela primeira vez em muito tempo, viveu o tempo presente. Voltou a si carregada de suas melhores qualidades, como a praticidade. Ernesto achou bom tê-la de volta, tentando organizar um aspecto de sua vida novamente. E a reconheceu em um comentário que ela poderia ter feito em qualquer dia de qualquer ano que passaram juntos.

— E o que ela disse? — perguntei.

Ele esboçou um sorriso, pegou ar, e não sei se o sentimentalismo se apossou de mim, mas tive a impressão de que a voz falhou antes que ele pudesse responder. Tomou fôlego. E repetiu em tom tão controlado quanto possível em sua condição o que a mulher dissera:

— Essa gravata não combina com esse suéter. Você deveria trocá-la. A azul, Hermès, é mais adequada. Volte e troque-se.

No instante seguinte, Lola virou-se para a funcionária do asilo e apagou de novo. Ernesto evitava o termo "casa de repouso", pois acreditava que, tanto em semântica quanto em significado, "asilo" representava melhor a função desse tipo de negócio no mundo. Em sua última fagulha de consciência, a mulher não lhe disse "eu te amo" e, no entanto, mostrou-lhe que o amava. Desde então, Lola desaparecera, virara uma grande pilha de nada. No asilo, os remédios haviam reduzido os terrores noturnos e o instinto de atacar as pessoas para se defender. Ela tomava seu chá com o marido como se ele fosse um estranho, recebendo de sua cuidadora pequenos tapinhas de encorajamento nos ombros cada vez que conseguia levar a xícara à boca. Vê-la obedecendo àquela mulher de branco como um animalzinho de colo deprimia Ernesto mais do que ser alvo de seu desespero, de seus tapas estabanados quando ela ainda estava em casa. Às vezes, arrependia-se de tê-la enviado para longe. Porém, sabia que era a solução mais viável. E gostava de pensar que Lola faria igual se estivesse no lugar dele.

— Ouvi essa frase em algum lugar — disse Ernesto, abruptamente, talvez falando consigo mesmo.

— Que frase? — perguntei.

— Tragédias sempre vêm em série.

E riu, quase uma gargalhada. Divertiu-se tanto que envergou o corpo para a frente. Pareceu perder o fôlego por um segundo. Prosseguiu:

— Não sei se li num livro, não sei se ouvi a empregada dizendo. Não importa, porque, de qualquer forma, hoje entendo o sentido. É uma conclusão que se aplica ao meu caso. Às vezes, uma teoria batida pode muito bem se aplicar à prática.

A campainha do teatro anunciou que o espetáculo começaria em dez minutos. Ernesto se assustou com o barulho, mas conseguiu se recompor o suficiente para ordenar à enfermeira que era hora de ir. Em seguida, pediu que ela esperasse um minuto, sugeriu que fosse ao banheiro, pois o espetáculo seria longo. Pareceu preocupar-se com ela, ou pelo menos estava empenhado em deixar a funcionária satisfeita.

— Ainda dá tempo de você fumar um cigarro.

Ela aproveitou com gosto a pausa não programada e correu para a porta do teatro. "Cinco minutos", eles concordaram. Então, Ernesto me convidou para assistir ao espetáculo com ele. Levou sua mão até a minha. Senti-me mal ao tocá-lo, pareceu um gesto fora da ordem natural das coisas. Ernesto segurou meu braço com toda a firmeza que tinha e garantiu que os assentos eram os melhores possíveis. Argumentou que a enfermeira não tinha o menor interesse na ópera, que preferia ficar no saguão lendo uma revista de fofoca, com tempo de sobra para fumar até um maço de cigarros. Poderia ser verdade, mas não me achei no direito de tirar dela os lugares de frente para o palco. Esses assentos no Colón eram a compensação mais nobre de seu trabalho duro. Mesmo que Ernesto tivesse razão e ela de fato preferisse ficar no saguão, eu não poderia roubar o benefício de uma trabalhadora. Quem sabe aquele seria o início de sua imersão no mundo da música erudita. Ou eu apenas usava a enfermeira como um escudo para não encarar o fato de que, apesar de Ernesto se mostrar tão frágil, eu simplesmente não queria ficar perto dele.

Recusei o convite. Recusei também por Leonor. Senti pena dela. Ernesto e Lola nunca a convidaram para um espetáculo no teatro. As duas cadeiras estiveram sempre ocupadas, durante as três temporadas que ela passou em Buenos Aires, sem que nenhum espaço fosse aberto à única filha dele. É um exemplo de atitude vil e injustificada. Imaginei Leonor nas nuvens, arrumando-se com cuidado para uma noite de gala com o pai, mais encantada pelo gesto de afeto do que pelo espetáculo. Um final feliz para o roteiro que ela traçara em sua cabeça ainda em São Paulo. A oferenda que me fora estendida de modo casual era o que a pobre Leonor tentara buscar em Buenos Aires. Para mim, a mão estendida de Ernesto nada significava. Talvez ele tenha feito o convite justamente porque sabia que eu recusaria. Não pareceu ofendido nem magoado ao ouvir meu "não". Senti que me olhou com respeito. E mudou de assunto.

— Seu terno é muito elegante — elogiou.

— Obrigado — respondi, evitando floreios desnecessários, e nossa despedida resumiu-se a um aperto de mão.

A enfermeira, que havia voltado, começou a empurrar a pesada cadeira em direção ao elevador, driblando com habilidade a rampa de deficientes mal construída. À medida que eles se afastavam, entendi que Leonor e eu tínhamos algo em comum. Ambos viéramos para Buenos Aires travar batalhas já perdidas, atrás de amores inexistentes. O meu por ela, o dela pelo pai. Ficou claro para mim que as cartas enviadas por ele ao longo dos anos eram respostas adequadas aos contatos da filha, não uma oferta de amor. Eu gostaria de um dia lê-las para saber se existiria ali alguma frase que insinuasse que o professor estava disposto a uma aproximação maior. Duvido muito, pois Leonor nunca foi muito boa em interpretação de texto. É provável que, se ela aplicasse a Ernesto um pouco do desdém e do desinteresse que tão bem soube dirigir a mim, tivesse recebido mais atenção. Essa falta de habilidade para ler a situação fez de sua passagem por Buenos Aires uma grande perda de tempo.

Ao buscar meu lugar em meio ao Colón lotado, me dei conta de como havia interessados em ópera na cidade. Como é que todas essas pessoas vêm a este teatro, nessas sessões de quinta-feira à tarde, e eu não sabia disso? As luzes se apagaram, o espetáculo começou. Meu lugar era bom e resumia a minha posição no mundo: um pouco longe dos grandes acontecimentos, mas com boa visibilidade para o espetáculo principal. Não era ruim. Uma das coisas que me chamam a atenção nas óperas são aqueles personagens que vêm à frente do palco e, cantando, antecipam as tragédias que estão por vir — afinal, como bem disse o professor, as tragédias sempre vêm em série. Seria bom se a vida real fosse assim. Ter alguém ao pé do ouvido para dizer: "Leonor, seu pai não está nem aí para você", "Hugo, ela não te ama" ou "Ernesto, um dia você vai entender que um pouco de sentimento pode ser útil". Quem sabe esse coro exista. O problema é que nós somos iguaizinhos aos personagens centrais das grandes óperas e nem sempre somos capazes de ouvi-los.

Fim do primeiro ato. Todos os velhinhos que tomaram café antes do espetáculo se apressaram para ir ao banheiro ou beber um copo d'água durante o curto intervalo. Pude notar o farfalhar de pessoas levantando-se de suas cadeiras e arrastando os pés pelo carpete em busca dos sapatos apertados que chutaram para debaixo dos assentos depois que as luzes se apagaram. Olhando em direção ao palco, foi fácil visualizar Ernesto e a enfermeira, em seus lugares privilegiados, alheios ao vaivém dos que corriam para ter tempo de dar uma tragada no cigarro ou de responder a uma mensagem de texto antes que a campainha do espetáculo voltasse a tocar. Ali, o abismo entre o professor e sociólogo respeitado em toda a América Latina e a enfermeira toda de branco havia sido preenchido. Naquele momento, não eram patrão e empregada, docente e auxiliar de enfermagem, intelectual e assalariada. Eram duas pessoas cansadas, entregues. Creio que o professor gostaria de ver como as barreiras de classe haviam sido derrubadas se estivesse em meu lugar. Daria uma boa análise para um artigo. Ali, eram iguais. Lado a lado, sentados e um tanto desajeitados, apenas dormiam.

Carolina, segundo Martín

Bairro Chinês de Buenos Aires

Altura do nº 1.600 da Avenida Juramento

O teste de farmácia foi feito quatro, seis, oito vezes. Ela olhava e não podia acreditar que havia sido tão desatenta. Afinal, uma gravidez era tudo o que não precisávamos naquele momento. Victor havia acabado de chegar, meu apartamento estava uma bagunça. Toalhinhas molhadas e fraldas descartáveis por todo lado. O quarto do menino ainda se resumia a um berço caro, uma cômoda que não comportava muita coisa e uma cortina marrom meio triste. O banheiro, antes cristalino e com perfumes e medicamentos cuidadosamente dispostos, virara uma confusão. A banheira azul que eu havia comprado para o bebê era grande demais e acabava com o espaço de circulação. A funcionária que me ajudava com a casa desde o fim do meu casamento resolvera pedir as contas. Não se sentia mais com estrutura para tomar dois ônibus, ida e volta, trabalhar o dia todo e, às vezes, voltar para casa tarde da noite, quando eu não conseguia sair da empresa no horário regular. Por mais que pagasse bem, saldasse as horas extras e fizesse questão de pagar o táxi para mandá-la de volta para casa, ela já havia passado dos sessenta anos e chegara ao fim de suas forças. Ambos choramos quando ela pediu para sair — ela, por cansaço e por alívio de ter a coragem de admitir que não aguentava mais; eu, pelo mais puro desespero. Sentia-me incapaz de lidar com a paternidade, um incompetente que não conseguia sequer escolher uma creche — o que agora precisava fazer com urgência. Carol se mostrava disposta a ajudar, todavia morava longe e vivia de um lado para outro do continente. Chegava cansada das viagens e, certa vez, nem acordou com o choro do Victor na madrugada. Ele berrava, e ela não se mexia. Seguia dormindo.

Então ela anunciou que estava grávida. Eu não conseguia entender o que acontecera, usávamos camisinha, Carol tinha consciência de que não era a hora certa, nem sabia se um dia haveria uma hora certa. Mas a situação era essa. Precisávamos decidir o que fazer.

A posição de Carol não era fácil. Posso imaginar sua cabeça rodopiando enquanto o último voo noturno pousava no Aeroparque. Ela arrastando a mala de mão pelo saguão, entrando no táxi e chegando em casa. Tentando pôr as ideias em ordem. Não trabalharia no dia seguinte, ainda bem que a escala mudara de última hora e teríamos pelo menos algum tempo para decidir o que fazer. Para sua sorte, não sentia os enjoos característicos das primeiras semanas de gravidez. Não queria que alguém soubesse de sua condição. Era a primeira vez em muito tempo que se pegava gostando do que fazia, pois o trabalho representava uma forma de fuga. Não queria pensar muito — já estava decidida. Em outros tempos, conversaria com Hugo ou Edu sobre o problema. Mas andava sem vontade de falar com os dois, sentia-se excluída, traída, desimportante, por não ter sido acionada na época da doença de Hugo. Talvez não tivesse o direito de pensar assim, provavelmente estava sendo egoísta. O fato é que tinha ciúme de Eduardo por Hugo ter escolhido ele, e não ela, para ajudá-lo no hospital. Mas como contar com Carol, se estava em todos os lugares e, simultaneamente, em lugar nenhum? Ela acha que Hugo ficou com medo de que ela confundisse as coisas, que pudesse se apaixonar de novo pelo homem indefeso deitado na cama.

Poderia acontecer em outros tempos, quando ela ainda gostava de criar romances que só faziam sentido em sua cabeça.

Depois, ficou mais tranquila, relaxara desde que tínhamos nos conhecido. Tudo parecia ir bem. Era como se um peso tivesse sido tirado de seus ombros ou como se a existência de uma ameaça impossível de explicar tivesse desaparecido de uma hora para outra. Pelo menos parte de sua vida estava andando na direção correta. Quando ela me dizia que estava com um homem de verdade, eu me imaginava como um herói de filme de ação, capaz de solucionar todos os problemas do planeta, de protegê-la de todo o mal.

Essa breve sensação de onipotência já passara havia algum tempo quando nos vimos sem palavras, sentados na sala do meu apartamento. Ela então disse, chorando, que sabia que era preciso encontrar a solução o mais rápido possível. Completara vinte e oito anos no mês anterior, não era mais uma adolescente.

— A vida às vezes exige decisões duras — afirmou.

Ao mesmo tempo, confessou que se ressentia por ter de lidar com uma gravidez indesejada em sua idade. Pela lógica, não é o que deveria estar fazendo. Quando encontrava as antigas amigas de colégio, sentia-se quase sempre inadequada. Parecia que havia só dois caminhos a serem trilhados e que não pudera seguir nenhum deles: já deveria estar com dois filhos em idade escolar ou então ansiosa para engravidar. O primeiro grupo invejava o sucesso da carreira do segundo enquanto agradecia por ter filhos saudáveis. O segundo falava com orgulho da carreira, mas ficava sem graça quando alguém perguntava quando, afinal, abriria espaço para a família em sua agenda lotada. Carol me falou que decidira fazer um aborto.

Não sei se acreditei na convicção que ela tentava tão arduamente demonstrar e definitivamente precisava de tempo para absorver a informação. Carol logo emendou que não era nada que não tivesse feito antes. A diferença, agora, é que seria pelo motivo certo. Aos dezenove e aos vinte e três passara por isso. O primeiro, ela fizera porque era jovem demais e o namorado tocava numa banda, dirigia uma moto velha e não podia nem ajudar a pagar o procedimento. O segundo, porque o amante era casado e o relacionamento já vinha esfriando, ela nem retornava mais as ligações dele quando o teste deu positivo. Havia interrompido duas gestações em situações de desamor; não via problemas em fazê-lo em um momento em que se sentia amada. Antes que eu pudesse argumentar qualquer coisa, ela tratou de me interromper com impaciência.

Garantiu-me que não é muito complicado, consegue-se fazer tomando medicamentos. Da primeira vez, arranjou tudo sem qualquer ajuda numa drogaria de subúrbio. O farmacêutico que repassava os remédios olhava-a com nojo, dando a entender que ela era culpada, e ele, apenas um intermediário. Teve de aguentar o sermão silencioso do aborteiro. Não podia contar para ninguém, nem tinha com quem falar. Por precaução, usou duas pílulas na vagina, em vez de uma, e também exagerou nos medicamentos via oral. Passaram-se oito dias e, aflita, pensava que havia sido enganada com pílulas de farinha. Estava no ônibus, em pé, voltando da faculdade. Sabia que podia acontecer a qualquer momento, mas era tão estúpida, tão inexperiente, que pensou que estava com dor no estômago quando as contrações começaram. No ônibus lotado. Sentiu o sangue escorrendo-lhe pelas pernas enquanto lutava para manter os braços para cima e se equilibrar. Amarrou na cintura o suéter preto para cobrir sua calça jeans caso ela estivesse ficando manchada. Engoliu em seco, e um frio repentino a fez perceber que toda a água armazenada em seu corpo se esvaía. À medida que a cólica aumentava e seu ventre se retorcia, tinha a sensação de que suas entranhas lutavam, sem sucesso, para manter o bebê ali. Pensou que ia desmaiar, entretanto precisava se manter ereta. Rezou para que não desmaiasse, para que conseguisse chegar em casa.

Um banco vagou, ela abriu a janela em busca de um pouco de ar e segurou-se firmemente no encosto do passageiro da frente. Só se perguntava se a blusa já estaria encharcada, tinha a impressão de que sim. Felizmente, era preta, quem sabe esconderia o sangue. Era impossível que não estivesse claro que alguma coisa errada estava acontecendo com ela, mas ninguém a abordou. Tudo o que queria era que acabasse logo, e precisava ficar em silêncio. Viu que o ônibus se aproximava de seu ponto. Entrou em pânico. Empurrou os passageiros grosseiramente. Como isso é normal na cidade, não causou estranhamento. Assim que as portas se abriram, desceu e, reunindo todas as forças que lhe restaram, correu. Ficou com medo de olhar para trás, não podia parar. Precisava chegar ao edifício, eram só duas quadras. Que a mãe tivesse saído, era tudo o que pedia, que estivesse na Lua, em Marte ou apenas comprando cigarros, contanto que não estivesse lá. Que, por uma vez na vida, fizesse algo surpreendente, uma pequena loucura que fosse, e sumisse por três dias.

Ela, porém, estava bem ali na sala, vendo alguma coisa na tevê. Nada especial, um dia como qualquer outro, todos os dias dela eram iguais. Ainda não conheci a mãe de Carol, ela diz para eu não dar importância a isso. Para ela, ao menos no discurso, a mãe é apenas um lembrete permanente de um caminho que não deve nunca ser seguido. Uma mulher que jamais superou ter sido trocada por outra, que não foi capaz de refazer a vida nem de ser generosa ou aberta. Fechara-se em si e em suas frustrações de tal forma que vivia para elas. O pai não era grande coisa — pelo menos nisso ambas concordavam. No entanto, o que parecia ser mais um motivo para a filha olhar para a frente era suficiente para manter a mãe parada no mesmo lugar. Ao vestir o manto da vergonha da mulher abandonada, a mãe de Carol criara um inferno e arrastara todos à sua volta para ele. Quando a filha entrou por aquela porta com as calças pingando sangue e as entranhas se remoendo como num liquidificador, ela se encontrava perdida em algum canto de seu inesgotável redemoinho de mágoas. Tudo o que fez foi repreender Carolina por não tirar os sapatos, na voz aguda de sempre. Ainda reclamou novamente porque a filha bateu a porta do banheiro. E depois porque não saía daquele banheiro. A conta da água estava alta, a do gás, estratosférica, não havia dois banheiros no apartamento. Ela estava apertada, precisando entrar. Carol resistiu e não saiu, não podia sair. Perdera a noção do tempo, parecia que jamais arregimentaria o ânimo necessário para sair do fundo daquela banheira.

Viu-se, então, imbuída de uma lucidez que só pode ter sido gerada por uma descarga de adrenalina. De repente, soube o que fazer. E fez. A calça e o suéter ensopados de sangue, ela pôs do lado de fora, na marquise, para pegar depois que a mãe dormisse. Sentou-se no vaso e ouviu pedaços de algo caindo na água. O barulho reverberou nos seus ouvidos por um bom tempo. Não teve coragem de olhar, precisava terminar o que havia começado. Contrações fortes por pelo menos dez minutos. Quando a dor amenizou, apertou a descarga ainda sentada. Ligou o chuveiro sobre a banheira, deitou-se e ficou ali por muito tempo, como se estivesse dentro de uma caverna, ouvindo a mãe ralhar de longe. Ladainhas pré-históricas. Lavou o cabelo repetidas vezes, esfregou-se muito com a esponja. Antes de sair, pegou o pano de chão e limpou as gotas de sangue espalhadas pelo piso, sabia que precisava ser diligente e atenta. Por sorte, havia água sanitária no armário embaixo da pia. Não podia falhar. Demorou tanto que a mãe se acalmou, parecia ter arranjado algo para fazer.

Afinal, saiu do banheiro. Flutuou pelo corredor como um fantasma e trancou-se no quarto. Eram duas da tarde. Acordou no meio da noite, às três da manhã. Sentia-se anestesiada, mas precisava se livrar das roupas imundas, duras, negras e coaguladas. Colocou-as numa sacola da Falabella, a maior que encontrou. Desceu de pijama e tênis e achou uma lata de lixo a uma distância segura. Três quadras, para não deixar rastros. Certificou-se de que ninguém estava olhando, nenhum mendigo ou executivo passeando com o cachorro no meio da noite. Jogou a sacola na lata, respirou fundo e passou a caminhar na direção oposta. Deu uma volta no quarteirão para se acalmar. Decidiu que não pensaria mais nisso. Meio pálida, ficou com a impressão de que tinha o hálito podre e de que seus dentes estavam a ponto de cair. Mesmo assim, foi à aula no dia seguinte, como se nada tivesse acontecido. Nunca contou tudo isso a alguém, pelo menos não com tantos detalhes. Não se sentia orgulhosa, tampouco se envergonhava. Era o que era, não havia mais jeito de mudar.

Após esmiuçar todos os detalhes de seu baú de memórias, Carolina resumiu:

— Agora você conhece toda a realidade. A vida, às vezes, pode ser feia e solitária.

Quando terminou e se calou, parecia ter recuperado a calma. Já minha cabeça girava, menos pelo que ouvira, mais por cansaço. Pedi que fôssemos para a cama e disse que precisava de sua companhia. O menino havia parado de chorar cinco minutos antes de Carol chegar e jogar tudo isso sobre mim. Eu não sabia o que dizer, não estava chocado nem desapontado, o que de certa forma me surpreendia. Ou vinha dormindo tão pouco que minha capacidade de sentir ficara comprometida. Não sei. Continuei, porém, da única maneira que podia:

— E o segundo?

— O segundo? — Ela devolveu a pergunta, talvez espantada por eu querer saber mais sobre o assunto.

— O segundo aborto. Como foi?

— Foi mais tranquilo.

— Como assim mais tranquilo?

— Um médico acompanhou. Arranjou os remédios, garantiu que tudo se resolveria naquela madrugada, mandou-me voltar no dia seguinte.

— E o pai?

— Ele pagou o procedimento.

— Vamos dormir? — falei, sem pensar. — Não aguento mais.

— Você quer que eu vá para casa?

— Não.

— Eu posso dormir no sofá.

— Não seja boba, vamos para o quarto.

Deitei-me com a roupa que estava. Lembro-me vagamente de Carol abrir um pouco a cortina e olhar a rua vazia, tarde da noite, procurando, quem sabe, alguma coisa lá fora. E foi só.

Acordei às sete e catorze, ela estava com o bebê no colo, olhando para mim. Imaginei se ela tinha pregado o olho na madrugada, mas ela parecia bastante composta. Era seu dia de folga, e anunciou que ficaria com Victor. Não tinha certeza de que confiava nela para cuidar do bebê, mas não via alternativa. Eu ainda lutava para me decidir entre um berçário e uma babá em tempo integral, mas a verdade é que, para dar conta sozinho de todas as minhas demandas, precisaria, provavelmente, de uma combinação de ambas as coisas. Por hoje, não havia o que fazer. Carol teria de ficar com Victor por algumas horas, era a única solução. Ela só trabalharia dali a dois dias, e aí eu encontraria um jeito. Um dia de cada vez — tinha de pensar assim ou enlouqueceria. Ainda precisava passar na lavanderia para deixar os ternos, não havia uma peça de roupa limpa, a casa estava imunda, não encontrava mais nada, a vida inteira parecia estar fora do lugar. Minha capacidade de concentração era próxima de zero, e, pela primeira vez, me vi com medo de perder o emprego. Errei umas contas simples em uma planilha e a enviei ao departamento de compras. Não fui demitido porque um colega, antes de fazer o pagamento, enviou-me uma mensagem perguntando se os valores estavam mesmo corretos. Será que dava para perceber que eu não tinha a menor ideia do que estava fazendo? Eu só cumpria tarefas, tirava as coisas do caminho, e sempre parecia surgir na minha frente uma lista muito maior de problemas para resolver. Esses dias, voltando do mercado cheio de sacolas de fraldas descartáveis, passei em frente ao coreto em que fazia *tai chi* com os velhinhos não muitos meses atrás. Na minha cabeça, no entanto, aquele era um passado muito distante.

O dia de trabalho foi horrível, estava ansioso para voltar para casa. Acho que nunca buzinei tanto na vida. Fiquei no trânsito caótico xingando todos de *boludo*, angustiado para chegar em casa. Eu amo Carol, mas ela não parece ter jeito com crianças, algumas mulheres talvez não sejam feitas para a maternidade.

Fiquei pensando que só uma criança era o bastante. É um pensamento egoísta; a paternidade, porém, havia me deixado assim. De repente, tudo o que mais queria era a minha vida antiga de volta, meu grande objetivo era voltar no tempo e desfazer o que fosse possível, gostaria de ter uma ferramenta de computador que deletasse os meus atos e fizesse de mim um homem livre e sem obrigações. Uma flecha em direção ao passado, alguns toques para fazer o cursor voltar à posição original. Um idiota que dirigia a dois quilômetros por hora me fez perder a cabeça e buzinar sem parar. Em uma sucessão de pensamentos que não tive condições de controlar, imaginei

Carol explodindo uma mamadeira no micro-ondas ou derrubando o bebê de cabeça no chão. Quando cheguei à garagem, chequei meus batimentos cardíacos, uma veia pulsava e latejava em meu pescoço. Afrouxei a gravata para respirar melhor.

Subi as escadas correndo, pensando na tragédia, nas manchetes de jornal, vi Carol chorando, inconsolável, prostrada no sofá em posição fetal. Visualizei os comentários implacáveis em fóruns na internet sobre os perigos de dar uma criança em adoção a um homem solteiro. Depois de tanta afobação, decidi contar até três antes de abrir a porta. Ao entrar em casa, o cenário era completamente diferente: vi Carol plena, de cabelo arrumado, vestida de calça jeans e uma camisa minha com um nó na altura da cintura. O bebê, sentado na cadeira de alimentação, sujara-se de maçã e banana. A casa parecia muito mais em ordem do que na noite anterior. Carol guardara a banheira azul na lavanderia e disse que deveríamos fazer uma doação, pois era possível dar banho na criança na banheira comum. A casa cheirava à comida que ela havia pedido em um dos restaurantes baratos do Bairro Chinês. Os pratos estavam sobre a mesa, e havia ainda uma garrafa de vinho semiaberta, guardanapos e talheres. Ela me contou que o bebê havia feito o maior sucesso quando foi ao supermercado. Todo mundo falara como ele era parecido com a mãe. Não achei que Carol fosse capaz de rir hoje, mas ela estava achando graça nessa ideia de que alguém pudesse vê-la como uma mulher de família. Pensando bem, ela não estava tão longe do estereótipo quanto pensava: ter senso de organização, memorizar onde cada um dos itens necessários à vida deveria ser guardado e tentar deixar todo mundo o mais confortável possível. Eu não sabia o que dizer. A única coisa que me ocorreu, enquanto Carol olhava para mim, parada, no meio da sala, era que a hora de dar um salto no escuro havia chegado. Acreditei que aquela mulher seria capaz de, ao longo dos anos, oferecer-me surpresas que eu jamais seria capaz de antecipar.

Concluí que, ao lado da pessoa que amava, tudo poderia ser superado, seríamos capazes de criar nossos filhos, como seres humanos vinham fazendo há milênios. Não parecia mais tão complicado. Senti que agora conhecia Carol por inteiro e, ao mesmo tempo, entendi que ela tinha ainda muito mais a revelar. E tudo o que ela me dissera no dia anterior sobre os dois abortos só servira para confirmar esse sentimento. Contar seus segredos mais profundos fora uma prova de confiança que minha ex-mulher, em onze anos de união, jamais me dera. De repente, a ideia de ter uma penca de crianças ao redor da sala de jantar de uma casa no subúrbio me pareceu ideal, uma família grande como as de antigamente. Decidi que não ia julgar Carol e entendi que uma quantidade considerável de coragem e confiança havia sido necessária para que ela partilhasse tudo aquilo. A verdade nos aproximaria. Era melhor viver na realidade do que com a distância e os segredos que destruíram meu primeiro casamento. Não viveríamos vidas separadas, como dois estranhos que moram no mesmo endereço. Seríamos um casal de verdade, para o bem ou para o mal. Era o que eu queria. Ela já tinha dois abortos em seu passado, eu tinha um divórcio e onze tentativas de inseminação artificial. E esses caminhos tão distintos nos trouxeram até aqui, um diante do outro. Em meio ao turbilhão de ternura que me envolvia, enfim quebrei o silêncio.

— Eu quero ter uma família com você.

Carol se surpreendeu e pareceu pensar muito antes de me dar uma reposta, que devolveu em forma de pergunta:

— Se não vamos fazer o que combinamos ontem, o que vamos fazer?

— Vamos fazer o que todo mundo faz. Isto é, se você estiver disposta a embarcar nessa aventura comigo. Vamos ter esse bebê juntos? Vamos ser pais de dois filhos?

Ela se sentou no sofá, parecia que tinha perdido as forças. Estava tão decidida a seguir a única saída que via para a situação que não se preparara para a opção inversa. Olhava-me no vazio, como se não conseguisse me ver.

— Então, o que você acha da ideia? — perguntei.

Carol, ainda tentando se recompor, respondeu-me:

— Acho perfeita.

* * *

Na manhã seguinte, Carol ligou para a companhia aérea e anunciou que estava grávida. Não poderia mais voar. Pelas regras da empresa, seria transferida para uma função em terra. Apesar de ter um emprego assegurado, ela decidiu que, já que o momento era de mudanças, precisava admitir que não podia mais continuar na aviação. Há muito tempo queria mudar de vida, e surgira a oportunidade ideal. Economizara dinheiro e cortaria gastos. Avisou ao dono do apartamento apertado de Palermo que devolveria o imóvel e iniciaria uma vida nova em Belgrano.

Poucos dias depois, decidimos tomar um café na casa da mãe dela, dona Rita, e contar as novidades. Íamos nos casar, e um bebê estava a caminho. Eu já adotara um filho, e agora Carol se tornaria mãe dele também.

Coitada, acho que dona Rita não estava preparada para tanta informação nova. Era uma velhinha simpática com um estoque infinito de empanadas e bolos em um freezer grande demais para uma mulher só. Ela não parava de nos oferecer comida. O mais estranho é que dona Rita não se encaixava na descrição de alguém sempre com o dedo em riste, pronta para oferecer críticas injustas, fruto de observações distorcidas da realidade, de preconceitos arraigados e da inveja pela felicidade alheia.

Quando eu disse isso a Carol, ela retrucou que não se surpreendia com a minha impressão. Deu de ombros e explicou que, com os outros, a mãe sempre fora ótima. Acreditei, porque é difícil ter uma visão distanciada de quem está muito próximo — em geral, ou se é complacente demais ou se exagera nos defeitos e nas críticas. Quem sabe, agora que teria os próprios filhos, a opinião de Carol sobre a mãe se tornasse mais suave. Uma coisa não se poderia negar sobre dona Rita: cozinhava divinamente. E minha sogra gostou tanto de mim que, na volta para casa, Carol, segurando a barriga de grávida que mal começava a aparecer, deixou escapar que, lá no fundo, a opinião da mãe não lhe era assim tão indiferente.

— Ela já gosta mais de você do que de mim — brincou, parecendo acreditar de verdade no que estava falando.

Assim, sem saber direito se a reforma no apartamento ficaria pronta a tempo da chegada do bebê, com todas as dúvidas que ainda pairavam sobre para onde iríamos, formamos uma família. Carol cuidava de Victor durante o dia, eu assumia a função da noite, meus pais vinham sempre que chamávamos, dona Rita trazia congelados para não termos de preparar o jantar. Mãe e filha até ensaiaram costurar juntas para o bebê, só que acabaram desistindo da ideia para evitar conflitos. Era uma situação bastante comum, parecíamos, às vezes, viver em um comercial de margarina, e eu não via problema nisso. Tinha prazer em exibir meu filho no parque aos domingos de manhã, de ter uma esposa para ir jantar comigo no sábado à noite, de meus pais se tornarem avós.

Com todo o nosso dinheiro sendo torrado na reforma do nosso apartamento, decidimos que não haveria festa de casamento. Fizemos assim: comemoramos em um restaurante do Bairro Chinês. Uma lista de convidados essenciais. Entendi, ao elaborar minha lista, que eu era um cara meio solitário. Só queria lá meus pais e meu velho tio, guardião de meu cão, Spike, e não sentia falta de nenhum dos meus amigos. Na divisão do meu primeiro casamento, eles ficaram com a minha mulher após a separação. E, honestamente, eu também não gostava muito dos meus colegas de trabalho. Carol chamou Hugo, Eduardo — que trouxe Daniel — e a mãe dela. Nossos presentes de união foram todos direcionados ao bebê que estaria conosco em cinco meses: berço, roupas, carrinho e cadeirinha para carro. Como agradecimento, cada um dos convidados ganhou um gato da sorte, dourado, ao custo de quatro dólares cada um, e um leque em estilo chinês. Tiramos fotos de nós mesmos com os celulares, tomando saquê e comendo sushi. E nos declaramos marido e mulher.

Todos os convidados foram para casa de táxi. Mas, como morávamos a poucas quadras do restaurante, decidimos retornar caminhando. Era fim de abril, e Carol estava mal agasalhada. Ventava forte, e as folhas amarelas caíam das árvores violentamente, aos montes. Eu carregava sempre uma jaqueta enorme comigo, com medo de o menino ficar com frio: segurei-o em um dos braços, esticando bem o elástico da jaqueta para que ele ficasse protegido. Do outro lado, Carol me abraçava forte para se esquentar. Eu sentia o coração do Victor batendo contra o meu peito e as mãos geladas de Carol buscando espaço cálido embaixo da minha camisa, passeando por minhas costas até descansar ao redor da minha cintura. Andávamos devagar, era necessário coordenar os passos para que pudéssemos seguir adiante sem cambalear. Aos poucos, sem pressa, avançávamos. Éramos uma só unidade.

Eduardo, segundo Daniel

Igreja Dinamarquesa de Buenos Aires
Carlos Calvo, 257

Nunca fui bom em escrever nem soube o que é mais adequado dizer, não sei lidar com as palavras. Sempre fui o tipo de homem que fica em seu canto, organiza a vida, faz as contas, limpa a própria mesa, só traça planos dentro do possível. Esse sou eu. Quando olho nos teus olhos, seja enquanto corto os tomates para a salada, seja quando me estendes a toalha ao sair do banho, sorrindo, seja quando resistes ao acordar numa manhã de domingo preguiçosa, tenho medo de despertar e não estares mais aqui. É importante para mim falar, preciso encontrar as palavras certas. Mas não consigo, e aí me bate uma angústia. E me pergunto: será que tu sabes? Contigo eu sou melhor, sou mais do que jamais imaginei, tu me tiraste da mediocridade, meu horizonte ficou mais claro. Não tem ato de amor maior do que pegar alguém pela mão e mostrar o caminho, iluminar as noites escuras. Quando nada vejo, guio-me por ti. Quando sinto esse compasso infinito de sentimento, de repente, minha vida deixa de ser uma lista de tarefas a serem cumpridas para começar a fazer sentido. Não quero chegar ao fim do dia cansado de tanto trabalhar e ávido para ficar sozinho e trancar a porta para me proteger de um mundo que não dou conta de entender. Quero ver o que há lá fora e estar contigo enquanto descubro o que nunca antes experimentei. Tu não és o amor da minha vida, tu és tudo. És a vida em si. Antes de ti, Edu, eu não existia. Não sei como, mas preciso que saibas disso, e não parece ser suficiente dizer um monte de palavras. Perdoa-me se eu escolher uma canção muito cafona. Se os meus modos soarem antiquados, se os meus trajes já estiverem fora de moda. Vou me libertar da ditadura do silêncio, não quero mais ser um mistério difícil de ser decifrado. Decidi que quero existir por inteiro, sem o mínimo resquício de medo, mas como é que se faz isso? Tu não precisas mais procurar a resposta para mim. Tu és a resposta.

Quando penso em tudo o que se passou desde que cheguei a Buenos Aires, percebo que minha maior conquista não foi encontrar um pequeno apartamento nem começar a guardar dinheiro para abrir um restaurante. Minha maior vitória foi ser capaz de entender-te, apreciar teus ritmos, compreender teus pensamentos. Minha maior habilidade foi enxergar, no meio de uma multidão, o presente mais raro. E não ter medo de ter-te para mim. Pela primeira vez, desde que posso me lembrar, não tive dúvidas em perseguir algo que achava que não estava ao meu alcance. Senti e fui, sem pensar. Conquistar-te foi o início de tudo. Às vezes, paro o que estou fazendo, calo-me e observo teus movimentos tentando não atrapalhar. No computador, os projetos são construídos e destruídos várias vezes, as casas ganham muros, depois os perdem, as janelas mudam de lugar. Os detalhes são importantes e, às vezes, fazem toda a diferença. Em determinado momento, tu paras também. Consegues olhar o todo e entender que a construção está boa o suficiente, que é ali que aquelas pessoas vão gostar de morar. Tens fé que teus projetos vão prosperar. Afasta-te do computador, olhas de longe e dás um suspiro longo. Levantas, pegas uma xícara de café. Tu te espreguiças, desligas a tela para não fazer mudanças desnecessárias. Observas o gato. Olhas, olhas, apanhas o caderno de rascunhos e começas a fazer desenhos em preto e branco dos movimentos dele. Esboças quatro ou cinco poses de uma só vez, tenta diferentes ângulos. Virando as folhas rapidamente, parece um desenho animado. São os Cadernos de Tico, um gato preto vira-lata transformado em inspiração através de teus olhos azuis.

Confesso que, se tu não existisses, não sei se teria deixado de ser garçom. Quando a vida não oferece muito, a tendência é não pedir nada. Servir mesas e acariciar homens solitários e bêbados em troca de uma gorjeta nunca foi meu projeto de vida. Mas, quando ter dinheiro para pagar o aluguel e sobreviver até o próximo pagamento é um luxo que nunca se teve, pode ser fácil se render. Não é acomodação, é conforto. Tenho certa vergonha em admitir, mas acho que, em um primeiro momento, retirei as receitas de minha mãe do baú apenas para mostrar que eu não era somente o que aparentava ser. Que eu também tinha um projeto grande, embora não tivesse a mínima ideia de como realizá-lo na prática nem uma vontade real de fazer isso. A tua crença de que era viável se tornou minha. Às vezes, tenho medo de estar depositando minhas esperanças em ti. Mas, agora que já caminhei tanto e vejo os avanços, quase não temo me transformar em um peso a ser carregado. Tudo o que tenho, o pouco que tenho, construí sobre os alicerces que tu me deste. Um dia, vou abrir o nosso restaurante — tu odeias que eu diga isso, mas a ideia de que o restaurante será meu não faz sentido, para mim, não existe mais linha divisória entre nós. Para esconder tuas maiores qualidades, recorres ao autodesdém, fazes piada, desvias a atenção para os outros. Eu sei quem tu és, já fiz o mapa de todas as tuas virtudes. Concordo em manter segredo, de uma maneira um tanto egoísta. Eu gosto de tê-lo só para mim.

Então Hugo ficou doente. Sei que achas meio ridículo, mas penso como Carol e seu Pedro. Não gosto de pronunciar a palavra "câncer". E tenho pudor em dizer que fiquei, sim, com ciúme no início. Mas sei que, às vezes, a gente precisa aprender a esperar, a viajar no lugar menos confortável, a morar mais longe para economizar dinheiro. Era preciso que eu cedesse o que era meu para outra pessoa, mais uma vez. Não sei se isso acontece contigo, fico sem jeito de falar sobre essas coisas. Mas percebi que elas se tornam menos importantes quando se deixa o tempo passar. As paixões se apagam, a raiva se esvai. O essencial de ontem vira o descartável de amanhã. E o essencial, naquele momento, era Hugo. Ele precisava organizar o caos, ter alguém que mantivesse a aparência de normalidade. Os dias se sucediam lentos. Via os teus olhos cansados das noites no hospital, do trabalho durante a tarde e do retorno para mais uma rodada, em uma rotina que parecia ser repetida ao infinito. Tentava, a meu modo, garantir que o jantar estivesse pronto e fazer com que dormisses mais; às vezes, mudava a hora do despertador de propósito. Para disfarçar meu truque, eu criticava os telefones celulares e enaltecia o fato de os velhos despertadores nunca falharem. Dizia que ia comprar um para ti, mas nunca o fiz. Lembrava-me da minha pobre mãe e seu despertador de ferro. Sempre tocava às vinte para as cinco da manhã, e, em minutos, a casa toda estava em pé, tremendo de frio. Todas as vezes que eu ou meu irmão ficávamos doentes, a forma que ela encontrava para nos agradar era fazer um pudim de pão e deixar a gente comer dois pedaços, em vez de um só, depois do almoço. E nos permitia dormir mais. Falava apenas:

— Fica na cama.

Minha mãe não era boa de passar a mão na nossa cabeça. Tinha de lavar a roupa, cozinhar, embalar os queijos que produzíamos para vender na cidade. Aprendi em casa que, com disciplina, dá para fazer muito com pouco. Se cada um fizer sua tarefa com afinco, todo mundo vai poder levar uma vida decente, seremos admirados da porta para fora. Era importante manter a dignidade, ter o respeito de vizinhos e conhecidos. Por isso, ela não ligava que nossas roupas ficassem velhas, mas jamais admitia que saíssemos sem as calças e camisas estarem passadas. Meias e cuecas eram diligentemente vistoriadas, e qualquer resquício de rasgo ou furo era costurado. As tarefas eram bem divididas. Meu irmão alimentava os animais, eu tirava o leite das vacas, trazia para casa para fervê-lo em uma grande tina e separava a nata para a mãe fazer os queijos. Também escaldava as garrafas de vidro com água quente para que o leite fervido estivesse próprio para consumo. Entendi, quando Hugo ficou doente, que somos muito parecidos. Tu e eu. É preciso manter a normalidade, mesmo nos momentos difíceis. No dia seguinte à morte do meu pai, lembro-me de ter acordado muito cedo para tomar água. Minha mãe estava na sala, meio sem saber o que fazer, com os olhos esbugalhados. Perguntei se ela queria alguma coisa, se precisava que eu fizesse algo. Ela me mandou voltar para a cama. Determinou que naquele dia ninguém faria nada. As tetas das vacas ficariam mais gordas, o feno se acumularia, o mato poderia dominar a grama. Não arrancaríamos ervas daninhas. Não sairíamos de casa. Caso fôssemos a algum lugar, que ficássemos dentro da fazenda. Nada de ir à cidade. Ela não passaria metade do dia fazendo vincos em nossas calças. Por vinte e quatro horas, não precisaríamos lavar nossos pratos nem comer nas horas certas. No dia seguinte, nos esforçaríamos um tanto mais, carregaríamos pedras mais pesadas. Acho que foi o único dia de férias que ela tirou na vida. Passou o tempo todo na sala, ouvindo discos antigos em volume baixo. Quase não falou, mas, em algum momento, chamou-me para perto dela. Não me tocou nem me abraçou. Disse muito pouco, e, na época, não entendi direito o significado daquilo:

— Quando eu morrer, quero que fiques com esta vitrola. É tua, os discos também. Sei que és diferente. É duro ser diferente. A vitrola ajuda.

Acho que foi o jeito que ela achou de dizer que me amava. Como eu, não sabia muito bem articular os pensamentos, receava falar algo inapropriado. Então me ofereceu os discos, que eram o que possuía de mais precioso. Ela nunca me falou isso, mas eles ficavam guardados cuidadosamente, e havia uma regra não escrita segundo a qual as crianças deveriam se manter longe da vitrola. Os discos eram dela. Os outros, os homens da casa, eram obrigados a se contentar com o rádio de ondas curtas.

Mamãe fazia as próprias roupas — e a maioria das nossas também. Usava um chinelo de dedo e apenas um sapato fechado que durava exatamente um ano. Eram trocados todos os meses de maio para garantir que já estivessem laceados no inverno e ela não precisasse se preocupar com calos e joanetes nos dias mais frios. Não precisava de luxo, todos sabiam que só havia um presente possível na cabeça de mamãe. Todos os anos, no aniversário, em agosto, e no Natal, ela ganhava um disco novo. Escrevia no canto da capa, a lápis, a data em que fora colocado na vitrola pela primeira vez. Ia à missa com as mulheres, logo cedo. Chegava em casa, guardava o véu negro, que insistia em usar para rezar, e quando nós, os rapazes, saíamos para a igreja, para a cerimônia das nove, ela aproveitava o tempo que tinha para si, uma hora e quarenta e cinco minutos, ouvindo música. Ao fim da missa, comprávamos saquinhos de pipoca para comer no caminho. De longe, dava para ouvir as canções. Tangos e boleros, em geral. Tudo muito triste, com letras sobre famílias desfeitas e amores impossíveis. Apesar de manter um volume decente, o som se espalhava pelos vazios infinitos dos nossos gramados. Ao nos avistar no portão ou ouvir os latidos dos cachorros, que nos recebiam com alegria, ela retirava a agulha do vinil. Calçava os chinelos e ia para a cozinha começar a preparar o almoço. Quando chegávamos à varanda, a casa já estava no mais completo silêncio de sempre. O silêncio deixava a construção de pedra ainda mais gelada.

Manter a ordem, a normalidade, checar se os eletrodomésticos funcionam a contento. Todos precisam comer, se vestir. O balcão precisa estar limpo e a louça lavada. Tirando aquele único dia depois da morte do meu pai, era assim lá em casa, não importava a dificuldade da situação. Com Hugo, nos dias de hospital, fizeste o que minha mãe nos ensinou a fazer diante das circunstâncias adversas: ter perseverança a qualquer custo. Os compromissos tinham de ser cumpridos. O leite precisava ser entregue aos clientes, não dava para desperdiçar a nata sem transformá-la em queijo ou coalhada, não existia motivo para faltar à missa de domingo. Era sinal de respeito a Deus comparecermos à Sua casa com os cabelos bem penteados para o lado e as camisas ajeitadas dentro das calças. A mensagem era clara: esse dia difícil também vai passar. Isso vai passar, o que hoje parece pesado, amanhã vai ficar leve. A tarefa intolerável se tornará trivial. Se a gente fizer o trabalho, a dor vai passar. Observando-te a cuidar de Hugo, era fácil notar as semelhanças. Manter seu Pedro afastado e calmo, administrar os ataques histéricos de Carol, que volta e meia desandava a chorar e a questionar as injustiças do mundo físico e espiritual em telefonemas que pareciam não ter fim... Te mantiveste concentrado para, em meio ao caos e ao inexplicável, jamais perder o controle. Os projetos continuaram a sair, as obras foram vistoriadas. Ereto, decidido, com os olhos cansados e cheios de dúvidas. Quando te olhava, sabia que não poderias parar, tinhas de ir adiante e além.

Na semana em que comecei a trabalhar na cozinha do restaurante, em que saí da estaca zero em direção ao que queria graças à indicação de uma professora do curso, sonhei com a minha mãe. Ela não estava feliz. Surgiu parada no meio da sala da casa da fazenda, imóvel. As feições duras como nunca, como se acometida por uma tristeza que jamais pudesse ser superada. Um disco qualquer girava na vitrola, a que agora está na sala do meu apartamento, mas nenhum som saía. Ela chorava, não conseguia parar, as lágrimas escorriam sem que esboçasse reação. Seu aspecto era muito pior do que no dia em que meu pai morreu. Nunca a vira daquele jeito. Então entendi que ela havia recebido a notícia da minha morte, embora eu estivesse bem ali na frente dela, adulto como hoje, um homem-feito vivendo em Buenos Aires e que finalmente tinha orgulho de si mesmo. Eu a sacudia, ela não reagia. A polícia entrava e saía da casa deserta. Nem os ruídos dos pássaros negros eram ouvidos no milharal. Acordei confuso, pois um homem da lei nunca tinha estado em nossa casa durante toda a minha vida. E a primeira coisa que me veio à cabeça não foi o significado do sonho, mas sim a sensação que ele me provocou. Sentira meu rosto queimando como no dia em que minha mãe soube — ou melhor, descobriu — sobre mim. Eu tinha vinte e três anos, havia me segurado quanto podia. Ele viera de fora e trabalhava no cartório da cidade. Nós nos encontrávamos em uma construção abandonada, até que um dia fomos vistos. Ela ficou sabendo e me esperou com o cinto de couro que meu pai havia usado a vida toda. Desferiu um único golpe. A fivela atravessou o tecido da camisa e abriu uma ferida, deixando a cicatriz que tenho no antebraço.

— Isso morre aqui — ordenou ao meu tio bisbilhoteiro, que andava nos espiando.

Era preciso preservar a família. Para isso, a recomendação a todos, com o dedo em riste, foi de que mantivessem a boca fechada. Quando eu ia à cidade, e ia muito raramente, tentava ser rápido e passar despercebido. Nunca mais vi aquele rapaz. Se tivesse visto, provavelmente teria fingido que não o conhecia. Um dia, ouvi falar que tinha pedido transferência e fora embora. Foi um alívio.

No sonho, ela não sentia raiva: tudo o que havia acontecido tinha virado um grande nada. Não era mais como se o chão tivesse sido retirado de seus pés. Na vida real, no entanto, não aconteceu bem assim. Ter feito sexo com o rapaz do cartório pareceu ter apagado todo o meu passado de bom filho. Todos os anos que passei ordenhando vacas, fazendo nata, entregando leite na cidade, tudo perdeu o valor. De repente, todas as demonstrações de afeto entre nós, por menores que fossem, cessaram de vez. Eu e a mãe, que éramos tão próximos quanto possível na nossa família, passamos a nos tratar como estranhos que moravam na mesma casa. Trabalhávamos, compartilhávamos refeições, porém não devemos ter trocado mais do que uma centena de frases em uns quatro anos, até sua morte. A doença que a acometeu foi breve, e ela morreu em questão de dias.

Minha mãe morreu infeliz. Esses anos todos, eu tive a impressão de que, de certa forma, antecipei seu fim. Ou talvez ela já estivesse cansada demais, pode ter morrido de tanto passar roupa. Contudo, cumpriu a promessa que fizera muitos anos antes. Deixou um bilhete em que tentava organizar o mundo depois de sua partida: a vitrola era minha, e a fazenda, de Ivan, meu irmão. Ele pareceu estupefato com o testamento escrito a mão em um saco ocre de pão. Acreditei naquele documento improvisado e aceitei o seu conteúdo. Embora não pudesse prever esse desfecho, também não foi algo que me surpreendeu. Ter sido ignorado enquanto ela vivia havia sido bem pior. Ivan disse que eu poderia ficar na fazenda, mas decidi respeitar o desejo da minha mãe. O que ela não tinha tido coragem de fazer em vida, soubera fazer após a morte. Era hora de sair dali. Aquele não era o meu lugar, e foi preciso um empurrão e tanto para que eu aceitasse o fato. Saí com uma mochila de roupas e uma mala com a vitrola e os discos de mamãe. E as receitas, ainda bem que me lembrei de mexer na gaveta das receitas. Ivan e eu concordamos que o Dodge verde de papai, que não fora mencionado no testamento, ficaria comigo. Quando dei a partida no carro, soube que nunca mais veria os planaltos verdes e jamais abriria novamente a porteira daquela fazenda. Meus pés não congelariam mais no inverno. Os ventos não secariam meus lábios. Prometi a mim mesmo que não ordenharia nem uma só vaca até o último dos meus dias.

E por que isso estava voltando agora? Eu estava conseguindo o que queria, o restaurante com as receitas dos pampas tinha uma chance concreta de virar realidade. Por que minha mãe não saía da minha cabeça? Queria falar contigo, mas a história de Hugo já havia te roubado tanto tempo e energia que não pareceu justo. Além disso, era bom te ver de bom humor, feliz como um menino que fez a coisa certa, que passou nos exames de fim de ano. Pensei na tua reação se eu, de repente, pedisse para me indicares um psiquiatra. Logo eu, tão prático, preocupado com essas coisas. Não sou homem de ficar buscando significados. Teríamos de conversar, e nem eu sabia de onde essas dúvidas vinham. Começaram do nada. Fora que eu, no fundo, não estava interessado em ficar mexendo em baús fechados há tanto tempo, preferia esquecer. Decidi ficar quieto, ia passar, tinha tanta coisa para fazer... O curso, o restaurante, o jantar diário para ti em casa, minha cobaia de receitas. Ia acabar esquecendo. O passado devia ficar lá, literalmente enterrado. O tempo apagaria os problemas. Sempre foi assim.

Não demorou para eu ter outro sonho. Durou uns dez segundos. Ou pelo menos pareceu rápido. Este era sobre algo que realmente aconteceu no passado distante, acho que quando eu tinha dez ou onze anos. Subitamente me dei conta de que, na verdade, a polícia tinha ido, sim, uma vez à nossa fazenda. Um rapaz fora encontrado morto não muito longe da propriedade do meu pai. Acho que era da classe do meu irmão, apesar de não ser próximo a ele. Meus pais, que não eram de falar quase nada, fizeram questão de frisar isso quando a polícia chegou fazendo perguntas.

— O nosso Ivan é um rapaz responsável, forte, tem muito a fazer, ele e o garoto não andavam nas mesmas turmas. Estudavam juntos havia anos, mas nunca tiveram contato relevante.

A confusão e a consternação foram grandes, até repórteres de outras cidades ficaram por ali uma semana fazendo matérias sensacionalistas, buscando novas evidências. Ninguém, entre as crianças, sabia exatamente o que estava se passando. Ouvia-se que o corpo tinha sido perfurado a facadas e fora encontrado amarrado com arame farpado, nu, em uma cerca. Dizem que sangrou devagar, ali, no meio do nada, tendo o gado e o capim como testemunhas. Como sempre ocorre em cidades pequenas, ninguém conseguia falar de outra coisa nos primeiros dias, cada um com uma opinião diferente. Não demorou muito, no entanto, e o assunto acabou morrendo, não me lembro de a polícia ter prendido alguém, tenho quase certeza de que não houve solução para o caso. Em meio à comoção geral pelo assassinato, havia um ou outro que às vezes comentava que aquela tragédia era previsível, que ninguém mandara o rapaz ser assim, que o certo seria ele ter tentado se controlar, que ele também tinha culpa no cartório. Terminou morto por ser o gayzinho da cidade. Pode ter dormido com alguém que queria manter segredo ou simplesmente ter sido alvo de uma turma que se uniu para dar cabo dele e, com isso, provar um argumento. O recado era claro: aquele comportamento do garoto não seria permitido ali. Lembro-me de minha mãe recomendar, logo depois do assassinato, que fôssemos direto, sem desvios, da casa para a escola e da escola para casa. Sem paradas para conversas nem para comprar um doce de leite na padaria em frente à igreja. Meu novo horário para chegar em casa depois da aula era meio-dia e meia. E meu irmão não deveria mais deixar-me voltar sozinho.

— Daniel, em hipótese alguma deve voltar para casa desacompanhado — ela determinou.

Nós dois estávamos avisados das novas regras e deveríamos cumpri-las. Por uns bons anos, nunca mais fui buscar mantimentos na cidade, como fazia desde os seis anos. Passou a ser tarefa de Ivan. Como tudo em nossa casa depois de um tempo, o que antes era incomum virou parte do dia a dia. A liberdade se transformou em patrulhamento, sem nenhuma justificativa, mesmo muito tempo depois de a cidade ter se esquecido do rapazinho amarrado na cerca de arame farpado. E eu nunca tinha parado para pensar realmente no porquê daquilo. Agora, no entanto, essa história me parecia importante. E o único jeito que eu conhecia de buscar ajuda era na igreja.

Tinha ouvido falar da igreja dinamarquesa, que casava os gays aqui em Buenos Aires. Não sabia o que esperar — será que encontraria uma missa com *drag queens* e música *disco*? Deixei-te dormindo até mais tarde num domingo de manhã. Peguei a bicicleta e, pedalando, acabei na frente da igreja. A cerimônia tinha acabado naquele instante, e as pessoas saíam devagar, conversando umas com as outras. Era totalmente diferente da missa em cidade pequena e, no fim das contas, era a mesma coisa. Parei e perguntei ao pastor Sérgio, que cumprimentava os fiéis e pedia que eles voltassem na semana seguinte, se podia ficar ali por uns minutos. Disse que sim e que poderia falar com ele quando estivesse pronto. Foi simples assim. A igreja acabou sendo o ponto final da minha aceitação e também onde eu finalmente consegui fazer as pazes com minha mãe. A lei do silêncio que ela me aplicou durante anos tinha origem não no ódio, e sim no medo. Ela temia que o filho acabasse morto, não queria perder uma criança. Tinha acontecido uma vez, com o filho de outra mulher. Já ela ficaria vigilante e garantiria, do seu jeito, que eu não tivesse o mesmo destino. Não sei se isso é de fato verdade, mas creio ser uma forma válida de ver as coisas.

Tu, certamente, me dirias que, se ela aceitasse de verdade quem eu sou, não teria me deixado sem a fazenda. E eu te responderia que ela provavelmente sabia que os discos me seriam mais úteis, que me transportariam para lugares onde eu jamais havia estado e me dariam forças para continuar meu caminho bem longe dali. No fim das contas, lá não era mesmo o meu lugar. Meu lugar é aqui, ao teu lado. Em vez de passar sessões e sessões com um psiquiatra tentando encontrar a resposta certa, decidi aceitar o modo do pastor Sérgio de ver as coisas e seguir a vida. E escolher em quê quero acreditar. Tem gente que crê que um homem ressuscitou, que anjos desceram dos céus com mensagens urgentes, que estrelas puderam servir de guias, que o próprio filho precisava ser sacrificado como prova de fidelidade ao Senhor. Que está tudo escrito. Minha prova de fé é bem mais modesta que a das Escrituras. E, admito, também é um tanto conveniente. Escolho acreditar que minha mãe me deserdou não por ódio, mas para me proteger.

* * *

Quase não pude conter o riso com tua cara de espanto quando propus que fôssemos juntos à missa. Como era a igreja dinamarquesa, não ofereceste tanta resistência. Se me fazia feliz, não podia ser tão ruim. Iríamos juntos ao templo.

Ao fim da missa, tenho certeza de que pude ouvir teu coração bater mais forte no momento em que fiz algo que nunca tinha tido coragem de fazer: segurar tua mão em público. Sei que é um passo pequeno que esperaste com paciência. Cansei de sermos estranhos em público. Saímos da igreja, e Hugo estava lá, junto com Carol, às vésperas de dar à luz, Martín, seu Pedro e Charlotte. Todos olhavam da escadaria quando me ajoelhei diante de ti e perguntei se querias casar comigo. Peguei a aliança e coloquei-a em teu dedo. Não conseguiste falar nada, mas entendi que a resposta era "sim".

Tu não sabes, mas Hugo foi comigo à rua Florida comprar as alianças. Ele me disse que não gostavas de dourado, como é que eu podia não saber disso? Que preferirias alianças de cor prata, embora todo mundo prefira as de ouro. Ouro branco, então. Isso não importa, porque temos um longo percurso à nossa frente, e chegará o dia em que serei um completo conhecido para ti e terei, ao mesmo tempo, desvendado todos os teus mistérios. Não será o nosso fim, mas a plenitude. E isso nos dará tranquilidade, mostrará que fizemos as escolhas corretas.

Pedido aceito, seguimos todos a um restaurante para comemorar. Hugo havia comprado dois cravos na feira de San Telmo e colocara-os em nossas lapelas para que todos soubessem que aquele era um dia especial.

— Vocês são meu casal preferido no mundo. E tenho muito orgulho de vocês — disse ele, enquanto se afastava para tirar uma foto nossa com o celular.

Embora nossos amigos tenham me garantido que tu gostarias da surpresa, eu ainda estava na dúvida, restava uma ponta de hesitação. Temi que achasses tudo muito tradicional, à moda antiga. Mas, quando o assunto é amor, não sei agir de outra forma. Na volta para casa, tu me explicaste que eu não precisava ter hesitado, porque o que fiz era exatamente o que querias: uma declaração de amor no meio da rua. É o que todo mundo, bem lá no fundo, espera.

— Mas já te ouvi ridicularizar esse tipo de prova de amor em público — disse eu.

— Eu sei — respondeste.

— O que mudou? Gostaste mesmo do meu pedido de casamento?

— Foi a coisa mais bonita que já fizeram por mim.

Tu me deste um beijo, depois outro. Olhaste-me e disseste:

— A única razão para se desdenhar do amor é a ausência dele. Agora, eu não preciso mais me defender. Posso, finalmente, largar o escudo no chão.

Então me abraçaste, te afastaste e, sem me beijar, ficaste ali, no meio da rua, examinando meu rosto. E sorriste. Teus olhos brilhavam. Combinavam com o azul do céu daquele domingo.

Hugo, segundo Leonor

San Telma Café

Carlos Calvo, Esquina com Bolívar

O nosso Lumio havia, de certa forma, sobrevivido naquela esquina de San Telmo — embora o café continuasse quase igual, agora ele se chamava San Telma. Foi da perspectiva da que antes fora minha mesa favorita, em meu local preferido no bairro, que avistei, através de enormes janelas de vidro, Hugo chegando. Ele estava tão diferente das minhas lembranças, era como se a distância o tivesse tornado mais alto, mais magro. Os cabelos estavam cortados mais rente à cabeça e haviam ficado meio grisalhos, com muitos fios acinzentados na altura das têmporas. Essa nova aparência talvez fosse resultado da doença, mas lhe caía bem. Tanta coisa em pouco tempo. A barba, antes bem cuidada, agora estava por fazer — o pouco que existia dela. Havia o desenho de um cavanhaque ali, um certo desleixo que nunca associei a ele. A camisa aberta até a altura do peito, a bolsa carteiro lhe dividia o torso na diagonal. Ainda estava lá a aparente dificuldade de ficar confortável se estivesse sozinho, mesmo em um lugar conhecido. Quando, afinal, olhou para o interior do café e me viu sentada à mesa de sempre, atrás da garçonete que se esforçava para atender a clientes que tinham pedidos muito específicos, senti uma nostalgia boa. Aquele ainda era Hugo. Não havia dúvida. Em uma fração de segundo, dei-me conta de que sentia falta dele. Quando os olhos de Hugo cruzaram com os meus, a curiosidade e o brilho que notei neles me fizeram sentir como num baile da escola, na adolescência. E, de repente, voltei àquele momento em que tinha treze anos e o garoto por quem estava apaixonada em silêncio enfim percebeu minha existência pela primeira vez.

Antes de entrar, ele ficou na calçada por alguns minutos, talvez absorvendo o fato de que não nos víamos desde a separação. Ambos estávamos adiantados no horário, e ele não tinha se dado ao trabalho de olhar para o salão e checar se eu já estaria ali. Devia ter certeza de que me atrasaria. Nunca fui pontual e não me lembro de ele se importar com isso. Sabia que ele havia esperado milhares de minutos por mim, o que me fazia sentir importante. No mínimo, Hugo pensaria que uns a mais, hoje, não fariam muita diferença. Dessa vez o surpreendi, cheguei antes, e gostei de observá-lo um pouco. Jamais o tinha estudado dessa forma e logo fiquei com a impressão de que a ideia desse encontro fora um erro. Os anos lhe fizeram bem, o tempo sempre favorece os homens, era uma das coisas que minha mãe costumava dizer. Se isso fosse uma competição, ele seria o vencedor: as linhas ao redor dos olhos e da boca apagaram quase de vez aquele ar de menino pidão. Ele era um homem completo agora. Pensei até que ter câncer não era tão ruim assim, o que é uma estupidez sem tamanho. Eu tentava absorver todas essas mudanças, mas, antes que pudesse entender o que sentia, ele saiu da inércia e entrou. Desviou das mesas com cuidado, confiante, pedindo licença às pessoas de forma polida e firme. Em menos de quinze segundos, sentou-se diante de mim, olhando-me nos olhos. A espera havia acabado, e eu não estava preparada para isso.

Penso se toda essa evolução em suas atitudes se deveu à minha ausência, porém concluo que achar isso é presunçoso e idiota. Um meio sorriso. E é tudo o que recebo — nada de beijo, abraço ou aperto de mão. Os olhos pregados em mim. Devo falar alguma coisa? Não consigo decifrar se ele está feliz ou não em me ver, se apenas está sendo educado ou se quer fugir dali. Eu não sei o que acontecerá, mas essa realidade não se encaixa no meu roteiro. Meu coração começa a disparar, penso em revirar a bolsa à procura de algo para ganhar tempo. Será que ele está fingindo toda essa confiança, o andar másculo, a voz bem colocada? Talvez tenha optado por ser frugal e não falar demais para não meter os pés pelas mãos. Eu gostaria de poder fazer o mesmo, entretanto acho que não vou conseguir. Hugo não parece propenso a me ajudar a sair dessa situação incômoda. O tempo passa, não consigo pensar em nada inteligente para dizer. Eu propusera o encontro, era de esperar que eu tivesse algo para perguntar. Preciso dizer o que quero com isso. Ele não dá sinais de estar incomodado com o silêncio repentino. Passeia os olhos negros pelas paredes do café, interessado nas quinquilharias e nos pretensos objetos de arte espalhados pelas estantes. Preciso recuperar sua atenção, quero loucamente recuperá-la. Opto por quebrar o silêncio, digo um "oi" meio desajeitado, e ele repete o que eu digo. Acho que o "oi" dele é melhor, mais relaxado. Me sinto frágil, em desvantagem.

— Então, onde foi que nós paramos? — pergunto, tentando fazer graça.

Percebo que fiz papel de palhaça, sinto que falei bobagem, fui estúpida. Ele respira fundo e me dá uma resposta honesta. Atém-se aos fatos, resume-se à verdade:

— Não muito longe daqui, talvez a umas duas quadras. É incrível como às vezes a gente consegue demorar tanto para caminhar tão pouco. Um ano. Na verdade, um pouco mais do que isso.

— Você me deixou aqui — digo, tentando adotar o papel de vítima, e outra vez sinto-me tola.

— Acho que existe espaço para debate sobre isso, sobre quem deixou quem. Eu nunca vi uma mulher abandonada lutar tanto para reaver o namorado — responde, irônico. — Se fosse um filme, seria um curta-metragem muito curto. Rapaz deixa garota, ela nem se dá ao trabalho de saber por quê. Fim. Não queremos fazer a plateia perder tempo.

Eu tento falar algo, mas ele não permite. Segura a palavra:

— Estou aqui por curiosidade. O que, depois desse tempo todo, você pode querer?

Direto ao assunto. Sinto-me atraída por ele de novo. Ou pela primeira vez. Não sei. Tenho uma certa satisfação em pensar que, pelo menos em algum aspecto, meus pensamentos egoístas estão corretos. Eu causara um impacto. Havia, de alguma forma, influenciado a criação desse novo Hugo, levemente sarcástico, um tanto amargo e tão mais interessante. De repente, caíra a máscara de serenidade dele. Fico satisfeita com isso. Impaciente, ele bate os dedos contra a mesa e contorce o pescoço em busca da garçonete. Tenho a impressão de que se arrependeu, de que preferia ter mantido a calma, fingir que eu não o afetava. Ele me olha e novamente vira o jogo. Agora me parece muito mais difícil ler o que está sentindo. Antes, ele era um bairro em que eu podia navegar sem mapa, o suéter antigo que sempre achava no fundo da gaveta quando batia um vento frio. Apesar do leve tom de irritação em sua voz, o que me espanta é que seus olhos intensos não estão cheios de raiva nem de um sentimento que eu consiga especificar. Isso me faz sentir fria e um pouco desalentada, como se tivesse perdido os documentos na rua ou uma companhia aérea houvesse extraviado minhas malas em um país estrangeiro onde se fala um idioma que não domino. Quero fugir, pedir ajuda. Ligar para alguém e chorar. Será que o amor que ele sentia por mim acabou? Se a resposta for sim, parte do meu significado no mundo terá se esvaído.

Hugo quer entender o que eu quero, é um interesse genuíno, porém desprovido de urgência. Se um dia quis me estapear, isso já passou. Ele se mostra curioso e também emana um ar de pena. Transparece ter certeza de que meus dezoito meses sem ele foram sem direção. Não precisa dizer uma palavra para mostrar que desvendou meu segredo bem guardado. Estava até preparada para o desdém, para cobranças ou chacota, mas não para essa curiosidade com uma pitada de piedade.

A vida toda me senti presa e queria fazer algo, todavia nunca descobri uma causa pela qual lutar. Acho que meu maior talento é andar em círculos e dizer a mim mesma que estou indo a algum lugar. Apenas para não acabar parada num canto, tremendo de medo, elegi diversos homens como minha salvação, namorados em que eu depositava esperança e em torno dos quais desenvolvia teorias sobre quão importantes eles eram. Recentemente, minha capacidade para escolher falsos vencedores se aprimorou. Um ator que me obrigava a pagar as contas enquanto insistia em fazer peças que ninguém via, um médico especializado em testar novos medicamentos que sofria de severa disfunção erétil e um diretor de uma organização de defesa da ética que pregava tratamento igualitário, mas tratava os funcionários como cachorros sarnentos. Em comum, todos tinham algo: estavam, ao contrário do Hugo de antigamente, muito mais focados neles mesmos do que em mim. Relações que resultaram em uma soma zero. Conjuntos vazios *ad aeternum*. Não amei nenhum deles de verdade, acho que nunca amei um homem por inteiro. Agora, vejo essa verdade caindo sobre mim, descortinando uma realidade patética: sempre vivi de coração partido sem nunca ter conhecido o amor. Nesse instante, uma imagem me vem à mente.

— Lembra do dia em que resgatamos uma estante vermelha na calçada? Estava novinha — digo.

Hugo não morde a isca, não vê graça em ficar rememorando os bons tempos comigo naquele lugar em que tomávamos café da manhã e líamos os jornais nos nossos primeiros meses em Buenos Aires. O que a gente tinha vivido, tinha vivido. Ambos, obviamente, lembravam-se dos momentos mais importantes. O Hugo de hoje é uma versão menos disposta a agradar e talvez por isso me atraia tanto. Não sei o que eu mesma esperava desse café, para ser honesta. Não acho que eu quisesse ouvir que ele ainda me ama nem creio que tivesse esperanças de que, num instante de paixão incontrolável, transássemos em cima da mesa, em público. Lembro bem que, quando Hugo foi embora, senti um alívio e uma sensação de felicidade que jamais experimentara. Sem ele, o apartamento de San Telmo se tornou maior, e meus horizontes também ficaram mais largos. Durou pouco, mas foi bom. Olhando para trás, consigo perceber que ele foi, de longe, o homem mais maduro que já passou pela minha vida. O que não quer dizer que fosse o mais adequado nem que eu tivesse algum sentimento genuíno por ele.

No entanto, sei o que tinha com Hugo e acho que sinto falta de alguém me tratando como um objeto de adoração. Gosto de ser idolatrada, de ver alguém tentar de todas as maneiras me mostrar como sou especial, bonita, cheirosa, inteligente. Quando a gente é vista com esse filtro por um homem, acha que vai acontecer sempre e imagina que, da vez seguinte, será com uma pessoa que você amará loucamente e que será um prodígio na cama. Uma pena que tudo não ocorra de acordo com nossos planos. Ver Hugo diante de mim meio indiferente, talvez até um tanto entediado, me faz sentir como aqueles apostadores na roleta de um cassino que são traídos pelo seu número da sorte justo no mais crucial dos momentos e perdem tudo. Talvez o amor dele, se ainda existisse, me desse uma sensação de vitória à qual eu poderia continuar a me agarrar quando nada mais desse certo.

— Carolina me disse que você está namorando um ator de novelas — ele fala, só para quebrar o gelo, ou talvez para reforçar meus gostos superficiais.

— Sim, mas isso foi antes de ele fazer novela. Foi na época em que era ator de teatro alternativo. E ainda tinha dúvida se queria se render a uma rede comercial.

Até eu me surpreendi com tamanha sinceridade de minha parte.

— É legal, de qualquer forma.

— É, mas agora já virou passado — respondo, desviando os olhos.

— Parece que tudo acaba ficando no passado.

Após alguns segundos de silêncio, olho para fora da imensa janela deste que era meu porto seguro na época em que morava com Hugo. Aqui, vinha sonhar com um tipo diferente de namorado, um homem ideal que muito provavelmente não vive neste planeta. Vinha pensar no quanto queria que meu pai me visse como uma mulher inteligente, que reconhecesse meu bom gosto e meu olho para a arte. Jamais gostei muito de San Telmo, nunca entendi direito a atração que esse lugar provoca, já Hugo sempre adorou. Eu preferia a Recoleta, não tenho problema em achar melhor morar num lugar agradável do que em um bairro que tenta parecer algo que não é. Eu gostava do Lumio porque, ainda que fosse comandado por duas garotas de humor instável, não tentava ser descolado nem calculadamente desarrumado, como o resto de San Telmo. Tenho raiva das pessoas que picharam a fachada, tenho raiva de todo mundo que desenhou nas paredes desse bairro e também dos donos dos edifícios, que não se importam em renovar as propriedades. Lembro-me de que, quando não queria ficar em casa para encontrar Hugo e me batia uma necessidade incontrolável de fuga — dos beijos, dos bilhetinhos, das tentativas desesperadas de me comer —, passava as tardes inteiras aqui. Pedia um cookie de chocolate e um café cortado. Sempre achei que isso me dava o direito de ocupar uma mesa pelo tempo que desejasse. Às vezes, fazia alguns trabalhos da faculdade; às vezes, ficava navegando na internet.

Era aqui que eu escapava do silêncio da nossa casa, da minha incapacidade de quebrá-lo e da dificuldade de Hugo em mantê-lo. E agora estamos aqui, um diante do outro, enfrentando longas pausas parecidas. Antes, estávamos tão próximos que parecia não haver mais nada a dizer. Agora, nos afastamos tanto que o esforço para contar tudo o que aconteceu ultimamente não vale a pena. Sei que ele teve meses difíceis, mas até eu acharia perverso abordar o assunto. Poderia contar um pouco mais de mim, falar da pós-graduação que estou cursando, das aulas em que não consigo me concentrar, mas que são a minha única atividade real neste momento. Tenho o direito de argumentar que nem tudo tem um sentido prático, que é importante saber a história da moda, se não soubesse que isso, no meu caso, é uma grande bobagem. Prefiro ficar calada. Peço outro café. Hugo menciona meu pai, eu desconverso. Não quero falar sobre isso. Esse parece ser meu maior fracasso. Digamos que o projeto de reaproximação que inventei revelou-se infrutífero.

Depois de passar mais de um ano sendo tratada com indiferença por todos os homens que conheci, eu voltei a Buenos Aires para recuperar, mesmo que por um minuto, a sensação de ser a pessoa mais importante do mundo para alguém. Frustra-me que Hugo não possa mais me dar isso. Tento me convencer de que ele está fingindo indiferença, mas ele nunca foi o melhor dos atores. Dissimulação não é uma de suas armas, não consegue mascarar o que está sentindo. Imaginei que ao menos o fato de eu não ter sequer ligado quando tudo aconteceu, nem durante as semanas no hospital, viria à tona. Essas notícias correm, e ele poderia esperar uma atitude minha. Merecia ser castigada por isso. Mas ele não me cobra nada. Tudo o que me vem à cabeça, enquanto eu e Hugo tentamos buscar uma maneira de manter a conversa educada e restrita a tópicos genéricos e pouco relevantes, é a noite em que fui jantar com meu pai logo depois que nosso relacionamento terminou. Fora o professor que me motivara a mudar para a Argentina, mas isso não parecia ter importância para Ernesto. Ele perguntou se eu estava bem financeiramente e assegurou que me ajudaria no que eu precisasse. Contudo, não tinha interesse real em mim nem no que eu tinha a dizer. Eu sei que não parecia abalada com o fim do relacionamento, entretanto, bem que ele podia ter perguntado o que eu estava sentindo. Eu só ouvi que o aluguel não seria problema, que ele poderia me mandar um cheque. Foi ali que desisti. A alegria de morar sozinha em Buenos Aires durou só três semanas. De um dia para outro, tudo o que eu queria era fugir daqui.

Esse foi o rompimento que acabou comigo e me fez voltar para São Paulo. Quando o avião estava para decolar, lembrei-me de quando Ernesto me comprou um vestido vermelho na Harrods. Eu devia ter uns cinco ou seis anos, foi um pouco antes de ele e minha mãe se separarem. Ele trouxe o pacote na mão, ao voltar de Buenos Aires, a sacola verde com letras douradas. Dentro, havia uma caixa preta com papel de seda. O conteúdo era tão bonito que só podia ser amor. Só muitos anos depois, enquanto observava as luzes desta cidade cada vez mais distantes à medida que o avião se afastava, entendi que não era amor, era só um vestido vermelho. Hoje mesmo passei pela rua Florida e vi aquele imenso edifício vazio e abandonado da loja, fechada há mais de uma década. Pensei então que o que o meu pai sentia por mim havia se perdido nos corredores da Harrods e não conseguira encontrar o caminho da saída antes que suas portas se fechassem para sempre. Ficara preso em uma enorme catacumba de luxo.

Enquanto me vêm esses pensamentos, Hugo olha para a rua e para o relógio, dando indícios de que quer sair dali. Mais uma rejeição. Sem capacidade de encontrar algo relevante para dizer, resolvo assumir minha persona superficial e elogio seu corte de cabelo, muito mais curto do que me lembrava.

— Gostou? Estilo câncer. Os meus cabelos nunca caíram completamente, mas eu decidi raspar a cabeça depois do fim do tratamento para esconder as falhas. Demorou uma eternidade para crescer novamente.

— Aliás, eu...

— Não mencione. A pior coisa da doença foram as pessoas me tratando como uma boneca de porcelana. Basta um espirro para que todo mundo passe a olhar você como um paciente terminal. Uma tosse, e perguntam se quer ir ao hospital. Meu pai se mudou para cá por causa disso. Tudo começou meses depois que a gente se separou. Gosto do fato de que você não ligou por isso. Acho que me ressentiria de você me procurar, depois de tanta coisa que a gente viveu junto, por causa de uma doença.

— Eu pensei em ligar — digo, sendo sincera. — Pensei muito.

— Prefiro que não tenha ligado — ele responde, e também parece honesto.

— Por quê?

— Se você realmente quisesse alguma coisa comigo, teria ligado em um dia ou, talvez, no máximo em uma semana depois que te deixei. Mas você logo voltou para São Paulo, e eu nunca mais ouvi falar de você. Entendo que as coisas também não correram do jeito que você imaginava. Quando a gente tem qualquer interesse em outra pessoa, não há como não mostrar isso. Ligar depois de meses seria inútil. Aquela conexão que estava lá, aquela certeza de que era preciso fazer as coisas darem certo, já tinha passado. Eu olho para trás e nem sequer me reconheço naquela pessoa que era quando estava com você.

— Como assim?

— Não me entenda mal, não tenho arrependimentos. Você foi o meu primeiro amor, isso está claro para mim. Eu já tinha quase trinta anos e nunca tinha me apaixonado de verdade. Então você, aventureira e linda, cheia de projetos mirabolantes, olhou para mim. Viu alguma coisa em mim. E isso despertou tudo aquilo que tinha ficado represado. E foi bom. Até que não foi mais.

— Não sou uma lembrança ruim?

— Não. Mas...

— Mas o quê?

— Às vezes, quando me lembro daquela época em que estava com você, só penso que eu gostaria de ter saído mais cedo. Não sou nem nunca fui dependente de ninguém nem quis ser cachorrinho de colo para esperar a boa vontade do dono em agradá-lo. Tudo o que eu penso é que não sou aquela pessoa. Tenho até vontade de pedir desculpa a você. Por outro lado, às vezes eu gostaria que você tivesse tido a coragem de terminar tudo, gritar comigo e me pôr para fora de casa.

— Nunca fui boa em colocar um ponto-final nas coisas. Sempre achei que é melhor deixar as coisas acabarem por si. Mas eu gostaria, e agora que estou aqui isso está ainda mais óbvio, que pudéssemos ter ficado amigos.

— É, só que não dá.

— Por quê?

— Tenho medo de parecer cruel — diz ele.

— Me diga a verdade. Eu aguento.

— A verdade é que eu nunca quis ser seu amigo, e não vejo razão para tentarmos isso agora. Sempre soube o que queria de você.

A única solução para nós foi a mesma que acontece com nove entre dez casais. Já que ninguém pode ter o que quer, o melhor é implodir com tudo e começar de novo. Você lembra como se magoou quando seu pai te propôs uma relação sem cobranças? Uma relação pai e filha mais leve, em que não seria necessário um encontro semanal? Ir com calma?

— Sim. Chorei por dias.

— É a mesma coisa. E, no fim das contas, a pessoa que não está mais a fim, a que acha legal virar amiga, acaba mais uma vez levando a melhor. Porque é ela quem acaba tendo o tipo de relação que deseja. Acho que só as pessoas que estão muito desesperadas para manter a outra perto ou que nunca amaram alguém de verdade são capazes de ter uma amizade com quem as rejeitou. Desculpe, mas acho que esse tipo de amizade acaba se transformando em uma forma de rejeição permanente.

— Quer dizer que esse silêncio foi uma coisa boa? — pergunto, um pouco confusa.

— Sim. De uma forma bem estranha, acho que sim.

— E hoje?

— Hoje o quê?

— Está com alguém?

— Não. Você?

— Não.

— E como está São Paulo?

— Bem — respondo. — Acho que vai ficar tudo bem.

— Eu nunca vou entender por que você, podendo morar aqui, escolhe viver em outro lugar.

— E eu não entendo a sua obsessão por este lugar.

— Tem algo em Buenos Aires, em San Telmo, que parece que está no meu organismo. Gosto de ficar admirando os grafites de rua, gosto de observar as moças de cabelo colorido e os rapazes de roupa bagunçada da Universidad del Cine, gosto de tomar café cada dia em um lugar diferente, de colecionar as placas velhas de rua quando consigo achar alguém vendendo alguma por um preço razoável, de caminhar e de entender como as pessoas mudam de cara de um canto para outro da cidade. Ou talvez Buenos Aires represente para mim a aposta, a esperança. Quando cheguei aqui, parecia que sempre encontraria a felicidade na próxima esquina. O primeiro motivo para eu estar aqui, você, foi embora. A cidade ficou. No dia em que cheguei, um homem me viu perdido numa estação de metrô. Por algum motivo, a bilheteria não funcionava, e ele me deu uma passagem. Ofereci dinheiro, mas ele respondeu que era um presente. Quando dei por mim, não tinha mais volta. Aqui era o meu lugar.

— Parece amor.

— Acho que é. O que sinto por Buenos Aires é mais ou menos o que sentia por você. A diferença é que, de alguma maneira, sinto que sou correspondido.

A atendente nos traz a conta, ela parece não estar nos melhores dias. Preciso tanto de alguma validação que até penso em perguntar se a dona do café se lembra de mim. Parece que sim, embora seja provável que não. Digo a Hugo que a conta, dessa vez, será paga por mim. Ele assente sem insistir, não está com vontade de me bajular nem de me impressionar. Penso em falar do meu pai inválido, de como não tenho coragem para visitá-lo. Na verdade, de como não tenho mais interesse em vê-lo. Não quero falar em Ernesto. Cansei, desisti. Pensar nisso me traz um sentimento de extrema tristeza que não consigo disfarçar direito. Não choro, mas fico com um nó na garganta e evito falar demais para que ele não perceba minha voz embargada. Ernesto nunca esteve disponível, e agora Hugo também não está. A porta que pensei que sempre estaria aberta para mim se fechou. Sinto-me andando em uma linha tênue entre a aceitação e o desespero, como se não conseguisse encontrar a chave de casa. Quero me ajoelhar e pedir para entrar, para que ele continue a me ofertar o afeto ao qual eu nunca correspondi. É egoísta, unilateral, mas me ajudaria. Talvez eu tenha descoberto que posso amá-lo, ou talvez seja só orgulho ferido, o que é mais provável. Decido que não visitarei Ernesto hoje, como inicialmente havia planejado. Não gosto de Buenos Aires, não temos mais o que falar. Na verdade, estou perdida, não sei o que vou fazer agora.

Decido escolher a opção que julgo mais adequada: invento um compromisso com amigos imaginários do outro lado da cidade e, assim que chegamos à rua, paro o primeiro táxi que passa. Ele sabe que não tenho nenhum amigo aqui, mas não se importa comigo o suficiente para tentar me manter por perto, convidar-me para jantar. Cavalheiro, também evita perguntas para não me colocar em uma situação embaraçosa. Dou-lhe um beijo rápido no rosto e entro no carro. Antes que o motorista dê a partida, olho de novo para ele pelo vidro de trás. Hugo faz um aceno discreto para mim, vira as costas e começa a andar despreocupado na outra direção, com as mãos nos bolsos das calças cáqui. Agarrada à sensação de perda, tenho vontade de sair do carro, fazer uma cena e gritar "eu te amo", porém me contenho. Ele não merece passar pelo constrangimento de ter de me rejeitar em público. Então o observo enquanto posso, de alguma forma acho importante poder me lembrar dessa imagem no futuro. Andamos em direções contrárias. Como deve ser.

Napoleão, segundo Charlotte

Restaurante El Tropezón

Avenida Callao, 248

— Isso não é crema catalana!

Fiquei surpresa com a minha indignação e logo comecei a chamar o garçom sem paciência, ordenando que viesse até a minha mesa. Percebendo meu incômodo, um casal de homens sentado próximo a mim também fez sinais para que ele viesse rapidamente. Não que precisasse do auxílio, mas fiquei agradecida mesmo assim. Era cliente fiel do El Tropezón havia sessenta anos. É um dos poucos lugares da cidade que já existiam antes de mim, fizeram parte da minha vida e ainda estão em pé. De certa forma, ele valida tudo o que passei. Por isso, tenho minha própria mesa, um lugar reservado e de destaque, bem no meio do salão ornamentado com um bar de ferro armado, de muito bom gosto, e com uma iluminação à moda antiga. Os lustres têm uma luz amarelada, ideal para suavizar a idade, como sempre apreciei no palco e na vida.

— Olha o tanto de canela que tem nisso aqui, tem uns três dedos. E está mole demais, não é crema catalana em lugar algum — esbravejei para o atendente, que logo se apressou em me trazer outra porção, tratando-me pelo nome. Rindo, trouxe a crema sem a canela para permitir que eu decidisse, afinal, a quantidade adequada.

— A senhora sabe das coisas — disse. — Melhor que o chef.

— Disso eu tenho certeza — respondi, dando um risinho de satisfação para os rapazes da mesa ao lado, mas logo voltei a me concentrar na comida. Certifiquei-me de não alongar a conversa com os jovens, não quero ser vista como uma dessas velhotas que ficam incomodando os outros com suas histórias de tempos muito antigos.

Vinha ao El Tropezón em ocasiões especiais, sempre sozinha — ou melhor, com Napoleão, que sempre chamava a atenção pelo tamanho apesar de ser um cachorro muito discreto. É claro que o estabelecimento não permitia a entrada de cães, mas me orgulhava, mais uma vez, de ser exceção. A idade tinha de trazer algo de vantajoso, e Napoleão era sempre bem-vindo. Acomodava seu corpo enorme sob uma cadeira — na verdade, duas ou três — e, de tempos em tempos, encostava seu enorme focinho gelado na minha perna. Era uma forma silenciosa de medir minha temperatura, de me vigiar. O cão sempre estava alerta, e isso me deixava um pouco mais tranquila.

Fazia três semanas que começara a tomar novos remédios para minha condição cardíaca. Desde então, Napoleão não desgrudava de mim. Não podia abrir os olhos no meio da noite que ali estava o cão, em sentinela, olhando-me fixamente, em uma apreensão ofegante e meio desesperada. Quando Pedro não estava em casa, Napoleão, do alto de seus quarenta e cinco quilos, ocupava sem cerimônia o lugar de meu *liason* na cama. Era preciso estar perto e atento, falhar não era opção.

É mais uma prova de que os cães são mais inteligentes do que os homens. Toda vez que penso nas funções que Pedro e Napoleão exercem em minha vida, chego a essa conclusão. O primeiro é uma doce distração, e o segundo, minha rocha. Com quem posso realmente contar. Meu namorado é tão desatento quanto quase todos os homens que já conheci — mais por sua personalidade despreocupada do que por má índole ou perversidade. O cão, porém, percebe cada um de meus movimentos e muitas vezes até os antecipa, como se fosse capaz de farejar uma doença ainda não diagnosticada ou uma nova dor nas juntas que esteja por se revelar.

Nas últimas semanas, diante da mudança dos medicamentos, Napoleão também passou a se concentrar nos efeitos colaterais, uma sonolência excessiva e um certo cansaço que consegui explicar a Pedro como "coisas de mulher" — bobagem em que ele acreditou sem contestar, apesar de isso não fazer qualquer sentido a essa altura da minha vida. Mas o gigante canino continuou a monitorar todos os meus passos. Ausentava-se apenas quando precisava se aliviar e eu não tinha forças para acompanhá-lo. Nesses casos, havíamos chegado a um acordo sem palavras: tudo o que eu precisava fazer era apertar o botão do elevador para que ele descesse sozinho, empurrasse a porta com sua pata enorme e chegasse à recepção; por lá, o porteiro abria a porta para que ele se dirigisse a um canteiro na rua. Em menos de dois minutos, estava de volta e batia a pata contra a pesada porta de vidro para ter a entrada liberada.

O zelador chegou a me advertir de que deixar um animal zanzando sozinho pelas áreas comuns era contra as regras do condomínio, mas, no fim, sempre colaborava comigo, apertando o oitavo andar para que Napoleão pudesse voltar a ficar ao meu lado.

Pedro, como de costume, nem se deu conta do esquema. Foi Hugo quem, chegando ao prédio, deu de cara com Napoleão se aliviando diante do prédio. Ao inteirar-se da situação, propôs vir pelo menos duas vezes ao dia ajudar, perguntando de forma insistente se havia algo errado. Eu ri, garanti que estava tudo certo e que não havia motivo para eu descer com o bicho se ele era mais do que capaz de se virar sozinho. Percebi que ele não acreditou muito no que eu dizia, mas concordou em parar de ficar incomodando — sabia, por experiência, que havia algo de muito íntimo em revelar detalhes sobre a própria saúde para outra pessoa. Nesse ponto, tenho de dar crédito ao filho do meu namorado: se Pedro ainda vivia na era em que era permitido a um homem simplesmente não perceber nada do que ocorria à sua volta, as coisas evoluíram de uma geração para outra. Hugo tinha uma capacidade de percepção incomum para um rapaz heterossexual.

Cheguei a cogitar, dias atrás, pedir ajuda a Hugo para ir ao médico — enfim chegara o dia da grande revelação, que havia sido marcada em vermelho na agenda. Mas decidi que eu e Napoleão daríamos conta. Havia sido assim nos últimos anos, desde que minha irmã havia morrido apenas algumas semanas depois de o filho mais novo ter uma overdose fatal de crack. Meu outro sobrinho, o médico, ligava apenas em meus aniversários e alguns dias antes do Natal. Nada mais. Nem um convite para uns dias em Londres apesar de eu ter arcado por décadas com boa parte das despesas da educação dele. Mas também não importa, não adianta ficar alimentando pensamentos mesquinhos. Afinal, o fiz porque quis, e não para cobrar uma fatura na velhice. Não serei consumida pelo ressentimento. Odeio gente amarga. E poderia ser pior: afinal, tenho Napoleão.

Foram os olhos dele. Os olhinhos do então pequeno Napoleão, franzino e faminto, tentando saltar de uma caixa de papelão deixada ao relento, que me partiram o coração. Na época, calculei que era uma má ideia, até porque estava velha demais para cuidar de um cachorro — provavelmente morreria, e ele teria de ser enviado a um abrigo, onde seria sacrificado. Por aquela noite, porém, poderia matar sua fome e lhe manter aquecido. Era melhor o cão morrer depois do que antes. Como nunca apreciara o sentimentalismo, não me acocorei para beijar aquele cachorrinho pestilento. Apenas virei a caixa na calçada com o pé e fiz um gesto com a cabeça sinalizando que, se quisesse, poderia seguir-me. Ele, entendendo a oferta, moveu as patas rapidamente. Teria um lar desde que soubesse se comportar.

— Saiba o seu lugar. — Foi a frase que Napoleão ouviu na primeira vez que entrou no apartamento.

O mais divertido é que, inicialmente, pensei que Napoleão era um bom nome para aquele cachorrinho magrelo e frágil. Logo, no entanto, a alcunha do imperador tampinha se tornou uma ironia, já que o bicho cresceu e cresceu nos meses que se seguiram. A cada dia, parecia mais forte e ganhava centímetros em questão de semanas. Parecia um cão de caça, uma mistura de dálmata com alguma raça ainda maior. Sempre longilíneo e educado, Napoleão dava um jeito de estar presente e, ao mesmo tempo, passar despercebido — o que era um desafio em um apartamento quarto e sala entulhado de móveis antigos. Todos perguntavam sobre a raça tão diferente pelas ruas de Palermo, e eu a cada dia inventava um cruzamento novo para entreter os vizinhos. Nunca quis ser uma velha que deixaria sua herança a um gato angorá ou a um poodle, mas a insanidade de deixar algum dinheiro a Napoleão me divertia. E, por mais que tenha lutado contra a ideia de aceitar um animal como substituto de companhias humanas, o cão vinha sendo a presença mais constante na minha vida por mais de uma década. Nem Pedro foi capaz de mudar essa realidade.

Pode até parecer surreal olhando de fora, mas era relativamente comum que Napoleão fosse o responsável por me acompanhar ao médico. Dr. Sharma, um imigrante indiano que atendia em uma avenida movimentada do bairro Monserrat, vinha se tornando um geriatra cada vez mais popular justamente porque tolerava as excentricidades de sua vasta clientela de idosos. Claro que eu não era a única que insistia em ser acompanhada por um cachorro, mas muito provavelmente era a dona do maior deles. Napoleão entrava no consultório sempre de orelhas baixas, preparado para receber as piores notícias com dignidade. Refletia, assim, a personalidade racional que julgo ter cultivado nele. Por tudo que ele representava emocionalmente para mim, uma das coisas que mais me incomodavam era quando me intitulavam a mãe — ou, pior ainda, avó — desse gigante de quatro patas.

Após me acomodar diante do médico, tratei de ser prática apesar de estar com medo.

— Então, qual é a má notícia do dia? — disparei contra o pobre dr. Sharma, que não teve tempo de se recuperar. E logo emendei: — Aos oitenta e dois anos, a gente não pode esperar por muitas boas novas. Geralmente, é notícia ruim.

— A senhora tem oitenta e quatro anos, Charlotte. Na verdade, mês que vem vai completar oitenta e cinco, segundo seus documentos — respondeu-me o médico desaforado.

— O senhor sabia que, muito tempo atrás, especialmente no interior, de onde eu sou, era muito comum que os filhos não fossem registrados na data em que nasceram? — justifiquei.

— Sim, isso também era bem comum na Índia, mas o que acontece é que as crianças eram registradas bem depois de sua data de nascimento, e não antes disso. Logo, se a sua idade de fato fosse oitenta e dois anos e a senhora tivesse sido registrada com quase três anos, seus documentos deveriam apontar setenta e nove anos, em vez de oitenta e cinco — devolveu o médico.

— Eu não sei que erro esse povo do governo andou cometendo, você sabe como eles são todos uns incompetentes — defendi.

O Dr. Sharma assentiu, ensaiando falar alguma coisa. Mas o interrompi. Na verdade, estava ansiosa.

— Pelo menos eu sei que não tenho só mais três meses de vida. Se esse fosse o caso, a gente não estaria aqui discutindo quantos anos eu tenho. Então, eu acho que deve ser uma vitória.

— Mais ou menos — disse o médico, insistindo para que eu olhasse a ultrassonografia que ele havia colocado em uma tela. — Olhe essas veias...

— O senhor não está achando que eu sou capaz de enxergar isso, não é? Pode dizer o que tem a dizer, eu confio na sua avaliação.

— Pois bem, está certo. Os novos remédios não deram o resultado que eu esperava no melhor dos cenários, que era diminuir o entupimento das suas veias. O que aconteceu é que a sua situação estacionou, talvez com uma pequena melhora.

— Melhora? — Captei o que me interessava.

— Pequena. Bem pequena. Ou seja: tudo o que você vinha sentindo antes, a necessidade de repouso e de evitar esforço desnecessário, continua em pé — respondeu dr. Sharma.

— Eu prometo não correr uma maratona. Mas pelo menos uma milonguinha?

— Melhor ver as pessoas dançando tango e ficar sentada...

— Pelo menos um almoço no meu restaurante preferido? Eu mereço essa vitória! — protestei.

— Sim, mas sem vinho por enquanto.

— O senhor realmente gosta de matar toda a diversão.

— Não, eu só quero que você, tomando esses remédios, tenha muitos almoços no seu restaurante preferido. Mas, na medida do possível, evite sair sozinha. A senhora tem mais alguém na sua vida?

— Além do Napoleão, você quer dizer.

Dr. Sharma assentiu.

— Tenho um namorado, algo recente — respondi.

— Namorado? — O médico pareceu se surpreender.

— Não precisa ficar tão surpreso. Ainda sou capaz de fazer muita coisa na minha idade. Para certas atividades, dá até para envolver um esforcinho extra — disse, com uma piscadela. — E, antes que você diga qualquer coisa, eu aviso que vou comemorar hoje sem álcool e sozinha. Combinado?

— Combinado — disse o doutor, rindo.

Senti uma pontinha de culpa, uma pontinha bem pequenininha, ao notar o olhar desaprovador de Napoleão no exato momento em que o garçom me ofereceu uma taça de espumante como cortesia pelo excesso de canela na crema catalana — a sobremesa, apesar de meio molenga, acabou sendo devorada completamente. O pianista naquela tarde de dia de semana não era dos melhores, mas aquele tantinho de líquido borbulhante colocou-me no melhor dos humores. Adorava ir àquele lugar porque ali me sentia jovem, já que ele existia desde o fim do século XIX.

Quando decidi ir embora, os rapazes da mesa ao lado fizeram questão de me ajudar a me levantar da cadeira. Saboreei aquela migalha de atenção masculina, ainda que fossem um casal. Os jovens me levaram até a porta do restaurante e me acompanharam por alguns momentos. Elogiaram Napoleão e como ele parecia auxiliar a me desviar da profusão de pedestres apressados de meio da tarde.

Ao chegar em casa, decidi que havia motivo suficiente para uma nova comemoração. Segurando-me tão firme quanto podia na barra de ferro, tomei um longo banho e ziguezagueei nua pelo apartamento em busca de um vestido antigo que ainda me servisse. Abri baús, achei um colar que julgava ter perdido, cartas que já deveria ter jogado fora e um broche que pertencera à minha irmã. Tive de me contentar com uma segunda opção, pois não consegui encontrar o traje que tanto buscava. Não importava. Enfeitei-me como pude e, ao terminar, já estava escuro. Tinha um espumante gelado, mas lembrei que, por causa da artrite nas mãos, jamais teria forças para abrir a garrafa.

Cogitei chamar Pedro para a tarefa, porém, antes que pudesse fazer isso, a campainha tocou. Permiti que ele usasse sua chave para se fazer entrar e logo percebi que não o queria por ali, não naquela noite. Informei que tinha ido ao médico mais cedo e exagerei ao dizer que ele me havia garantido uma saúde de alguém pelo menos dez anos mais jovem. Pedro, como sempre, insistiu em ficar, elogiou minha roupa bem escolhida e a maquiagem cuidadosa, oferecendo-se para preparar algo especial para o jantar. Recusei, mas pedi que abrisse o espumante e me servisse uma taça. Para não ser indelicada, disse que ficaria feliz em terminar a garrafa com ele no dia seguinte. Mas, naquela noite, não. Aquela noite era só minha. Assim que ele saiu, olhei-me no espelho e me vi por inteiro. Ajeitei o colar em volta do pescoço, usei toda a força de que dispunha para voltar a encher a taça sem fazer bagunça e me sentei no sofá.

Imediatamente, meu olhar se voltou para uma foto que estava largada em cima de um móvel. Era uma imagem que havia mostrado dias antes para Pedro, na tarde em que ele tentara decifrar minha vida amorosa. O que não disse é que o homem que me recusei a nomear, aquele que tinha se matado sem explicações, era justamente o amor da minha vida. Facundo. "Fa-cun-do", soletrei em voz alta. O que Pedro jamais seria capaz de compreender é que as verdades se escondem nos silêncios, e não no que é dito. Ele sempre verbalizava sentimentos, mas era incapaz de exprimi-los em todas as suas sutilezas.

À medida que o espumante fazia efeito, o volume da música, um disco com uma sequência aleatória de clássicos do jazz, parecia se elevar e tomar conta do ambiente. De repente, o cenário ao fundo da imagem em que estava Facundo se espelhou na parede da sala, ganhando aos poucos forma e profundidade. Ouvi o pianista batendo com toda a força nas teclas do piano. Era a introdução de "My Baby

Just Cares For Me". As memórias flutuavam e se misturavam, com Facundo como protagonista. Agora era a própria Nina Simone, a quem eu havia visto uma vez em um show fora do país, quem cantava para que eu, também muitos anos mais jovem, dançasse com meu amor. O clube estava cheio e animado, todos pareciam orbitar ao redor de nós dois. O vento que entrava pela janela — a real e a imaginária — trazia o odor de Facundo para o primeiro plano, como se uma onda de patchuli e *musk*, perfeita só na pele dele, serpenteasse no ar. Sua versão jovem se misturava à realidade daquela sala apertada, e eu me dava conta da sorte de ter amado, amado de verdade, um amor que dói nos ossos, pelo menos uma vez. O que sentira por Facundo, aquele homem bem penteado e de terno impecável, havia sido tão avassalador que nada que Pedro fizesse poderia jamais se comparar. Era impossível algo assim voltar a acontecer, tanto na felicidade quanto na dor.

Também diferente do que dissera ao meu atual namorado, fora eu quem encontrara Facundo enforcado no antigo apartamento em que vivíamos. Com uma força que jamais julgara possuir, desamarrei a corda que ele tão cuidadosamente atara ao redor do pescoço e ouvi o som oco daquele corpo pesado se chocando contra o chão de madeira. Mas, no doce delírio que eu experimentava naquela noite, isso parecia não ter ocorrido, ou não importava. Ele fumava um cigarro com prazer, no canto de um salão, batendo os dedos contra as coxas, no ritmo de Nina Simone. O que ficara na minha memória era pura felicidade. Uma alegria na qual cabia mais gente.

Segurando-me a essa sensação, permiti que o próprio Pedro, e várias outras pessoas que passaram por minha vida, ganhassem lugar naquele grande baile de recordações. Ri ao reconhecer Hugo, que me deu uma piscadela enquanto tocava baixo com habilidade na banda de Nina. Outros amantes e amigos, minha irmã Dora, linda como na juventude, e até Napoleão ganharam lugar no cenário dos meus melhores momentos. Emocionada, pensei em interromper aquela ciranda do passado, assustada de que não conseguiria me despedir de tudo aquilo, mas me permiti ficar só mais uns minutos. Aos poucos, voltava a mim, e o clube imaginado se misturava mais e mais à muito palpável realidade da apertada sala de estar, com Napoleão implorando por afagos. Ao olhar novamente para a parede, deparei-me com duas presenças surpreendentes: os dois rapazes que conhecera naquele mesmo dia no restaurante. Eles trajavam smokings e trocavam beijos apaixonados no meio do salão, sem uma preocupação no mundo. Ri alto da minha própria confusão mental, mas enfim compreendi o motivo de os dois estarem ali. Eles sabiam a verdade. Uma verdade que só me permitira revelar a desconhecidos que muito provavelmente nunca mais veria.

Depois de ouvir elogios e de receber um beijo na mão de um dos rapazes na saída do El Tropezón, agradeci as gentilezas. Por alguma razão, olhando fixamente para os dois turistas, revelei:

— Nada mal para uma senhora de noventa e dois anos, não é mesmo?

Ivan, segundo Eduardo

Feira de Mataderos

Bairro de Mataderos

Como se capta, em uma casa, a tristeza de uma manhã chuvosa de domingo? Olho pela janela do meu apartamento e vejo que, por algum motivo inexplicável, no dia em que todo mundo fica em casa, há um engarrafamento na quadra de cima, na rua Uruguay. Minha vista da Recoleta é assim: ruas vazias de pedestres e cheias de carros. Um homem que saiu a pé, desprevenido, tenta se proteger das gotas com o jornal que acaba de comprar. Os cachorros dos apartamentos latem mais alto aos domingos. Em Buenos Aires, as pessoas têm mania de criar pequenos mamutes dentro de seus quarto e sala, e como os pobres não podem sair nos dias chuvosos, ficam histéricos. Os donos que têm clemência e se aventuram pelas ruas nesses dias úmidos nem se dão conta, mas acabam se transformando em extensões de seus animais de estimação. Os cachorros invadem suas vidas de tal forma que tudo o que eles possuem — roupas, sapatos e móveis — cheira a pelo molhado. E não há nada que se possa fazer, os bichos, coitados, precisam se aliviar. Domingo de chuva é assim. Os cães ficam tristes. As pessoas também. As ruas de San Telmo não são tomadas pela baderna das barracas de quinquilharias sendo montadas nas feirinhas. Tudo fica em suspenso. Sobram o cinza, a água, o olhar pela janela de casa — coisa que faço agora. Penso em levar a roupa para a lavanderia. Não posso, pois o coreano deixou de abrir a loja aos domingos desde que a mulher morreu. Não sei se tem filhos, todavia gosto de imaginá-lo almoçando com a família, medindo o crescimento dos netos com marcas na parede. À noite, ele toma chá sozinho enquanto assiste a um filme antigo na tevê. Seria bom poder lavar a roupa hoje. E secar também, ficar ali perto daquele calorzinho da máquina.

Chego à conclusão de que captar a melancolia da chuva em um projeto de casa, ideia com a qual vinha brincando, é uma grande besteira. Quem quer se sentir triste na própria casa? Talvez esse pensamento tenha se apossado de mim porque senti pena do casal que veio me encomendar uma casa. O marido parecia não ter voz, a esposa nunca o deixava falar. Estava preocupada, preocupadíssima, com o projeto. Aliás, parecia que tudo era um fardo para ela, pois passava o tempo todo buscando uma forma de se sair melhor do que os outros. Falava alto, dizia que a pré-escola do filho não estava à altura de suas expectativas, que nunca pensara que os maristas fossem tão relapsos, que imaginava que estimulassem mais as crianças antes do ensino fundamental.

— Não é porque elas têm quatro anos que precisam só brincar o dia todo — sentenciou, acrescentando que achava as aulas de inglês muito fracas.

A criança vai morar numa casa enorme, seiscentos metros de área construída nos arredores de Buenos Aires. Será obrigada a comer todos os vegetais oferecidos e só poderá saborear um pedacinho de chocolate no fim de semana. Terá de ser a melhor em tudo, da matemática à natação. Desejo que tenha irmãos para poder dividir alguma coisa não material, mas depois mudo de ideia. Um só ser humano com o peso de ter de ser vencedor já basta. A verdade é que sento aqui, vou à prancheta e nada me vem à cabeça. A casa que essa família quer, eu não tenho vontade de fazer. Então, mudo sem parar o canal da tevê a cabo. Raramente tem algo bom passando, apenas crimes insolúveis e doenças de pele horrorosas. Não quero fazer esse projeto porque sei que nenhuma felicidade vai ser extraída dele. Com o material humano que tenho em mãos, não há tijolo especial nem azulejo caro que possa livrar seus moradores de seu inevitável destino infeliz. Talvez seja apenas a chuva ou o fato de estar sozinho aqui, já acordado tão cedo, que esteja me deixando deprimido. Deus sabe que tenho uma tendência ao exagero. Resolvo tirar uma soneca no sofá, sem sucesso. As capas das almofadas estão meio sujas.

A porta faz barulho. É Daniel chegando, usando uma pesada capa de chuva amarela, que pendura com o cuidado de sempre na área de serviço para evitar que o chão de madeira fique molhado. Ele também tira os sapatos e as meias por lá e vem para a sala de pés descalços, vestindo uma calça jeans com as barras úmidas dobradas até os tornozelos e uma camiseta preta de mangas compridas. Mal passa das oito, e Dani sabe que preciso de café da manhã. A culpa é toda dele: tanto insistiu que aprendi a fazer uma boa refeição ao acordar.

Dani me pedira, cerca de um mês atrás, para mudarmos nosso esquema de fim de semana — ele passaria a vir à minha casa, em vez de fazermos o contrário. Nos últimos domingos, vinha chegando aqui só pelas duas da tarde, quando já estou mais do que pronto para que ele comece a preparar o almoço. De preferência, algo rápido. Não tenho ânimo de sair para comprar nada, não gosto de mercados e padarias, tenho sempre a impressão de que escolho a coisa errada. Prefiro esperá-lo. Ele traz a fruta mais fresca, o vegetal mais saboroso, o tempero exótico. Hoje, chegou cedo, deve ser a chuva.

Já me perguntei algumas vezes o que ele tem de tão importante para fazer nos domingos de manhã, por que não vem me ver logo cedo. Mas nunca fiquei quebrando a cabeça com isso. Sabia que, na hora em que eu menos esperasse, ele me contaria. Dani me dá um beijo rápido, diz "olá" e "te amo", entretanto parece estar ainda mais longe do que nos domingos anteriores. Um pouco preocupado, fala que é uma pena estar chovendo. Os comerciantes da Feira de Mataderos não vão ganhar o dinheiro que precisam. Muitos vêm de longe para vender seus produtos regionais aos domingos. Quando chove, tudo é cancelado, ninguém ganha nada. As pessoas precisam do dinheiro. Uma pena. Então, interrompe o monólogo e põe-se a cozinhar. Passa a se concentrar em bater os omeletes. Esquenta o pão, passa o café e pergunta se quero leite. Respondo que sim. E me pergunto de onde essa história da Feira de Mataderos saiu.

Não penso nessa feira há muito tempo. Acho que fui uma ou duas vezes, com uns onze ou doze anos, no máximo. Desde aquela época, já não tinha paciência para as tradições gaúchas. Gostava do tango no meio da rua, a comida era boa e servida em porções enormes, mas me parecia um esforço meio desnecessário ir tão longe para comer churrasco. A gente pegava o ônibus 126 e andava, andava, andava. Parávamos em todos os pontos. Eram tantas as curvas que eu precisava me controlar para não passar mal. Era uma criança meio complicada, cheia de manias, dessas que mal chegam e já querem ir embora. E meu pai era desses homens irascíveis que têm de mostrar autoridade em todos os momentos. Ele achava que eu tinha de agradecer-lhe por estarmos passando um tempo juntos. Quanto mais eu reclamava, mais era obrigado a ficar. Ele, olhando os shows com interesse; eu, tentando encontrar alguma coisa para fazer e com a cara amuada de propósito. Essa queda de braço, a dificuldade de ceder de ambas as partes, é um resumo perfeito para os trinta anos da nossa relação. Acho que, lá pelos dezessete, quando decidi ser arquiteto, ele mais ou menos entendeu que jamais pensaríamos da mesma forma, que eu definitivamente não era o que ele tinha planejado quando resolveu ter um filho. Pelo menos, eu podia ter tentado ser médico, ouvi-o dizer para minha mãe uma vez. Uns dois anos antes de sua morte, ele me deu um lenço gaúcho que havia sido seu. Na época, pensei que era mais uma tentativa de querer me moldar a algo que eu não era. Hoje, penso diferente, acho que foi uma forma de aproximação, mas eu não estava prestando atenção. Tenho o lenço até hoje, está numa gaveta, porém não gosto de mexer lá. Todo mundo guarda troféus, medalhas, diplomas, placas de honra ao mérito e tudo o que possa indicar uma vida de vitórias. Prefiro colecionar as memórias dos meus fracassos. O lenço me lembra meu pai. Não é uma lembrança boa.

Enquanto serve o café da manhã, Dani olha para mim e diz que tem ido à Feira de Mataderos. Descobriu que Ivan, seu irmão, está produzindo carne na fazenda e que vem a Buenos Aires para vender a produção em forma de churrasco. Estender a mão e ter a coragem de dizer que você quer superar as diferenças com alguém que ama — ou pelo menos aceitar que elas sempre vão existir — são atitudes que exigem mais humildade e afeto do que qualquer coisa. É essa aproximação que Dani vinha tentando fazer com o irmão nos últimos domingos.

Ele me conta que Ivan usa as roupas típicas dos pampas e assa enormes peças de carne, que são divididas em porções generosas. Parece tudo muito saboroso. Daniel quer falar com o irmão, só que não tem coragem. Sua forma de chegar mais perto tem sido, como quase tudo nele, silenciosa. Perde-se no meio dos visitantes, dos casais que dão os últimos retoques nos trajes antes de iniciar uma dança típica, das dezenas de barracas em que se vendem cuias para chimarrão, da cortina de fumaça formada pelas grelhas que assam churrasco e pelos fornos dos quais não para de sair uma boa variedade de empanadas.

Ali, no meio daquela bruma quente, ele observa o irmão trabalhar. O senso de responsabilidade da família está intacto. A fila na barraca de Ivan é comprida, todavia ele dá conta do recado com a diligência que os pais lhe ensinaram. É muita gente, mas ninguém espera um serviço cinco estrelas. Só comida boa e honesta. Ele não se lembra de ter visto o irmão bajular os clientes nem sorrir para eles. Mesmo assim, ao observar, tem a impressão de que as pessoas gostam dele. Daniel fica satisfeito de vê-lo bem, prosperando. É como se todo o esforço e o trabalho duro de ambos finalmente estivessem dando resultados. Emociona-se, sente um aperto no coração. Um aperto bom. Fica ali parado, querendo experimentar o churrasco, como um menino numa loja de doces. Às vezes, uma hora inteira se passa, as músicas se tornam sons difíceis de distinguir, tamanha a concentração em capturar cada detalhe. Então, em determinado momento, ele se levanta, vai para o ponto de ônibus e volta para a cidade. Tem de me ver. Ao matar as saudades do irmão, começa a sentir uma falta imensa de mim. De repente, tudo o que precisa fazer é sair dali o mais rápido possível.

Estava ansioso para ir à feira hoje. Quem sabe tomaria coragem. Da última vez, percebeu que uma mulher loira de bochechas rosadas, bonita, ajudava Ivan com um sorriso constante no rosto. Toda vez que se aproximava dele, a atitude do irmão tornava-se mais suave. Era sutil, mas Dani podia perceber. Ela organizava os pratos e talheres de plástico para que ele os repassasse aos clientes. Separava as porções de acompanhamentos — papas fritas, purê de abóbora e arroz —, organizava copos e bebidas e limpava as mesas ao redor da barraca para não espantar os mais preocupados com a higiene, mesmo naquele ambiente meio caótico. Toda a família sempre fora muito limpa, esse era um orgulho que carregavam. Quando ela se aproximava, e a carga de trabalho permitia, Ivan passava as mãos levemente pela cintura dela, afagando suas costas. E sorria sem medo, os olhos brilhavam. Os dois usavam alianças grossas na mão esquerda, acreditava que eram as mesmas que havia admirado nos dedos de seus pais por tantas décadas. Ivan ficara com a fazenda, aceitara a função de perpetuar a tradição familiar e fazia tudo com disciplina. A diferença é que existia nele também uma certa alegria que não existia nos pais. Ao rosto sério somava-se, agora, o estado de atenção dos prósperos. Ao mesmo tempo, a descoberta da paixão por uma mulher honesta lhe aliviava as feições. Os sulcos ao redor dos olhos, de permanente preocupação, pareciam ter suavizado. Era um homem cuidadoso, ocupado pelo trabalho e, provavelmente, fazendo planos para o futuro — essa era outra característica que partilhava com os pais. Mas notara também uma diferença crucial: Ivan parecia ter se lembrado de ser feliz, mesmo tendo de acordar antes do amanhecer e de aguentar um fardo pesado dia após dia. Ele não era só um fazendeiro, como o pai e a mãe tinham sido. Sua vida teria um propósito maior. Teria uma família, e não apenas filhos. E isso enchia Daniel de contentamento.

Então Dani me fala que, no caminho de casa, hoje, logo após comprar pães frescos para o café, decidiu que não vai mais à feira. Que é ridículo ficar espreitando o irmão. É suficiente saber que está bem. Vai parar com essa bobagem, que não leva a nada. Está tranquilo. Tudo bem assim. Daniel, que sempre foi tão bom em resumir tudo em uma ou duas palavras, de repente, começa a falar sem parar para expressar o contrário do que quer. A mesa está posta, tudo em seu devido lugar. Tudo quente e pronto para ser consumido imediatamente. Tenta desviar do assunto, dizendo que eu não deveria deixar a comida esfriar, mas eu sei que ele quer falar com o irmão. O receio dele é com a reação de Ivan no que se refere a nós. Já passei por isso, mas, como Dani bem observou uma vez, a família dele não é do círculo de intelectuais de Palermo. Em seu mundo, para quase tudo, impera a lei do silêncio. Se ninguém falou nada até agora, é porque acha que talvez não haja nada a ser dito. Ou talvez Ivan não esteja disposto a ouvir o que agora precisa ser expressado com clareza.

— Vamos deixar assim — diz Dani para acabar com a conversa. Quero continuar com o assunto, mas acho melhor deixar para lá.

Ele se levanta, tira as calças jeans, por causa das barras molhadas, e fica de cueca samba-canção e camiseta de manga comprida. Parece um velhinho. Pega uma *medialuna* que havia recheado com doce de leite e sobre a qual espalhou açúcar de confeiteiro e vai para a janela observar a chuva e ouvir o barulho que ela faz. Está falando mais nesta manhã do que ao longo da última semana. Parece cansado, está cansado. Não insisto. Recolho as xícaras e pratos da mesa e levo-os até a pia, tiro a toalha e jogo os restos de comida no lixo. Pego o jornal que está caído no chão para ler. Ele me olha e faz um esforço para esboçar um sorriso. E volta a observar a rua molhada. Ouço de longe o latido de um cachorro. Parece reclamar da umidade.

* * *

Passei a semana inteira debatendo comigo mesmo a ideia de procurar Ivan — a quem nunca vi — e um tanto preocupado com a chuva que vinha e voltava. Se chover novamente no domingo, ele vai ter prejuízo, eu pensava. Sabia que o melhor a fazer seria deixar Daniel resolver as coisas do jeito dele, que ele acabaria se acostumando com a situação, que a vida dele sempre havia sido assim. Se a gente não falasse no assunto, ele não existiria. Era tudo muito simples, não havia razão para complicar. A melhor coisa a fazer não é sempre a escolha certa. Às vezes, o correto pode ser meio errado, como se meter na vida dos outros sem pedir licença. Mas, se alguém se ajoelha na sua frente diante de uma igreja e lhe entrega uma aliança, isso lhe dá algumas liberdades. A maioria das coisas dele já está aqui; em poucos meses, vamos viver juntos; então tenho certos direitos. Ou será que há limites?

No domingo seguinte, o dia amanheceu nublado. Olhei na internet a previsão do tempo, e não deveria chover antes do início da noite. Eram sete da manhã, Daniel chegaria por volta das oito. Eu já estava vestido, precisava agir rápido. Peguei o lenço que meu pai havia me dado, cheguei a colocá-lo em volta do pescoço. Olhei-me no espelho, mas não achei adequado, parecia que estava indo a uma festa à fantasia. Joguei-o em cima da cama. Calcei os tênis e saí do jeito que estava. Era melhor nem falar com Daniel por enquanto.

Muita coisa pode mudar em trinta anos, mas determinadas coisas permanecem as mesmas. Tomei o 126 bem perto da praça de Mayo, na mesma parada para a qual meu pai me levou quando era pequeno, e não tive muita dificuldade para identificar a hora de descer. Os bairros do caminho pareciam mais populosos, contudo exibiam a mesma tranquilidade daquela manhã de domingo perdida em algum canto do fim da minha infância. Algumas crianças brincando nas ruas, carros antigos estacionados e a fumaça saindo dos fogões a lenha que esquentavam as casas mal pintadas. Cheguei bem cedo, mas não demorou para que os churrasqueiros começassem a preparar as grelhas, que assavam os primeiros cortes de carne ainda antes das onze horas. Era melhor almoçar cedo para evitar a multidão. Ali, com quase todo mundo vestindo roupas tradicionais, o relógio parecia ter parado. Era como se eu tivesse retornado aos tempos coloniais. Homens de bombacha e lenços vermelhos, mulheres de vestidos estampados rodados e comportados. A única diferença era a existência dos celulares. Os casais que tentavam homenagear os desbravadores das terras do Sul eram os mesmos que tiravam fotos de si próprios para mostrar seu figurino no Facebook. Acho que a invenção do telefone celular pôs um fim definitivo à poesia que ainda restava no mundo. Com os celulares, qualquer celebração do passado se torna falsa.

Como encontrar uma pessoa que você nunca viu? E se eu não conseguisse identificar Ivan, a quem não conhecia sequer por fotos? Será que essa decisão foi mais uma das ideias estúpidas que de vez em quando me ocorrem? Havia um verdadeiro oceano de homens de bombacha vendendo carne e empanadas e servindo mesas quando cheguei à feira. Parecia impossível distinguir um do outro, quanto mais procurar alguém específico no meio de todos eles. Desanimei com a minha própria ingenuidade. Pensei em desistir, mas, quando o vi, imediatamente soube que era ele. Ivan e Daniel não são muito parecidos, portanto não foi a aparência o que me fez ter certeza de que eu o havia encontrado, e sim a cadência dos movimentos e o ar de dignidade resoluta. Não tinha, porém, programado o que diria a ele. Um monte de gente já se organizava com tíquetes para recolher seus pedaços de boi e de carneiro preparados com sal e chimichurri, como manda a tradição. Entrei na fila e, à medida que me aproximava, meu desespero aumentava. Tinha ido longe demais e agora me sentia sem ação. Seria patético não fazer nada. Era a minha vez: um bife de chorizo com purê de abóbora. Eu olhava fixamente para Ivan, mas ele não parecia estranhar. Pôs o prato e a garrafa de cerveja na minha frente e agradeceu. Permaneci imóvel, ele perguntou se eu precisava de mais alguma coisa. Finalmente, eu disse a única coisa que me ocorreu e também a única que, no fim das contas, importava:

— Seu irmão te ama muito.

Olhou para mim, para a aliança no meu dedo, para as pessoas ao redor, estava assustado, seus olhos se moviam sem parar de um lado para outro. A fila de gente faminta começava a se avolumar atrás de mim. Senti uma pontada, como se tivesse desferido no pobre homem um golpe baixo bem na boca do estômago, em público, no local de trabalho. Estivesse sentindo o que fosse, encontrou forças para deixar de lado e continuar em frente. Disse:

— Próximo.

Peguei a comida e a bebida meio sem jeito, como uma criança que fez uma má-criação ou foi pega passando um trote no vizinho. Por sorte, achei uma mesa vazia e pude descansar as pernas, que estavam cambaleantes. Comi a carne devagar, era um pouco difícil cortar os pedaços com os talheres de plástico. Não sabia se me levantava ou não. Se terminasse de comer, sofreria uma pressão silenciosa para ceder espaço para a horda de esfomeados. Estava eu ali, uma ilha solitária perdida no meio de um mar povoado por um cardume de famílias em trajes antiquados. Enquanto a esposa preparava os pratos, Ivan os entregava aos clientes. Era diligente, estava concentrado, mas, de vez em quando, voltava os olhos para mim, como se eu fosse um problema que ele precisasse resolver para conseguir trabalhar em paz. De repente, conversou alguma coisa com a esposa, que assentiu, passando a se desdobrar para montar os pratos e atender à fila ao mesmo tempo. Ivan veio até mim em passos firmes, e tive a impressão de que ele me olhava com urgência, ávido para resolver uma situação que lhe desagradava, por cortar um mal pela raiz, livrar-se de um ferimento que alguém lhe infligira. Levantei-me. Ele me olhou, baixou os olhos para a aliança na minha mão direita e voltou a me encarar.

— Quem é você? — perguntou.

— Acho que você pode imaginar — respondi, sem rodeios.

258

Não podia voltar atrás, tinha de ser firme.

— O que você quer de mim? Eu estou trabalhando — devolveu. — Diga logo.

— Nada. Não quero nada. Mas fique com isso.

Num dos guardanapos que ele havia me dado, anotei o número do telefone celular de Daniel.

— Ele gostaria de ouvir você.

— Isso é tudo?

— Sim, é tudo.

Levantei-me e estendi a mão para ele, que aceitou o gesto. Não parecia ser de seu temperamento fazer uma desfeita a quem quer que fosse. Um longo aperto de mão encerrou nossa curta conversa. Enquanto tentava me acalmar, andei sem direção pela feira e fui comprando um monte de peças de artesanato das quais acabaria me desfazendo, uma cuia para o chimarrão que eu nunca tomaria e uma quantidade absurda de doces caseiros que terminaria distribuindo aos amigos. Parado no ponto de ônibus, peguei-me pensando no que meu pai acharia de mim naquele momento. Voltei para casa com minhas sacolas, o ônibus cheio para um domingo, e ri sozinho da ideia de que provavelmente me daria os parabéns por ter me comportado como um homem de verdade. Por fazer o que era esperado de mim sem queixas nem choramingos, por ter tido a coragem de dar o primeiro passo e abrir a porta para alguém do passado — mesmo que nem pertencesse ao meu passado. Não importava se Ivan aceitaria ou não a oferta. Decidi, naquele instante, que usaria no dia do meu casamento, pela primeira vez, o lenço vermelho de gaúcho que papai havia me dado. Não me sentiria mais ridículo com aquilo amarrado ao pescoço, não pareceria mais estar indo a uma festa à qual não pertencia. Pelo contrário, tudo estaria no lugar certo. Finalmente, muitos anos depois de sua morte, conseguiríamos nos entender. Seria a nossa reconciliação silenciosa, e talvez imaginária, que ainda assim me trazia conforto.

* * *

O aniversário de Daniel caiu numa quinta-feira naquele ano. Estávamos a quatro meses do casamento e precisávamos economizar, porque a festa seria cara. Mesmo sendo para um pequeno grupo, custaria mais do que gostaríamos de gastar. Dani agora trabalhava no salão do restaurante, recebendo respeitosamente os convidados, certificando-se de que estivessem confortáveis enquanto aguardavam mesa. Chefiava os garçons, decidia quando era hora de oferecer uma entrada ou um drinque de cortesia. Havia bastante tempo que não precisava mais distribuir massagens. As mãos dele agora eram só minhas.

O movimento era intenso no restaurante às quintas, mesmo assim, Dani decidiu que poderia tirar folga naquele dia. Resolvemos fazer o que mais gostamos: jantar tomando vinho em casa, sozinhos. Ele fez um molho à bolonhesa que exigia uma quantidade interminável de legumes cortados em fatias muito finas. Dividimos as tarefas para não jantarmos à meia-noite. Estávamos concentrados quando o celular dele tocou. Será que estavam metendo os pés pelas mãos no atendimento? Ele não queria ter de se arrumar e ir apagar um incêndio. Nós nos olhamos, sem paciência com a interrupção. Aniversário é aniversário.

— Vai lá, atende — disse eu.

Continuei a picar os legumes, da minha forma meio atrapalhada, enquanto Dani atendia. De repente, vi sua expressão mudar. Ele correu para o quarto e fechou a porta. Conversava baixo, mas a acústica do apartamento é ruim, então podia ouvi-lo falando, embora não pudesse entender sobre o quê. Ficou ao telefone uns cinco minutos, o que, para ele, era uma eternidade. Saiu do quarto sem me olhar. Lágrimas escorriam em seu rosto — eram de felicidade, eu conseguia ver. Chegou perto de mim, pegou a faca de volta e começou a picar mais ingredientes.

Olhou para mim e só disse uma palavra:

— Você.

— Eu, o quê? Só estou aqui cortando legumes.

— É... e não está indo muito bem. Não fez quase nada.

Eu ri.

Ele usou o quadril para me empurrar de leve e dizer, sem falar nada, que eu estava liberado da tortura de ajudar a preparar o jantar.

— Como está seu irmão? — Achei que deveria ao menos perguntar.

— Está bem — ele respondeu. — Está bem. Estamos os dois muito bem.

Me deu um beijo rápido.

— Vai abrir o vinho, vai.

Mar, segundo Hugo

Manzana de Las Luces

Esquina das ruas Perú e Moreno

O sol do meio-dia de Buenos Aires em janeiro é inclemente. Nenhum sinal de vento, a luz cega meus olhos. As pessoas passam apressadas pela praça de Mayo, e eu não consigo desviar direito delas. Finalmente, estou livre, sem veias perfuradas nem toneladas de remédios diariamente. Não vou mais engolir dezoito comprimidos por dia nem passar quatro semanas tentando antecipar como o meu corpo reagirá às drogas.

— As consultas de acompanhamento serão só a cada seis meses. É uma coisa boa — disse o médico.

Mais um tempinho e poderei virar um ser humano normal, ir ao consultório uma vez por ano para checar a contagem de plaquetas por causa do sistema imunológico.

— É uma coisa boa — o médico repetiu.

Parece que todo contato humano que eu tive nesses últimos meses foi com gente me limpando, espetando, pedindo que eu abrisse a boca para ver minha garganta, arrumando meu travesseiro enquanto perguntava se eu estava mais confortável, enxugando o suor da minha testa com uma toalha fria, a fim de fazer abaixar a febre, ou segurando meu ombro por uns segundos, com o objetivo de me encorajar antes que a ânsia de vômito voltasse.

Os encontrões com pedestres apressados em hora de almoço são mais autênticos, menos profissionais, mais espontâneos e amorosos do que aquele falso sentimento de gente de hospital. Se alguém me abraçasse agora, eu poderia me dissolver em um milhão de pequenas partículas e desaparecer feliz. O toque certo faria isso por mim. Será que alguém pode fazer isso por mim? Será que as mães da praça de Mayo, que viveram sob a ditadura e que nunca desistem, podem fazer isso por mim? Será que aquele estranho carregando uma pasta marrom pode fazer isso por mim? Suado, cansado e nem um pouco grato por estar livre por seis meses, paro no meio da praça entre flashes de turistas que tiram uma foto da Casa Rosada antes de seguir em direção às compras na rua Florida. Cada dia ouço mais gente falando português aqui. Invadiram a minha cidade. Que sede me bateu agora, de repente. Estou com a boca seca e não sei aonde ir nem o que fazer. Vou ficar onde estou. Simplesmente paro, imóvel, sob o sol do meio-dia. Bem que poderia começar a chover agora. Abriria a boca e beberia um ou dois pingos. Seria o suficiente para o resto dos meus dias.

Fecho os olhos, percebo o suor escorrer pelas costas por baixo da velha e ainda folgada camisa polo verde. Ouço um barulho e sinto um feixe de luz insuportável no rosto atrapalhando meu silêncio e minha escuridão particulares. Meu momento se quebra, abro os olhos e só vejo um vulto. Uma silhueta com uma máquina Polaroid nas mãos. Cerca de um metro e cinquenta e cinco, vestindo short e uma camiseta branca larga, com uma mochila colorida — acho que alaranjada, talvez amarela —, balançando a foto que acaba de ser impressa. Meio tímida, aproxima-se e pede desculpas. Diz que achou linda a imagem de um homem parado, de olhos fechados, no meio daquele vaivém frenético. Começa a conversar comigo, e eu mal consigo articular frases com sentido. Ela fala sem parar, conta que está viajando sozinha por vários países, que deve estar na estrada há uns seis meses, que espera não ter invadido meu espaço, que rasgaria a foto se eu quisesse e que esqueceríamos o episódio. Era só pedir. Pergunto se posso ficar com a foto. Responde que não, que gosta de fotografar pessoas de forma aleatória em suas andanças. Às vezes, bate a foto e nunca mais as vê; às vezes, passa a se corresponder com elas. De qualquer modo, gosta de guardar consigo a lembrança. E aprecia também escrever cartas e enviá-las pelo correio.

Pergunta se está parecendo louca, é que está fora de casa há tanto tempo...

— Quem viaja sozinho, muitas vezes, passa o dia inteiro no ônibus, no trem ou no avião sem abrir a boca — justifica.

Não se lembra da última vez que teve uma conversa inteira, além de responder a perguntas da Imigração, de combinar a hora do *check-in* no hostel ou ler itens do menu dos restaurantes em voz alta para pedir o prato. Não havia achado ninguém interessante nos últimos dias, quem sabe estava mesmo na hora de voltar para casa, mas estar na estrada significava abrir possibilidades, e a melhor forma de abrir possibilidades era falar com outras pessoas, estar pronta para ouvir um pouco. Ela emenda uma palavra na outra e repete a pergunta:

— Pareço louca?

— Não. — Limito-me a responder. — Acho que não. A verdade é que também não me sinto a pessoa mais capacitada do mundo para julgar a sanidade de alguém.

Então me dou conta de que talvez a pergunta dela tenha sido retórica. Talvez ela não buscasse uma resposta tão elaborada. Sorri, constrangida, e acrescenta:

— Bem, obrigada pela conversa. Vou seguir meu caminho antes que você mude de ideia.

— Espera. Eu também tenho uma pergunta. Duas perguntas, na verdade.

— O quê?

— Onde você arranjou essa Polaroid? Pensei que não fabricassem mais essas máquinas.

— Herança. De um tio. Ele era meio artista, gostava de colecionar coisas e tinha muitas máquinas fotográficas. Um ano antes de morrer, me deu esta, um estoque de filmes e um cartão. Ele nunca tinha me dado um presente antes, que eu me lembre. Memorizei as palavras do cartão: "Tenha coragem de ver o mundo. E não espere". Foi o melhor presente e o melhor cartão que recebi na vida. E a segunda pergunta, qual é?

— A segunda pergunta? É muito simples. Qual o seu nome?

— Meu nome é Mar.

— É um belo nome — respondo.

Ela parece satisfeita em ouvir o elogio. Então também pergunta meu nome.

— Hugo.

Estendo a mão para cumprimentá-la, e ela não apenas retribui o gesto como também me abraça e me dá um beijo no rosto, até um tanto demorado. Surpreendo-me ao ver que não me desfaço em pedacinhos, mantenho-me firme. As mãos estão um pouco trêmulas, as pernas um tanto bambas, a boca continua seca. De repente, sorrio. Mar parece ser tudo o que se espera dela e, ao mesmo tempo, o oposto. É o tipo de menina que poderia ter várias tatuagens, entretanto não há nenhuma aparente. Sua pele tem cheiro de talco e sabonete, sem resquícios de perfume. Fico imaginando se ela usa desodorante e tento decifrar seu cheiro natural, aposto que é muito bom. Todos os odores da praça, da fedentina que emana dos bueiros ao aroma dos carrinhos de pipoca, impedem-me de focar na questão, embora me concentre nessa tarefa. Será que isso quer dizer que estou me apaixonando à primeira vista? Tomara que Mar não possa ler pensamentos. Concluiria que sou uma espécie de tarado se pudesse decifrar o que passa pela minha cabeça agora. Acho que estou ficando excitado. Não me lembro da última vez que isso aconteceu.

— Eis uma ideia maluca — digo para quebrar o silêncio que já se prolongava em meio aos meus devaneios.

Preciso de uns segundos para tomar coragem e perguntar:

— Que tal almoçarmos juntos?

Com um sorriso, ela responde que sim, que está aberta à ideia.

— Você gosta de carne? — pergunto.

— Eu amo carne.

Ela morde o canto do lábio, franzindo o nariz, como se tentasse me decifrar. Imagino que não deva ter mais do que vinte e três anos e me pergunto se estou passando por velho babão ao pensar que tenho uma mínima chance com ela. Farei trinta e três em dois meses.

Talvez ela só queira um pouco de companhia, alguém para compartilhar um almoço ou deixar a tarde menos monótona. Ou pode ser que não tenha dinheiro para almoçar. Qualquer que seja o motivo, não importa. Passar uma hora ao lado de Mar é melhor do que voltar para casa e corrigir provas, a atual segunda opção. Levo minha mão às costas dela, tocando levemente a ponta dos dedos sobre sua blusa de tecido leve, quase sem encostar. Digo que o restaurante é logo ali. Nossos olhos se cruzam e passamos a andar lado a lado, eu carregando meu corpo com uma confiança recém-adquirida, ela equilibrando a mochila colorida em um dos ombros. Penso em quebrar o silêncio, mas acho desnecessário. Saber que não estou sozinho, pelo menos neste momento fugaz, é suficiente.

Meu coração bate em alta velocidade, meu sangue circula mais rápido, posso sentir os poros do meu corpo se abrindo e todos os barulhos da rua enchendo meus ouvidos — o choro do bebê, as sempre insistentes buzinas dos carros, a sirene da ambulância, o salto de madeira da bota da mulher que caminha a passos largos. A única solução é encontrar um lugar para me sentar logo e tentar recuperar o controle. Como é que alguém pode se chamar Mar? Como é que pude entrar neste restaurante, um desses que Buenos Aires tem aos montes? Por que não escolhi algo mais intimista, mais sofisticado? Por que não penteei melhor o cabelo hoje de manhã, agora que ele cresceu de novo? Será que estou fazendo papel de bobo? Ela olha em volta e parece bem impressionada. Não é uma mulher qualquer. Pergunta se é um restaurante típico e respondo que sim. Em meio ao barulho da clientela no auge da hora do almoço, ouve-se a voz distante de Carlos Gardel saindo das caixas de som meio empoeiradas. Não tenho certeza de que é um restaurante portenho tradicional, todavia parece estar aberto há bastante tempo. Serve chorizo, tem disco de Gardel e fica em Buenos Aires, então acho justo considerá-lo típico. As cadeiras vermelhas e o balcão onde as pessoas podem comprar porções para levar para casa me lembram os dos restaurantes do interior de São Paulo, desses que sempre têm filas quilométricas na hora do almoço de domingo.

Os pãezinhos com manteiga são consumidos avidamente por Mar. Assim como o arroz, a salada, a batata frita e um pedaço de carne que alimentaria uma família inteira. Também estou com fome. Ela me deixa com fome. Nos encontramos, sem saber, no fim de nossas jornadas. Estamos cansados, no entanto ainda somos capazes de andar mais um pouco e precisamos recobrar as forças. Mar está na estrada há meses, os cabelos presos em um coque feito com uma caneta que também serve para registrar os melhores momentos da viagem em um pequeno diário cuja capa imita um livro antigo. Carregou sua mochila por toda a América do Sul e está prestes a voltar para casa. Provavelmente não come uma refeição decente há dias. Só biscoitos recheados comprados em supermercados, frutas roubadas do café da manhã da pousada e a oferta do dia do McDonald's. Gosto do jeito como ela molha o pãozinho no molho da carne, só com a ponta de dois dedos da mão esquerda. Eu queria observá-la o dia inteiro, fazia tempo que a ideia de estar apaixonado não passava pela minha cabeça. Mesmo que isso não venha a dar em nada, e provavelmente não vai, porque ela tem todas as possibilidades da vida bem à sua frente, a seu dispor, estes minutos estão valendo a pena. Depois de tanto tempo condicionado a seguir em frente, a passar por aquele procedimento, a enfrentar um dia ou uma semana ruim, tudo o que eu consigo pensar é que quero prolongar este encontro. E é preciso agir para que ela não ache algo melhor para fazer.

— Por que você resolveu cair na estrada? — pergunto.

Ela me diz que a resposta é muito complicada. E eu respondo que tenho tempo, aliás, estou doido para tomar um café. Ela aceita sobremesa? Não, não aceita. Mas eu queria ouvir a história, queria saber tudo sobre a viagem, tudo sobre ela. Peço novamente que me conte como está sendo. Sair erraticamente pela América do Sul foi uma forma de provar uma teoria em que acredita desde pequena. Ela conta:

— Você nunca sabe o que vai te fazer crescer, o que vai ser útil no futuro, o que você vai recordar e achar que valeu a pena.

Ela explica que sempre tinha ido no sentido contrário ao que a família, tradicional, esperava dela. Se a mãe dizia que o melhor era fazer balé para ter uma postura elegante, escolhia handebol. Mas sua falta de jeito acabou por fazê-la durar pouco nesse esporte. Mudou para sapateado, interessou-se pela culinária tailandesa, traduziu

270

conferências para multinacionais e chegou a trabalhar como vendedora em uma loja de bolsas chiques na Cidade do Panamá. Mar ri, sem jeito, como se precisasse se justificar, e acrescenta que a viagem é mais um passo nessa direção meio sem direção que vem tomando, desde quando consegue se lembrar. Acha — espera, na realidade — que todas essas escolhas um dia farão sentido e, quem sabe, venham a formar um todo. Admite, porém, que não dá para ter certeza de que isso vá ocorrer.

A narrativa de Mar me faz pensar no caso de um amigo meu, que não vejo há muitos anos. Ele anunciou para o pai — no interior de Minas, pelos idos de 1995 — que queria estudar balé. Resolvo contar a ela o caso. O pai foi contra: "Onde já se viu se isso é coisa de homem?". Imaginou o menino de tutu cor-de-rosa flutuando pela sala e quase teve um ataque do coração. A mãe, no entanto, insistiu: se era isso que ele queria, tudo bem. Ele era o único menino na turma de balé, naturalmente. Mais ou menos na mesma época, decidi que queria entrar para uma escolinha de futebol. Meu pai ordenou que minha mãe comprasse o melhor uniforme, da marca mais cara, chuteiras e tudo o mais. Eu era péssimo. Todo mundo disputava para que eu ficasse no time adversário, só me escolhiam de vez em quando por amizade. No meio do jogo, sempre me pegava pensando em outra coisa, às vezes em um livro, outras em algum programa de tevê. Durei uns três meses lá. Já o meu amigo ficou no balé não sei quanto tempo, mas lembro que foi bastante. E, hoje, ele é chefe de um esquadrão antidrogas da polícia, tem mulher e três filhos. Acho que até já matou um monte de gente. Eu, em compensação, dou aula na universidade e passo o dia lendo teorias das quais a maior parte das pessoas nunca ouviu falar. Além disso, tenho zero mulher e zero filhos. Aliás, zero namorada também.

— E a moral da história é...? — pergunta ela, confusa.

— Não sei. Acho que a moral da história é que você está certa — respondo.

O rosto de Mar se ilumina. Ganho confiança e continuo:

— A verdade é que a gente nunca sabe aonde uma decisão específica vai nos levar. Algumas pessoas conseguem aceitar isso mais facilmente do que outras. Não sei se estou fazendo sentido hoje. Acho que é o calor.

Decido perguntar o que ela já tinha visto de Buenos Aires e quanto tempo ainda teria por aqui. Só teria mais um dia, hoje. Estava na hora de voltar para a Colômbia, a mãe andava desesperada, a avó já havia esgotado a cota de promessas pela neta desnaturada, e até o pai, na última ligação, dissera-lhe calmamente que "essa brincadeira" precisava acabar. Então, sem pensar demais, comprara passagens de trem e ônibus para fazer o caminho de volta aos poucos, vendo as mesmas paisagens de outra perspectiva, na direção contrária. Em uma semana, estaria em casa. Tinha deixado a mochila maior trancada no albergue, pois não queria ter de arrumá-la no meio do quarto coletivo. Chegara ontem à noite e partiria no dia seguinte cedo. Carregava consigo a última muda de roupa limpa. Argumento que é muito pouco tempo para Buenos Aires; ela responde que sempre faz o máximo com o que tem em mãos e que, por isso, precisamos andar rápido. É melhor sair logo dali. Conheço esta cidade como ninguém e digo que hoje é o dia de sorte de Mar. Ofereço-me para fazer uma lista de lugares a serem visitados, em ordem de importância. Ela assente, aceitando a oferta.

— E aonde você quer ir primeiro? — pergunto.

— Para onde você me levar.

Ela já havia visto a praça de Mayo. Gostava da ideia de que as mães insistiam em pedir justiça e saber o paradeiro dos filhos, que hoje já estariam quase idosos.

— É duro ficar sem uma resposta — resume Mar.

Não tem interesse em visitar os cartões-postais, está cansada de seguir os guias de papel e a Wikipédia. Pode passar muito tempo sem entrar numa igreja. Decido levá-la para conhecer uma outra Buenos Aires — a subterrânea. Vamos até a Manzana de las Luces, basta andarmos algumas quadras. Atravessamos ruas movimentadas, entramos no edifício histórico e, em poucos minutos, estamos sob a terra. Nem prestamos atenção no que diz a guia turística. Estamos muito mais interessados um no outro. Mar não resiste a uma piada: diz que sempre sonhou com um homem que a levasse para visitar as catacumbas, uma espécie de Indiana Jones. O que ela nunca imaginou é que ele falaria português.

As galerias começaram a ser construídas no século XVIII. Foram inicialmente abertas para conectar a Manzana de las Luces às igrejas do Centro para que os moradores pudessem orar na hora que considerassem mais adequada, sem serem incomodados nem terem de passar pelas ruas frias. Essa é a versão oficial. Eu, porém, prefiro acreditar que, por aqui, no auge da cidade, no início do século XX, passavam inúmeras mercadorias e tesouros que abasteciam as casas dos milionários portenhos. Iguarias servidas em bandejas de prata e taças de cristal nas festas do tempo em que Buenos Aires se autoproclamava a Paris das Américas. Prefiro também crer que as galerias eram usadas por contrabandistas, pois há saídas diretamente para o rio da Prata, e que muitos aventureiros eram mordidos por ratazanas enormes ao se perderem naquele labirinto, cheio de becos sem saída. Contaminados pela peste, jamais conseguiam achar o caminho de volta e apodreciam ali mesmo, vítimas da própria ganância e de febres altíssimas.

Mar não consegue conter a risada com a minha descrição épica.

— Você acha que é teoria da conspiração? — pergunto.

Ela me explica que não se diverte com o que eu falo, mas com *como* eu falo. Nesses anos todos aqui, continuei com sotaque de brasileiro. Quero saber se minha pronúncia é muito ruim. Mar responde que é horrivelmente adorável. Como se uma facada na barriga pudesse ser, de certa forma, agradável. Diz que nunca imaginou que encontraria um brasileiro que a convidaria para conhecer o mundo subterrâneo de Buenos Aires, onde os túneis ficam cada vez mais estreitos, o que nos leva a andar mais próximos um do outro. Não há outros visitantes naquele meio de semana, então ficamos ali parados, meio que namorando, até a guia nos chamar a atenção. A manutenção das lâmpadas não é boa, e há um pequeno trecho mais escuro antes da saída que nos levará de volta ao mundo real. Mar estende-me a mão ao subir as escadas, e sinto sua pele macia, o aperto gentil e encorajador, como se ela soubesse que preciso de alguém para me guiar para qualquer direção. Meu coração para de bater por um segundo, o silêncio parece infinito e só é interrompido quando a luz da superfície fica forte demais para que a ignoremos. Rimos enquanto usamos as mãos para proteger os olhos da luz do sol, que nos deixa cegos por um instante.

Ao sairmos, sinto que o sol começa a ficar mais fraco, e o vento do fim da tarde refresca um pouco a temperatura. É preciso ganhar tempo, e sem dizer por que nem pedir permissão a Mar, faço sinal para um táxi e ordeno ao motorista que nos leve à praça Julio Cortázar, que o taxista diz não conhecer.

— Serrano — explico, contrariado, referindo-me ao nome oficial do lugar.

Quero apresentá-la, por algum motivo, a Santiago. Não se trata de um amigo, e sim do dono de um lugar em que aprendi a me refugiar em Buenos Aires. Não é nada de especial, é uma loja de discos de vinil e CDs em uma das quadras que desembocam na

Julio Cortázar. Nunca troquei mais do que boas-tardes e jamais falei com Santiago sobre qualquer outro assunto que não fosse música, as bandas preferidas da minha adolescência, a minha coleção de revistas *Bizz* — que ele também conhecia, de tanto atender turistas brasileiros. Quem sabe Santi possa me ajudar a encontrar a música perfeita para este dia, quem sabe ele consiga me auxiliar a resumir o que sinto e a colocar tudo em perspectiva de uma maneira que somente uma canção é capaz de fazer. Percorremos de mãos dadas as lojas cheias de roupas esquisitas feitas a mão, passamos por artistas vendendo pulseirinhas de couro e por ruas cheias de cafés e mendigos fingindo que são artistas. Voltamos à praça inúmeras vezes sem achar a loja de Santi. Sou obrigado a perguntar, até que me informam que ela fechou alguns meses atrás. Ao contrário de mim, que ainda estou de pé, apesar de tudo, a loja não sobreviveu à crise econômica. Sento no meio-fio, cansado.

— Tudo o que eu queria era um pouco de música. E agora a música parou — digo.

Mar entende meu desapontamento. Senta-se ao meu lado, tira o iPod da mochila colorida e diz que a música continua viva. Põe uma das pontas do fone em meu ouvido e aperta o play. É uma canção acústica, de uma cantora que desconheço. É em inglês, posso reconhecer o ukelele e o banjo ao fundo, talvez um pandeiro acompanhando, o refrão é simpático. Ela diz que é nosso segredo, será uma música só nossa. Se, por acaso, algum dia ouvir a canção no rádio, eu me lembrarei dela. Simples assim. Peço que toque novamente, ela se recusa. E me dá uma lição:

— Às vezes, é melhor não repetir uma experiência. Pode ser bom da segunda vez, mas não vai ser igual à primeira.

O que ela diz me faz estremecer com a possibilidade de que um dia, muitas vezes, é apenas isto: um dia. Preciso começar a aproveitar os momentos em lugar de ficar sempre calculando o que vai acontecer no futuro. Pergunto se ela quer que eu a leve de volta para o albergue, ela responde que não. Quer aproveitar mais a minha companhia. E pergunta qual será a próxima parada. Resolvo voltar a San Telmo. Não posso escolher um lugar para mostrar, amo todos quase da mesma forma. Então vagamos em círculos. Como não é fim de semana, tem pouca gente na praça vendendo antiguidades. Seguimos para um passeio rápido pelo mercadão e vemos os homens bigodudos e as mulheres de chapéus coloridos guardando as fotos em preto e branco de volta nas caixas, os cartazes de filmes já atrás das portas quadriculadas trancadas por pesados cadeados. Embora a hora da xepa já tenha passado há bastante tempo, há umas frutas bonitas nos balcões. Compro uma tangerina; ela, uma pera. Comemos sentados em um banco da praça. Caminhamos sem rumo pelas ruas olhando vitrines, e ela pergunta por que passamos tanto pelo mesmo lugar. Já é a terceira vez que vê aquele edifício. Eu digo que moro ali e que estou tentando tomar coragem para convidá-la para subir.

Começo a falar um monte de bobagens sem parar, dizendo que não sou psicopata, que a ideia é só tomar um chá (o que não é verdade), que está começando a bater um vento frio aqui fora. Ela tem de pousar os dedos gentilmente na minha boca para que eu me cale.

— Eu adoraria entrar.

Minha mão treme, mas consigo colocar a chave na porta da rua e girá-la. Quero carregar Mar escada acima, o problema é que são quatro andares, e eu estou abaixo do peso e ainda um pouco anêmico. Escolhi o apartamento do último andar pela vista da cidade e até pensei que as escadas seriam um bom exercício. Na atual situação, porém, só quero chegar em casa o mais rápido possível. Mar não parece ter pressa, e subimos os degraus devagar, ela se segurando no corrimão de madeira envelhecido, com a pintura azul de trinta anos atrás revelando uma demão marrom ainda mais antiga. Eu sigo seus passos, com as mãos tocando suas costas, descendo dos ombros até a cintura e depois voltando, num movimento contínuo. De repente, ela solta um "bonito!" e aponta a porta de um apartamento pintada de vermelho ou um lustre diferente instalado em um corredor. No meu andar, uma das lâmpadas está queimada, e a outra insiste em piscar sem parar, como se fosse um vaga-lume nos últimos segundos de vida. Por sorte, tenho a mania de deixar a porta destrancada, pois acho que ninguém perceberá. Entramos rapidamente. A casa ainda está cheia de caixas de livros antigos que estou com preguiça de separar para doação e de trabalhos de alunos que tenho pena de jogar fora. Uma vida eternamente em suspenso, sempre meio de mudança. É assim e está bom. O essencial para a vida já encontrara seu lugar naturalmente. Não sinto vergonha da bagunça. O que está nas caixas, posso procurar quando tiver necessidade. Apenas pergunto se ela quer um chá. Ela ri e limita-se a dizer que não.

Depois, Mar se aproxima e me beija. Começa a abrir minha camisa. Eu me dou conta de que as minhas costelas ainda aparecem e de que deveria ter seguido a reeducação alimentar com mais rigor para ganhar uns quilos. Passa pela minha cabeça que ela pode perguntar algo, porém não diz nada. Beija meu pescoço, meu peito e minha barriga.

Seguro seu rosto com força e a beijo também. Sinto a textura do céu de sua boca com a língua. Faz tanto tempo que não toco ninguém, pensei que tinha perdido o jeito. Pelo contrário, tudo se encaixa. Eu me pergunto se ela faz isso sempre. Será que escolhe um cara em cada cidade e passa a noite com ele? Será que faz isso de vez em quando ou será que sou o único? Decido que não importa. Este momento, como aquela música que dividimos, é só nosso e nunca se repetirá. Não exatamente do mesmo jeito.

Concentro-me em seu corpo. A pele de Mar é incrivelmente clara para alguém que caminha ao sol há três meses. Depois de andarmos o dia todo, sinto agora seu odor amadeirado, temperado com um pouco de sal. Nas mãos, ainda identifico o cheiro do sumo da pera. Minhas mãos correm por seu corpo sensível, que reage a tudo, até ao quase toque. As roupas dela estão espalhadas pelo chão, porém a mochila foi estrategicamente posicionada em uma cadeira logo na entrada. Ela tira meu jeans tão rápido... ele continua jogado, do avesso, em um canto. Derrubamos os travesseiros da cama. Ela se deita de costas, e eu me ajoelho à sua frente, segurando-me em seus joelhos. Puxa-me gentilmente em sua direção para que me deite sobre ela. A brisa fria da noite bate em nossos corpos calorentos. Olho-a fixamente, e Mar me diz que está na hora. Sim, está na hora. Quando me movo, seus olhos se fecham. Beijo-lhe o pescoço e volto a observá-la. Preciso sentir seu gosto. Passo a língua em seus braços, seu rosto e suas axilas. Ela quase não reage, segue concentrada, continua a mover-se, não perde a cadência. Quando abre os olhos, sorri para mim.

* * *

Estou quase adormecido quando Mar levanta-se, nua, e vai até o banheiro. Ouço a banheira se enchendo de água. Resolvo dar-lhe algum tempo e finalmente a sigo. Vejo-a deitada sob a água quente. Pergunto-lhe se precisa de ajuda, e ela pede que lhe lave os cabelos. Só tenho um xampu de camomila. Sento-me na beirada da banheira, massageio seu couro cabeludo em pequenos círculos e enxáguo. Logo, a espuma se espalha pela banheira, e eu lhe estendo um sabonete em barra, que ela passa cuidadosamente pelo corpo todo. Mar pergunta se eu quero juntar-me a ela. Ela escorrega para a frente da banheira, e eu a envolvo, por trás, com minhas pernas. Observo, como num quadro, seu pescoço, os cabelos molhados arrumados para o lado e os pelos, muito loiros, que brotam ao longo de suas costas e sobem até a nuca. Sei que ela vai embora na manhã seguinte, ou mesmo antes que o sol apareça, mas decido não pensar nisso. Prefiro manter a perspectiva somente neste instante, observando Mar banhar-se. Recupero a concentração rapidamente. É incrível. Parece mesmo uma bailarina, e não uma jogadora de handebol. Meu mundo se resume a seus ombros, seu pescoço, seus cabelos molhados e a esses pelinhos loiros, e em como essa paisagem reage aos movimentos de suas pequenas mãos à medida que ela alisa o próprio corpo. É só isso. E é suficiente.

O amor, segundo Buenos Aires

Terraço de edifício desocupado

Esquina das ruas México e Perú, San Telmo

Eu já sinto falta dele, mas todo o movimento em torno da celebração de um grande amor, o de Eduardo e Daniel, faz-me esquecer por alguns instantes que, em breve, ficarei mais só. Hugo decidiu me deixar. Acompanhar os preparativos do casamento me dá alegria. Parece noite de Ano-Novo, quando todos correm para dar um abraço em quem realmente importa antes de partir para outra festa ou estourar uma garrafa de champanhe no meio da rua. Hugo gosta de chamar seu grupo de amigos de seu "hospício particular". Hoje, os membros dessa pequena casa de loucos festejam Edu e Dani. Não é todo dia que, olhando de longe, encontro pessoas das quais me orgulho. Uma seleta trupe, formada ao acaso, disposta a dar o melhor de si pelo outro. Um grupo generoso e ciente de seus inúmeros defeitos, mas também aberto a acolher mais um membro, independentemente de religião, raça, classe social ou orientação sexual. Sem prejulgamentos ou filtros mesquinhos. É dia de sol, faço o que posso para ajudar, enviando uma brisa de alento aos que acreditam, pelo menos hoje, no amor incondicional. A Buenos Aires que tudo vê, que tudo sente, ainda se emociona com um tango bem executado e se delicia com o aroma das empanadas assadas no ponto exato. E tem como passatempo preferido observar as demonstrações de afeto que, apesar de tudo, persistem, escondidas em ruas estreitas, edifícios pichados, praças desesperadas por manutenção e vagões de metrô lotados.

Antes de sair de casa, Carol certifica-se de que a roupa de Victor — um miniterno azul-claro, com camisa fru-fru e gravata-borboleta, combinando com um tênis All-Star amarelo — está bem passada. Pendura o traje do lado de fora do guarda-roupa para que Martín não se esqueça de vesti-lo no menino. Ele entrará com as alianças e jogará pétalas de rosa sobre as quais os noivos caminharão. Muito articulado para seus dois anos e meio, Victor assegura à mãe que não vai perder os anéis a caminho do altar. O garoto diz ainda que pode ficar de olho em Manuel, o irmão mais novo, um bebê calmo e roliço que acaba de completar sete meses. Victor percebe, com seus olhos enormes e atentos, a ansiedade de Carol. Uma mudança está por vir. Pela primeira vez em mais de um ano, desde que deixou a companhia aérea, está incumbida de uma atividade que não envolve fraldas, mamadeiras ou giz de cera.

Carol usaria todo o seu treinamento de comissária de bordo para garantir que a festa tivesse padrão de primeira classe. Daniel trabalha em um bom restaurante, sabe muito bem o que fazer, mas, hoje, não pode receber os convidados nem se certificar de que estejam satisfeitos. Para Carol, que já serviu duzentos copos de refrigerante em vinte minutos em meio à turbulência e já manteve crianças rumo à Disney sob controle, dar conta de oitenta ou noventa pessoas parece fácil. Antes que ela saia, Victor caminha, com seus passinhos miúdos, e escala a cama onde Martín dorme, com sono pesado. Aninha-se junto ao pai. Então Manuel começa a chorar. Martín levanta a mão, quase sem abrir os olhos, sinalizando que é para colocar o bebê junto dele. Ela pousa o filho na cama, e ele sossega em segundos. Ficam ali, os três, quietinhos. Martín é uma espécie de encantador de crianças. Perto dele, elas se acalmam. Carol fecha a porta com cuidado. Gostaria de ter, por um só dia, os poderes do marido com os guris. E que o sentimento maternal de que tanto ouve falar viesse de maneira mais orgânica, sem esforço, para ela.

Para quem não a conhece direito, Charlotte pode parecer apenas uma velha espalhafatosa e doida para chamar a atenção, uma figura exótica. Acho, porém, que ela também tem um lado um tanto triste e exasperante. Talvez seja o excesso de maquiagem e o cachorro gigante sempre a tiracolo que lhe deem esse aspecto de palhaço trágico. Preciso admitir, no entanto, que ela costuma ter ideias divertidas. Acordou com suas dores nas juntas. Mesmo aos noventa e dois anos — jamais confessados ao namorado, mais de dez anos mais jovem —, decide ignorá-las para dar sua contribuição à festa de Eduardo e Daniel. Ela, mais do que todos, não entende essa separação de homo e hétero. Em sua época, todas essas linhas divisórias tão caretas inexistiam entre artistas. Já namorara gays, e alguns de seus melhores amantes haviam dormido com homens a vida toda.

Depois do café da manhã com Pedro, ela toma três comprimidos para disfarçar a dor. Pensa em dopar-se, temperar os remédios com vinho rosé logo cedo, mas a tarefa do dia é importante. Decide que ficará doidona à noite. Havia encomendado cinco centenas de docinhos para serem servidos com cafezinho no fim da festa. A doceira fica para os lados do Caminito, numa casinha marrom desbotada. É a padaria mais apertada de Buenos Aires, mas usa ingredientes de qualidade. A dona, tão velha quanto ela, confeccionara, em forminhas em formato de pênis e saco, delícias de chocolate. Arrumara a encomenda, como sempre, em caixas pretas brilhantes que pareciam abrigar camisas de marcas famosas, e não doces protegidos por papel-manteiga. Charlotte recusa-se a usar os óculos para conferir a encomenda. Diz a Pedro que está tranquila, pois o estabelecimento é de confiança. É sábado, o trânsito está mais calmo que de costume. O táxi que carrega Charlotte e Pedro de volta para casa desliza rapidamente sobre minhas ruas, massageia minha derme com seus pneus carecas. Os dois sentem-se orgulhosos por terem cumprido uma tarefa, por se mostrarem úteis. Uma pequena maratona na idade de ambos, ri Charlotte, deixando claro que não é nem um ano mais velha que Pedro.

Quando voltam de sua aventura no Caminito, já é quase uma da tarde. Charlotte mal consegue disfarçar seu desconforto. Inventa uma história e diz que tiraria uma enorme quantidade de roupas de armários e baús para experimentar combinações variadas — não tinha mais tantas oportunidades de se arrumar e queria estar perfeita.

— Fique com Napoleão esta tarde. Não quero o cachorro farejando meus paetês. Uma mulher precisa de tempo, a maquiagem levará horas para ficar pronta — avisa com gestos teatrais.

Como faz com frequência, Charlotte está outra vez encenando. Ela não aguenta ficar nem mais um minuto em pé e precisa dormir. Uma taça de vinho seria suficiente para apagá-la por algumas horas, até umas quatro. A roupa do casamento, de um brilho dourado envelhecido da cabeça aos pés, está separada há dias. Gente de teatro é treinada para arrumar o cabelo e se maquiar rapidamente, mas Pedro não sabe disso. Ela usará isso a seu favor. Agora, precisa de silêncio, anseia recolher-se. Deixa os minipênis sob a tutela de seu *liason*.

Pedro vai para seu apartamento e leva Napoleão consigo. Sem nada para fazer, resolve experimentar um chocolatezinho. Está gostoso, permite-se testar mais um. Examina o doce com cuidado, contra a luz, e vê algo errado. O pintinho mais parece um pequeno enfeite de Natal: duas folhinhas meio disformes e uma bolinha. Não que isso possa se tornar um problema: mais tarde, aos que se mostrassem confusos com o formato do mimo de cacau, ele e

285

Charlotte não se furtariam a esclarecer a real intenção. E cairiam na gargalhada, bêbados, toda vez que dissessem a palavra "pintinhos". Beberiam tanto que nem sequer conseguiriam andar em linha reta. Estavam fartos de serem questionados sobre os exames de diabetes e triglicerídeos. Seriam jovens por uma noite e arcariam com as consequências, proporia Charlotte ao chegarem ao edifício onde seria celebrado o casamento. Pedro preocupava-se com a mania da companheira de cometer pequenas loucuras — ele bem sabia que ela era mais velha que ele —, mas terminara cedendo. Eles sobreviveriam àquela noite sem que ele ficasse viúvo, seu maior medo atual. Quem sabe a festa seria memorável o suficiente até para merecer uma foto na galeria de memórias do apartamento de Charlotte, que andava precisando de atualização.

Martín estava encarregado de cuidar da música. Após acordar e arrumar os filhos, movimenta-se pela rua Florida para comprar alguns LPs de última hora, atraindo olhares de gente cansada que admira o homem que consegue equilibrar um bebê no colo, carregar uma caixa cheia de discos antigos no outro braço e ainda convencer, sem nenhum esforço, um menino de terno e gravata a jamais deixar de se agarrar às suas calças. Eu os acompanho, e sei que Martín realmente tem o poder de entender as crianças. Parece adivinhar, no dia correto, o que elas querem. Sugere, conforme o caso, uma visita ao zoológico, uma ida ao circo ou a compra de um balão em forma de animal. Martín se acha melhor pai do que marido. Sente que deveria fazer mais pela esposa, a quem poderia dizer que ama aquelas mãozinhas de gueixa mais do que tudo na vida. Em casa, no entanto, os dois se trombam o tempo todo, sem realmente se encontrar. Dividem tarefas e tornam o dia mais eficiente, mas não partilham quase nada. Enquanto ela prepara o jantar, ele dá banho nos meninos. Ela junta os brinquedos, e ele lê uma história para Victor. Um leva o lixo para fora, e o outro passeia com o cão.

Tem muita coisa que ele gostaria de dizer e não consegue. Para se expressar, o executivo de finanças começou a escrever as mais tristes canções que alguém já compôs. Foi uma forma de dizer a Carol o que se passava na cabeça dele. Sempre quis que ela soubesse o que ele sente. Como não sabe cantar, fez amizade com uma cantora de cabaré, Tatiana, que passou a ser a sua voz para o mundo. Em bares de segunda linha, ela volta e meia consegue encaixar uma canção de Martín na lista de sucessos do rádio que é obrigada a repetir noite após noite para agradar os boêmios solitários, entorpecidos por uísque de segunda. Tatiana usa sempre o mesmo vestido preto e uma flor vermelha no cabelo ao se apresentar. Cantará duas músicas esta noite. A presença da cantora no casamento não parece incomodar Carol. No fundo, Martín gostaria que a esposa esboçasse alguma reação. Entretanto, ela está ocupada demais para ter ciúme. Só chega perto do marido para reforçar que precisa que ele cuide dos filhos. O passeio pela rua Florida com o pai e o vaivém dos preparativos da festa parecem ter exaurido os meninos. Ele põe "Somewhere over the rainbow", de *O mágico de Oz*, o filme favorito de Victor, para tocar. Apesar de ainda ser dia claro, as crianças adormecem sobre um colchonete, olhando para o céu, no terraço que Hugo escolheu para o grande dia de seus melhores amigos.

Os demais preparativos para a festa haviam ficado a cargo de Hugo, como se o casamento fosse, de certa forma, dele. Talvez a razão de tanto empenho resida também no fato de que a celebração servirá como uma espécie de despedida para ele. Nos separaremos pela primeira vez em quase seis anos, provavelmente por um longo período. Nervoso com o "grande dia", Hugo chega e vai logo conversar com

Martín para certificar-se de que ele não tocará músicas tristes. Na última festa de Ano-Novo, insistira em percussões esquisitas que deixaram os convidados em clima lúgubre. Acabou substituído por um iPod cheio de músicas pop. Martín, que recentemente se autoproclamou DJ, costuma esquecer que o som de uma festa deve agradar os convidados, e não apenas ele. Dessa vez, Martín lhe assegurou que não lançaria mão de bandas indies das quais ninguém ouviu falar. Ao mesmo tempo, todos sabem que não adianta pedir que toque discos mais recentes, pois, na visão de Martín, as melhores composições do mundo foram produzidas antes de 1994. Para ele, a música morrera junto com Kurt Cobain. O marido de Carol tem, no entanto, uma vantagem inegável sobre os outros DJs: seu serviço é gratuito. Como ficaria ofendido se não fosse o escolhido, acabou sendo a contratação óbvia. Hugo decide pensar positivo: Martín parece ter captado as repetidas recomendações. Por sorte, os noivos também só gostam de velhas canções.

— Está tudo sob controle. É a mesma lista que te mandei por e-mail. Acho que você deveria se concentrar no seu discurso — diz Martín, tentando se livrar do patrulhamento.

— Vou improvisar — responde Hugo.

— Tem certeza?

Carol se aproxima, e Hugo pergunta se tudo está saindo conforme o programado. Ela diz que sim, que há algumas nuvens, mas que o sol continua brilhando. Acha que vai ser um fim de tarde bonito. Carol não tem como saber, mas resolvi que o clima vai colaborar. A frente fria que se aproximava foi bloqueada por uma massa de ar quente. Só choverá amanhã de manhã. Qualquer sinal de chuva poderia causar tensão, então decidi que os pingos cairão sobre mim somente amanhã, logo depois que Hugo partir. Foi arriscado escolher um local aberto para a festa, mas ele queria que todas as quadras, todos os edifícios antigos meio rachados e as árvores centenárias pudessem testemunhar a cerimônia.

Vivendo novamente em San Telmo no último ano, ele vinha se dedicando a coordenar pesquisas para um instituto alemão que auxilia comunidades pesqueiras na Costa Rica e em Honduras. Os chefes até sugeriram que ele se mudasse para São Paulo, onde fica a sede do escritório latino-americano. Ele recusou, dizendo que não poderia largar as aulas. Não era bem verdade. Ultimamente, só ia à universidade uma ou duas vezes por semana. Isso lhe permitia passar momentos preciosos em minha companhia. Explorava novas ruas, cafés e restaurantes, como se estivesse matando as saudades que um dia viria a sentir. Como seu trabalho consistia basicamente em ler relatórios dos pesquisadores de campo e fiscalizar a liberação dos fundos de auxílio econômico, sobrava-lhe espaço na agenda para mim.

Ao percorrer as ruas do Centro Antigo, Hugo notava que, mesmo nos fins de semana, o número de turistas diminuía consideravelmente. Depois do fechamento do hotel Axel, até a comunidade gay de San Telmo parecia um tanto apagada. Em meio ao desânimo generalizado e ao peso cada vez mais desvalorizado, entre edifícios históricos cada vez mais decadentes e obras públicas que nunca eram concluídas, o dono daquele edifício da festa mandara renovar a fachada de sua propriedade. Era o único que parecia não ter sido tomado pela sensação de desalento e que acreditava que as coisas iam melhorar.

A crise me transformara em um verdadeiro oceano de placas de "vende-se" e "aluga-se", e era quase impossível fechar um negócio. O recém-renovado edifício na esquina das ruas México e Perú não tivera melhor sorte. Mesmo com aparência de novo, não conseguira um ocupante. Sem mais nem menos, em uma tarde de terça-feira,

Hugo entrou e perguntou ao segurança se poderia alugar o terraço do prédio por um dia, para uma festa. Falou com a imobiliária responsável e chegou a um valor razoável. Era um espaço pequeno, mas suficiente para acomodar um grupo seleto de amigos. A vista não era perfeita, pois só dava para ver os monumentos históricos parcialmente, mas eu, a cidade, faria, de certo modo, parte da celebração. E o local era conveniente. Daria para os noivos chegarem de metrô se quisessem. E, de repente, a festa não tinha apenas data. Também possuía local.

O pastor Sérgio, que na semana anterior fizera a celebração religiosa, seria mero convidado. Como sacerdote eleito da festa, Hugo decidira que essa cerimônia abrigaria diversos credos. Encomendara de uma amiga que está morando na Bahia umas fitas do Senhor do Bonfim e separara pequenos colares de Iemanjá para Dani e Edu usarem sobre as camisas brancas sem gola, combinando com calças cáqui (Edu amarrara o lenço vermelho do pai ao redor do pulso). No altar, haveria também uma Bíblia aberta no Salmo 91, o favorito de Dani. Buda assistiria à cerimônia rodeado de pequenas oferendas. Para agradar a mãe de Edu, haveria o ritual da quebra do copo depois da bênção final, conforme manda a tradição judaica. Como todo mundo que se preze crê em Elvis, a música da troca das alianças seria "Can't help falling in love".

Os convidados chegam, Victor está com tudo pronto para entrar com as alianças. Martín e Carol, tendo dado conta de suas tarefas, sentam-se de mãos dadas, com o pequeno Manuel, que ainda dorme, no colo. Pedro e Charlotte tomam fôlego para, mais tarde, voltarem à juventude. Hugo vê que se aproxima a hora, mas, apavorado com a possibilidade de que as ideias não lhe ocorram durante o discurso, arrepende-se de ter optado pelo improviso. Identifica-se com os padres e padece de suas dificuldades. Desde criança, sempre achara as missas intermináveis. Agora entende como deve ser quase impossível dizer palavras sábias em quantidade suficiente para agradar todo mundo. Em meio a tantos detalhes, sente falta de duas peças-chave: os noivos. Um dos garçons avisa que os viu no andar térreo. Hugo vai procurá-los.

Dani ainda não está pronto para começar, mesmo com a cerimônia um pouco atrasada. Não é dúvida de última hora. Está com o olhar perdido, em pé, na calçada em frente ao prédio, bem abaixo da enorme placa de "aluga-se" que decora a fachada. Estica a cabeça toda vez que um táxi se aproxima. Edu, ao lado dele, não sabe muito como ajudar. Sugere um telefonema para Ivan, mas Daniel recusa a oferta. Cada vez menos carros param, e todo mundo já está à espera deles. Hugo então propõe que os três se sentem ali e esperem mais quinze minutos. Afinal, a tradição sugere que os noivos entrem depois do horário marcado. Que a solenidade comece exatamente meia hora após o previsto. Ficam ali no meio-fio, esperando um convidado que nunca chegará. Nenhum dos três tem como saber que Ivan jamais percorreu minhas vias, com seu carro antigo e robusto, para celebrar o dia do irmão. Avistei longe, bem longe das minhas fronteiras, e não percebi nenhum sinal de que a viagem desde os pampas sequer tivesse sido iniciada.

A tentativa de aproximação não fora suficiente para que Ivan estendesse a mão de volta completamente a Daniel. As ligações dos meses anteriores e o convite enviado pelo correio não se converteriam na presença do irmão aqui hoje.

Os quinze minutos passam devagar, as pessoas circulam apressadas, um cachorro de rua abana o rabo para eles, alguns táxis passam com as luzes apagadas, mas não param. O tempo acaba. Observo que Edu e Dani dão as mãos.

291

— Família é complicado mesmo — diz Hugo, tentando amenizar a situação.

— Eu tenho minha família — responde Dani, apertando a mão de Edu mais forte e com os olhos grudados nele. — Bem aqui.

Os três voltam ao terraço em silêncio. As lâmpadas amareladas dos postes antigos de San Telmo automaticamente se acendem. Um lento anoitecer cor-de-rosa é o meu presente para a celebração. Hugo sente a garganta seca, quer que as palavras lhe venham à boca na sucessão correta. Posiciona-se no lugar do sacerdote, bem no fim do corredor por onde, em seguida, os noivos caminham em sua direção. Dos dois lados, fileiras de cadeiras com oitenta e um convidados. Todo mundo que é importante para o casal está presente. Carol, Martín, Charlotte e Pedro sentam-se na primeira fileira. Chega a hora. Hugo fecha os olhos por um segundo e começa a falar:

— Quando estava no táxi, vindo para cá, de repente, pensei em uma coisa. E isso não me saiu mais da cabeça. Acho que, antes de Eduardo, nunca tinha tido a sensação de ter um melhor amigo. Eu tive bons amigos, amigos de quem gostava muito, mas me faltava o melhor amigo. Aquele para quem você pensa em contar o que aconteceu no seu dia antes de todo mundo, e só existe um desses para cada pessoa, é como um outro tipo de alma gêmea. E você é o meu melhor amigo, Edu, não tenho a menor dúvida disso. Você me transformou até em padre por um dia. Agradeço pelo privilégio de ter você em minha vida. E acho que todo mundo aqui agradece ao Daniel por te amar do jeito que você merece. O meu único medo era que você, Edu, nunca encontrasse alguém à altura da sua generosidade comigo e com todos. Agora, não penso mais nisso. Você sabe, querido Dani, que faz parte da família, e, neste momento, tenho o prazer de anunciar esta união nesta festa linda, cheia de gente que não tem medo de amar e a cada dia aprende a dar mais do que recebe. Os convidados são nossas testemunhas, Buenos Aires é nossa testemunha. Estamos aqui para comemorar e anunciar ao mundo o que já sabemos: meu melhor amigo encontrou o melhor homem.

Emociona-se, para um pouco. Olha para Dani e prossegue:

— E eu tenho pena de qualquer um que não consiga ver isso. Porque tenho certeza de que a perda é deles. Talvez, um dia, abram os olhos e vejam as coisas de maneira diferente. E nunca vai ser tarde demais, sempre estaremos com as portas e os corações abertos.

Os dois sorriem. A plateia sorri. Hugo respira, aliviado. O pequeno Victor se mostra ansioso para andar pelo corredor em direção ao altar, carregando as alianças em uma almofadinha bordada por Charlotte com motivos meio ripongos.

— Segura o menino mais um pouco, Martín — diz Hugo.

Então pede que todos se levantem. E continua:

— Como autoridade nesta cerimônia, sou obrigado a dizer que, tendo quase visto Deus de perto recentemente, não posso pensar em nenhum deus, de nenhuma religião, que não abençoe esta união de maneira completa e irrestrita. Porque nunca conheci duas pessoas tão em sintonia, tão unidas, tão comprometidas quanto vocês. E se isso não é digno de bênção, não sei o que será. Pelo poder investido em mim como melhor amigo do noivo — e admirador incondicional do outro noivo —, eu vos declaro casados. Em nome de Deus, reitero o que já disse o pastor Sérgio e vos declaro casados.

Victor vem em direção ao altar, quase cambaleando, um passo depois do outro, olhando os pés. Tatiana, cantando Elvis, faz um belo trabalho — um pequeno filme de amor com trilha sonora à altura. Hugo beija Daniel na testa e embrulha um copo em um guardanapo para Edu pisar. O copo é quebrado, ouvem-se vivas. Os noivos se beijam. É também o sinal para que Carol dê ordens e faça bandejas com taças e aperitivos começarem a circular. Inteiramente no controle da situação, olha o marido, que entende que é hora de assumir a posição de DJ.

Hugo gostaria que Mar estivesse presente. Inspirou-se nela para resolver a questão do álbum de fotografias da festa. As máquinas Polaroid tradicionais são difíceis de achar e muito caras, mas descobriu que uma nova versão havia sido lançada. Achou que conseguiria quase o mesmo efeito com ela. Comprou quatro, de cores diferentes, e espalhou-as mais cedo pelos cantos do terraço. Assim, todos poderiam registrar o que quisessem, com quem quisessem. Quanto mais embriagados os convidados, melhores as imagens.

No momento em que o recém-graduado sacerdote toma a primeira taça de champanhe, com a gravata já mais folgada e o último botão da camisa desabotoado, Carol o surpreende com o flash que sai de uma câmera cor-de-rosa. A foto fica pronta na hora, e ela sacode o papel-filme com rapidez para que a imagem apareça de uma vez. Decreta que gosta do que vê e diz que ele deve guardar a foto para si. Hugo concorda, primeiro porque se sente bem, animado, como se o futuro reservasse algo bom, e segundo porque há muito tempo não permitia que registrassem seu estado. Pensa que está bem, corado, com um aspecto saudável. Põe a foto no bolso do paletó.

— Bela cerimônia — diz o pastor Sérgio, aproximando-se e segurando um copo de vinho tinto. — Eu mesmo não faria melhor.

— Sangue de Cristo? — provoca Hugo.

— Não, apenas boas uvas argentinas.

Então Edu chega e abraça Hugo sem falar nada. Os dois ficarão um longo período sem se ver. Hugo vai nos abandonar, verá mais do mundo. Dani já escolheu o nome de seu restaurante: La Tradición. Agora tudo o que quer é buscar um imóvel e convencer Carol a ser sua sócia. Ela mal consegue disfarçar a euforia com a possibilidade de voltar a trabalhar, coordenando o atendimento no salão para que Dani possa se dedicar apenas à cozinha. Para economizar, os noivos decidiram adiar a lua de mel. Só Hugo partirá no dia seguinte ao da cerimônia. Sublocou o apartamento, pediu licença da universidade e se demitiu do instituto alemão. Não tem intenção de cumprir somente um ano sabático, quer estar realmente livre, sem planos, aberto à vida.

No meio daquele abraço de Edu, Hugo imaginou-se caminhando pelos templos da Tailândia e do Camboja. Quer ir tão longe quanto puder e voltar apenas quando sentir ser a hora certa. Ficará um mês ou um ano, fará pequenos trabalhos, venderá artesanatos, dormirá em beliches de pensões baratinhas. Sente um nó na garganta por abandonar um grande amor — e não estou falando de Leonor ou de Mar, mas sim de mim, a cidade. A mochila está pronta, as passagens compradas, ele até aceitou dinheiro de Marta, que se mostrara muito mais favorável à ideia de ver o filho explorar terras estrangeiras do que Pedro. Experimentará viver sem endereço fixo. Amanhã, ele atravessará o portão internacional de Ezeiza com as mãos trêmulas, aquele misto de medo e excitação que só os verdadeiros viajantes conhecem. Ainda abrigado em Edu, Hugo se pergunta se colocou os guias de viagem na mochila, se os cartões de embarque — que são tantos — estão organizados, se não se esqueceu de alguma coisa. Então, acordes diferentes tomam conta do ambiente, parece uma música dos Rolling Stones. Uma guitarra estridente ligada a uma caixa de som enorme. A surpresa que Hugo preparou chegou. Carol soube esperar o momento perfeito para a revelação. Edu solta Hugo, olha para trás e não pode acreditar no que vê. É Walter Moore, o cantor da estação de metrô, na sua festa de casamento.

— Eu estava passando pelo metrô e me perguntei: por que não? — conta Hugo.

— Você não precisava fazer isso.

— O bom é que você tem gostos baratos. Vai lá se divertir.

Eduardo agradece, Hugo não diz nada, sente que é ele quem deveria agradecer. Antes de correr para ouvir com atenção seu cantor favorito, quase sempre ignorado pelas multidões do transporte coletivo, Edu diz baixinho para o amigo:

— Te amo.

Carol, Martín e as crianças se aproximam. E Dani aproveita para lembrar que agora a grande incógnita é se Hugo vai visitar a garota da Polaroid. Parece um complô, como se sua vida amorosa fosse uma história que necessitasse de um desfecho. Ele não sabe se pode atender a tanta expectativa, embora admita que Mar abrira uma porta que parecia fechada para sempre. Alguém propõe fazer uma fotografia do grupo e enviá-la por mensagem para a Colômbia. Hugo agradece a ideia, porém prefere guardar a foto tirada por Carol. É melhor esperar. Mar é diferente, e ele entende que uma imagem instantânea não vai colocá-la aqui, vivenciando este momento. A foto pelo correio também não vai retratar a festa, mas se tornará uma única imagem — original, e não uma escolha aleatória dentro de uma série sem fim de cliques —, separada especialmente para ela. É antiquado, mas Hugo pensa assim. E quem sabe um dia ele não dê as caras em Barranquilla e lhe faça uma surpresa? Tudo lhe passa pela cabeça enquanto bebe champanhe.

Após a apresentação de Walter Moore, Martín reassume o comando do sistema de som, e as músicas vão ficando mais dançantes. O DJ levanta os braços para animar o público e troca os discos de forma frenética. Anuncia ao microfone que é a hora das quinze melhores músicas para dançar de todos os tempos, segundo seu próprio julgamento. Todas com pelo menos vinte anos de idade. As pessoas largam seus sapatos sob as mesas e correm para o enorme tapete persa de brechó que serve de pista. Martín comprova seu antigo argumento, defendido sempre de maneira apaixonada, de que é possível dançar apenas ao som de música de qualidade. E anuncia que criou um QR-Code para quem quiser fazer contribuições para a grande viagem de Hugo, que vai peregrinar pela América Latina após vencer o câncer. A ideia do DJ da noite é contribuir para a viagem do sacerdote da festa rumo à iluminação. Pouco a pouco, as doações para a aventura internacional de Hugo aumentam e chegam ao equivalente a setecentos dólares.

Todos já estão dançando, quando, de repente, Hugo se afasta em silêncio por um momento. Finalmente parece ter encontrado espaço para me dar atenção. Não importa o que aconteça, de alguma maneira, sobrevivemos, eu e ele, para vivenciar esta noite. Ao longo dos meus anos, que são tantos, uma de minhas maiores dores é saber que viverei além de todos os meus maiores amores. Quando se chega perto da marca de cinco séculos de existência, dá tempo de criar muitas conexões especiais. No meu caso, aprendi a aceitar meu destino de observar a jornada, do início ao fim, daqueles que mais me apreciam. E a lidar com o fato de que eles se vão em alguma hora, e eu permaneço. Pego-me perguntando se Hugo deseja que cuidem bem de mim durante sua ausência. Tudo isso parece significativo e irrelevante. O vital, agora, é que compartilhamos este momento e temos afeto um pelo outro.

Hugo olha para mim. Ao se virar para trás, vê, pulando de maneira desordenada, as pessoas mais importantes de sua vida. Todas elas, de alguma forma, são seus pais e mães, irmãos e irmãs, confidentes e enfermeiros, advogados de defesa e animadores de torcida. Cinco anos, nove meses e vinte e um dias de Buenos Aires. Ele agradece por não haver sinal de chuva no horizonte. O dia de Edu e Dani é um sucesso absoluto, assim como será o futuro deles. Faço o que posso para manter Hugo um pouco mais comigo, então brinco com as cores do céu — uma rara mistura de azul e rosa, cinza e tons de amarelo. Preciso seduzi-lo por mais um segundo para que, como dizia uma antiga canção, ele veja pirâmides e monumentos, maravilhas do mundo e templos, grandes museus e cânions, mares muito azuis e as montanhas mais verdes, mas saiba, não importa o tamanho do mundo lá fora, que pertence a mim.

Agora as pessoas pulam ao som de uma música antiga do Earth, Wind & Fire e gritam repetidamente o nome de Hugo para que ele se junte a eles. Chocam-se uns contra os outros, como nos shows de metal dos anos 1980. Mas ele precisa de mais um momento para recuperar o ar diante de tanta beleza, pois enxerga muita coisa para apreciar nessa vista poluída por torres de celular, fachadas descascadas e um emaranhado desordenado de antenas de tevê. Não sente necessidade de cúmplices. A música muda completamente, agora é lenta. Parece adequado. Vejo Martín estender a mão a Carol e convidá-la para dançar a dois. Ela aceita, com suas mãos e olhos pequeninos. Tudo está no lugar, pelo menos neste instante: Dani e Edu, Charlotte e Pedro, Martín e Carol.

Hugo pega a foto que estava em seu bolso e a observa pelo que me parece ser um bom tempo. Algo está diferente, e demoro a perceber o que é. É um segredo bom que talvez Mar seja capaz de decifrar ao receber a imagem. Os olhos de Hugo não parecem mais tão tristes, pelo menos não os mais tristes do mundo. Sente-se em paz. Depois de tantas noites acordado pensando no futuro, agora está tranquilo. Não quer pensar se sua vida pode acabar logo, não quer analisar tanto as coisas. A viagem, lá no fundo, é uma maneira de se desligar do tempo, parar de contá-lo. E seguir adiante. Os gritos repetidos — Hugo! Hugo! Hugo! — continuam a ecoar em seu ouvido. Ele levanta o dedo e pede:

— Esperem mais um minuto só, por favor.

Concentra-se mais uma vez em mim e, como sempre, me aceita e me entende. Estátuas cuidadosamente esculpidas séculos atrás misturadas a ligações clandestinas de energia. Fachadas imponentes e janelas com vidraças quebradas. Lá embaixo, na rua, passa um homem de terno e gravata. Do outro lado, uma prostituta de meia-idade cansada tenta seduzir potenciais clientes. A noite oferece lindas cores e surpresas, mas quase ninguém se dá conta. Só quem ama dá atenção aos pequenos detalhes, encontra valor e significado no outro. Reduzo um pouco mais a luminosidade, e Carol se lembra de acender as pequenas luzes brancas, daquelas que a gente só usa no Natal, para fazer do terraço um grande ponto iluminado de meu corpo. A festa está só começando. De repente, tenho a sensação de que ficaremos bem, Hugo e eu. Somos, os dois, sobreviventes.

Então ele observa o horizonte e respira fundo. Vejo as lágrimas brotando em seu rosto. Simplesmente olho-o. Na hora mais escura da noite, estamos os dois perdidos em um pequeno feixe de tempo. Um resquício de caótica perfeição que só nós somos capazes de perceber. Pode ser verdade ou apenas imaginação minha, mas acho que o escuto dizer algo baixinho, somente para mim.

— Você está linda esta noite.

Anouk, segundo Hugo

Mercado de Carruajes

Avenida Leandro N. Alem, 852

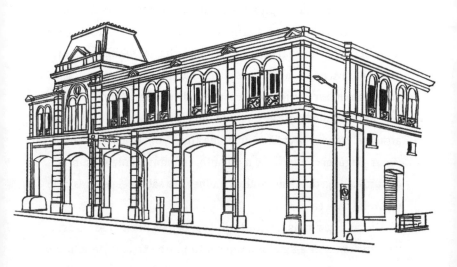

A primeira vez que a vi foi na saída do imponente prédio da Polícia Federal. Quase nos chocamos, ela saindo apressada da repartição, enquanto eu fazia mais uma longa caminhada pela cidade. A única coisa que tive tempo de registrar foi uma tatuagem, bem no centro de sua laringe, em que se lia uma palavra em inglês: TRUST. O encontro casual não durou mais do que alguns segundos, mas foi o bastante para aquela cena ficar martelando na minha cabeça: por que essa palavra — confiança, ou talvez seu imperativo, confie — e por que justamente inscrevê-la em uma região tão frágil? A sensação de uma agulha se aproximando de seu pescoço para desenhar aquelas letras diminutas, a princípio, deu-me calafrios. Mas logo a ideia deixou de me parecer tão estapafúrdia. Na verdade, quanto mais pensava na situação, mais ela me parecia sexy. Total rendição, vulnerabilidade completa, a coragem de confiar. Ainda que não conseguisse me lembrar do rosto dela, tinha certeza de que era atraente, como uma atriz de um filme antigo, uma musa da *nouvelle vague*. Segurei comigo esse momento, enquanto tentava montar o quebra-cabeça do rosto daquela mulher, e o saboreei pelo resto do caminho para casa.

Os cada vez mais longos trajetos a pé por Buenos Aires estavam intimamente ligados a um sentimento extremo de solidão.

Desde que voltara à Argentina, sentia que algo não se encaixava. De repente, todos os meus amigos estavam casados. Já eu falhara em criar uma conexão real — tentava me agarrar a momentos que haviam passado, remoía memórias, buscava consolo e significado em situações que, para os demais envolvidos, já tinham se esvaído da memória. Rejeitei Leonor, e ela voltou para o Brasil. Disse não a Carolina, e ela encontrou Martín. Eduardo e Daniel estavam casados e passavam metade do tempo envolvidos em uma briga de herança por uma fazenda no fim do mundo; no resto do tempo, debatiam sobre ter filhos. Até meu pai precisava dar atenção a Charlotte, a quem ele parecia sufocar cada vez mais, ainda que tentasse evitar a proximidade exagerada. Testemunhar meu pai falhar em respeitar o espaço de sua namorada, implorando atenção e reciprocidade, mostrava que talvez o gene do amor incondicional não estivesse no DNA da nossa família. É impossível para os Guedes dar sem esperar nada em troca.

O que me leva ao caso Mar. Mais um grande fracasso na lista de meus devaneios amorosos. Uma história inventada e ainda mais insana do que a que criei para seguir, anos atrás, Leonor até Buenos Aires. Mar havia deixado endereço e telefone. Por alguma razão, acreditei nisso como um convite perpétuo e considerei uma excelente ideia aparecer em Barranquilla sem ao menos um telefonema prévio, mesmo depois de tantos meses sem contato real e apesar de tudo o que havia entre nós se resumir a uma noite. Quando decidi ligar, avisando que estava em um hotel na cidade, era tarde demais. A oferta de encontrá-la tão logo quanto possível foi sendo adiada por diferentes desculpas, como uma viagem a Medellín e os mais diferentes tipos de compromissos, até que, uma semana depois, ela finalmente concordou em aparecer em meu hotel. Tomamos um café no lobby, talvez por uns quinze ou vinte minutos, em que ela contou sua vida em linhas gerais, demonstrando sua genuína surpresa com minha presença. Ela havia começado a trabalhar no negócio da família, tinha voltado com o ex-namorado, dormia novamente no quarto de sua infância e adolescência. Ao chegar em casa, Mar percebeu que tinha saudades de tudo o que abandonara. A segurança de estar em sua própria terra, sob a proteção dos seus, não despertava mais repulsa. Transformara-se em fonte inesgotável de conforto.

— Agora, eu estou pronta para minha vida começar de verdade — disse-me com segurança. Senti ciúme não de seu novo namorado, mas dessa certeza de se saber o que quer.

Durante o restante da minha viagem pela América Latina, que acabou sendo encurtada em mais de um mês, eu me senti como um fantasma que vaga por diferentes cenários, mas não consegue fazer parte da própria história. Esperava que voltar a Buenos Aires magicamente mudasse essa situação, como se a cidade fosse capaz de me acolher e de apaziguar essa necessidade de implorar por afeto nos lugares mais improváveis, de inventar certezas e criar narrativas épicas de paixão. Se Leonor e Mar não tivessem passado pela minha vida, certamente inventaria outras versões dessas histórias com outras mulheres. Sabendo dessa realidade, tudo o que eu podia fazer era vagar pela cidade, em uma estranha tentativa de preencher parte desse vazio.

Ao me manter em movimento, alimento aquela pequena parte de mim que espera encontrar o amor de verdade na próxima esquina. E foi passando pela Recoleta, depois da minha vigésima visita ao Museu de Belas Artes para encarar mais uma vez um quadro que retrata uma tempestade, pelo qual eu desenvolvera uma inexplicável atração, que eu a encontrei novamente. Desta vez, não pude ver a tatuagem — ela tinha um lenço enrolado no pescoço –, mas soube que era ela. Camiseta da Debbie Harry, óculos de sol dos anos 1960, um corpo esguio e cabelos escuros na altura dos ombros. Essa mulher passou por mim, e eu pensei em segui-la, como Jean-Paul Belmondo perseguiu Jean Seberg em *Acossado*. Acabei desistindo: perseguir uma desconhecida pelas ruas da cidade já pode ter sido visto como gesto meio romântico, mas hoje é só meio assustador. Então acompanhei-a com os olhos até que dobrasse a esquina e deixasse meu campo de visão. O encontro não teve um desfecho específico, mas melhorou meu humor e mostrou que, no fim das contas, estar em Buenos Aires ajudava a me sentir pelo menos um pouco melhor. Podia estar fazendo as coisas erradas, repetindo antigos erros, mas pelo menos estava no lugar certo.

E a cidade, claro, ainda me reservaria uma chance com a nova mulher dos meus sonhos. Diante do envolvimento de Daniel e Eduardo com o projeto de abrir um hotel na Colônia 25 de Mayo — uma ideia que me parecia estapafúrdia, já que aquela cidade não parecia oferecer muitos atrativos turísticos –, vi-me, mais uma vez, sozinho em Buenos Aires. Era início de dezembro e, como sempre acontece nessa época do ano, fazia um calor infernal. Era impossível ficar em casa. A essa altura, por sorte, já havia criado confiança suficiente para frequentar restaurantes sozinho. Fui até o Mercado de Carruajes, no Centro, com o intuito de beber até ficar com vontade de fazer uma nova longa caminhada, conversando com as medianeras dos edifícios e com as imagens em bronze dos pontos turísticos. Mas ali estava ela novamente. Sentada no mesmo bar, do lado oposto, era impossível que não me visse. Então retirei os óculos e a encarei. Sorri, esperando uma reação. Tamborilei os dedos na mesa, buscando uma forma de sair da situação em que havia me colocado. Nada aconteceu. Resisti à tentação de desviar o olhar. Desta vez, não iria retroceder. Ganhei o jogo do silêncio: a mulher dos meus sonhos riu, agarrou a carteira de cigarro, deu a volta e sentou-se ao meu lado. Não sabia o que fazer com meus braços, meu peito batia forte, e minhas pernas formigavam. Tentava achar algo para dizer quando ela quebrou o silêncio. Decidi colocar os óculos de volta, em busca de uma rede de proteção.

— A gente tem que parar de se encontrar em todo lugar — disse ela. — Meu nome é Anouk. E o seu?

— Hugo — respondi ainda sem me recuperar completamente do baque de estar ao seu lado e de que ela fosse de carne e osso.

— Posso ver que você não é daqui, Hugo. Eu também não sou — continuou ela.

— E alguém é de algum lugar? — Não sei por que falei isso.

Anouk me olhou de cima a baixo.

— Um existencialista? *Mon Dieu*. Não me diga que você é clinicamente deprimido também. Eu saí da França porque lá todos os homens parecem estar eternamente presos em uma masturbação existencial.

— Eu não acho que seja caso clínico. O que eu quero dizer é que ninguém pertence ao lugar de onde veio. Tanto é assim que você e eu estamos aqui agora. E, pelo menos neste momento, eu estou bem feliz de estar onde estou.

Ela sorriu. Também parecia estar tentando encontrar a coisa certa para dizer.

— Você se importa se eu fumar um cigarro? — disse, quebrando o silêncio.

— Posso fumar um também? — respondi.

— Você não tem cara de fumante.

— Nunca é tarde para começar. Acho que faz uns quinze anos que não coloco um cigarro na boca, mas o momento me parece adequado. Eu deveria estar celebrando.

— Celebrando o quê?

— Você realmente quer saber?

— Quero.

— Bem... Vamos lá... Eu estou, definitivamente, livre do câncer. Era uma coisa que ficava rondando minha mente. Primeiro, tratamento; depois, remédios caros; exames mais caros ainda; acompanhamentos... e, de repente, limpo e saudável como um atleta. Remissão total, é de enfurecer qualquer um, não estava preparado para isso.

— Preparado para quê?

— Para não estar fugindo de uma ameaça, para não ter uma tarefa a cumprir, não ter um grande objetivo. Não estar lutando pela minha vida. Faz muito tempo que eu não apenas existo... E é difícil somente existir.

— Existencialista — brincou Anouk. — Mas um existencialista com algo a dizer. E eu estou me sentindo um pouco mal em te dar um cigarro.

— Eu acabei de vencer o câncer, acho que posso lidar com um cigarro.

Anouk cedeu e finalmente decidiu me passar o maço. Retirei o cigarro devagar da carteira e reservei alguns momentos para sentir o formato cilíndrico entre os dedos, antecipando o prazer de acendê-lo. Dei-me o direito de ficar em silêncio antes da primeira tragada. A sensação da fumaça ruim tomando conta de meus órgãos preencheu um vazio, causando um misto de cócegas e prazer tomando conta de meu corpo. Inspirei e tentei soltar o gás cinzento pelas narinas, sem abrir a boca. Terminei tossindo um pouco. A garota riu com um tom de aprovação.

— É tão ruim que é bom, certo? — disse ela.

— A sensação de autodestruição pode ser boa, como um recomeço. Eu acabei de me lembrar, não sei por qual razão, de uma história que ouvi quando tinha uns quinze, dezesseis anos. Era uma história sobre esse canto gregoriano, uma canção muito, muito antiga. Um homem narra estar morrendo de fome e frio, mas diz que gosta daquele sentimento de estar no limite, encontra prazer no que podiam ser os últimos fios de vida... É assim que eu me sinto agora.

— Assim como?

— Tomado pelo poder da autodestruição — respondi, olhando para o cigarro e para as cinzas que caem pelo chão.

Em um movimento contínuo, e sem pedir permissão, entreguei meu cartão ao atendente, pedindo mais dois drinques. Precisava mantê-la ali.

— E quem disse que eu quero outro Negroni? — antecipou-se Anouk.

— Estou confiante de que você quer ficar aqui.

— E por que você acha isso?

— Porque você está curiosa, intrigada, confusa, algo assim... E, se fosse pra ir embora, já teria ido.

— Tire os óculos — ordenou ela.

— Por quê? — tentei ganhar tempo.

— Eu quero ver seus olhos.

— Eu odeio o sol.

— Não me importa.

Retirei os óculos lentamente. Usei uma das mãos para me proteger do sol. Com a outra, voltei a tragar. Com os olhos fechados, soltei a fumaça, desta vez pela boca. Lentamente, abri os olhos e os fixei diretamente em Anouk.

— Do que você tem medo? — disparou ela.

— Você quer dizer em geral, ou do que eu mais tenho medo neste momento?

— Em geral. Mas aceito como resposta o que você mais teme agora.

— A sua tatuagem. Eu quero saber tudo sobre ela... Como foi parar aí, o que significa e por que exatamente nesse lugar, justamente sem cartilagens e ossos, onde você pode sentir o pulso e as cordas vocais...

— E o que mais te atrai? O que não sai da sua cabeça? — continuou.

— A sua tatuagem. Eu quero tocá-la, eu quero lambê-la.

— E por que você não faz isso?

— Faz o quê?

— Lambe minha tatuagem.

— Aqui?

— Você está com medo?

O tempo, então, pareceu parar, em um desafio meio adolescente e ao mesmo tempo adulto demais. De repente, a palavra TRUST aparecia para mim em letras néon, como um luminoso criado para me atrair, para que me perdesse e me encontrasse em seu brilho eterno. Um grande sinal me dizendo: CONFIE.

Então Anouk deu o primeiro passo. Segurou os cabelos para trás e, em uma série de gestos que pareceram acontecer em câmera lenta, jogou o pescoço para trás. No meio de todo mundo que circulava naquela tarde de domingo, ofereceu-me o que tem de mais frágil, de mais vulnerável. Para a minha própria surpresa, fui capaz de largar o Negroni em uma das mãos e de dar uma última tragada no cigarro antes de começar minha aproximação. Com a língua, fiz o que nunca julguei ser capaz: de maneira tranquila e ao mesmo tempo determinada, fui desenhando um círculo em cada uma das letras: T-R-U-S-T.

Ao redor do pescoço de Anouk, um grande beijo francês — expressão que me pareceu especialmente adequada nessa ocasião. Tive, então, uma ereção enorme, talvez a maior da minha vida, e me dei conta de que ela, ao menos aparentemente, havia experimentado uma sensação de igual intensidade. Consciente de que não queria que essa proximidade se rompesse, ao iniciar meus movimentos sobre o último "T", fui acometido por uma súbita melancolia. Segurei as lágrimas para que elas não escorressem pelo rosto e arranjei forças para não explodir ali mesmo, no meio daquele mercado cheio, em meio às famílias e aos turistas de domingo à tarde.

— Se eu te convidar para ir ao meu apartamento, você promete entender que eu não estou preparada para um relacionamento, que uma noite é só uma noite, nada mais? — questionou Anouk, mantendo a calma.

— Eu não posso te prometer isso, porque provavelmente eu vou ficar obcecado por você, vou adorar cada contorno da sua carne, seus cheiros, contar seus pelos pubianos e até medir a espessura de seus ossos — devolvi, já meio embriagado.

E então segui adiante:

— A grande dúvida, a grande questão, minha querida, é se você, mesmo sabendo de tudo isso, vai querer me levar contigo.

Um silêncio sepulcral, eterno e confortável, enigmático e revelador, pairava no ar. O vaivém de pessoas, carregando diferentes odores de barraquinhas de sushi, churrasco e pizza, era incapaz de furar a bolha que habitávamos naquele momento. Anouk só sorriu, depois riu alto, reconhecendo que talvez tivesse perdido a cabeça. Ela então se levantou da cadeira e estendeu a mão na minha direção. Senti o tempo parar e depositei nela tudo o que me restava de confiança. Estendi de volta a mão, que ela segurou com uma força que eu não havia antecipado. Saímos flutuando, em silêncio, em meio àquela pequena multidão. De repente, o mundo não existia, era um cenário que se autodestruía à medida que avançávamos. Não trocamos uma só palavra no trajeto de táxi. No elevador antigo do edifício de Anouk, abrimos e fechamos as antigas portas de ferro sanfonadas. Subimos em silêncio, trocando beijos e carícias. Cada movimento era importante, cada gesto precisava ser registrado. Molhei os lábios enquanto ela girava uma chave antiga na fechadura teimosa. Entramos. As lâmpadas do lustre do hall se espalharam em um milhão de pequenos mosaicos por todos os cômodos. Pequenas estrelas e grandes planetas pelas paredes e pelo teto. E então o silêncio.

De manhã, o sol insistia em entrar pelas frestas das cortinas. Nus e à vontade como se nos conhecêssemos há anos, sentimos a intimidade crescer. Desta vez, foi Anouk quem, segurando meus braços contra o colchão, usou a língua para estimular em mim o exato ponto da tatuagem que ela carrega. Entendendo o desafio, propus que ela me levasse ao tatuador naquele momento. Vestimos a roupa tão rápido quanto podíamos e, quando dei por mim, estava deitado na mesma posição lânguida e frágil, esperando que a agulha tocasse meu ponto mais vulnerável. Só faltava uma coisa: qual palavra, afinal, deveria gravar ali?

— O que você está sentindo agora? — provocou Anouk. — Tudo se resume ao que você está sentindo agora, Hugo.

Então, eu soube a resposta. Uma resposta que só poderia vir em português. Pedi que ela saísse da sala antes de escrever a expressão escolhida para o tatuador.

Assim que terminei, Anouk correu para satisfazer sua curiosidade. Leu o que estava escrito.

PRAZER

— O que isso quer dizer? — perguntou.

— Cabe a você decifrar — respondi.

— E como você se sente agora?

Paro por um minuto. É necessário ser claro, dar a resposta certa.

— Sem fôlego.

Maura, segundo Eduardo

Motel ACA

Acesso 25 de Mayo, 25 de Mayo, La Pampa

Não consigo entender por que quis tanto que fizéssemos essa viagem. Daniel sequer demonstrava interesse em brigar por metade da propriedade da família, mas insisti e insisti até que ele concordasse. Não poderíamos deixar que ele fosse tratado como um ser humano de segunda classe, deixar toda a herança para o irmão. Afinal, tinha ajudado a cuidar da propriedade por anos e anos. No entanto, agora que estamos aqui, nesse motel de beira de estrada de paredes brancas rachadas, tudo o que sinto é uma enorme sensação de desconsolo. A estrada que dá acesso à Colônia 25 de Mayo é tão vazia que é possível contar quantos veículos passam por aqui em uma hora. O motel da ACA parece um desses lugares esquecidos no meio do deserto americano. Poderia ter sido usado como cenário em um filme como *Paris, Texas* ou *Bagdad Café* — um terreno infértil e esparso, em um ponto no meio do caminho para lugar nenhum. O vento seco bate em meu rosto enquanto espero Daniel voltar — ele foi ao cartório e pediu que eu o esperasse aqui. Ivan estava de volta e com um comprador pronto para assinar os papéis pela fazenda. Tudo dependia de uma decisão, de uma assinatura de Daniel. E uma história ficaria para trás.

Por algum motivo, olhar o celular não me distrai, e o quarto quase todo branco, com apenas um pequeno quadro abstrato pendurado ali provavelmente muitos anos atrás, fez com que eu me sentisse sem fôlego. Os grandes espaços vazios, a mistura de asfalto e ar seco, tinham um caráter invernal mesmo nesse dia de tempo inclementemente quente. Fiquei imaginando que, a qualquer segundo, enormes esferas de feno começariam a rolar pela rodovia vazia — era só o que faltava para completar meu estado de espírito. E logo entendi que minha insistência nessa viagem, depois de diversas conversas com advogados que nos asseguraram que a folha de papel que Daniel assinou anos atrás renunciando a sua própria herança era legalmente questionável, não tinha nenhuma relação com meu marido ou com a importância econômica ou sentimental que o lugar tinha para ele. Em primeiro lugar, o grande pedaço de terra valia o mesmo que um apartamento de três cômodos em Buenos Aires, e, em segundo, Daniel parecia ter exorcizado o passado no dia em que Ivan não foi capaz de comparecer ao casamento. Não era ele, e sim eu, quem tinha contas a acertar com o passado. Essa paisagem silenciosa e impiedosa me fez pensar em Maura.

De repente, penso ouvir de longe o que parece ser um piano. Como em um sonho em plena luz do dia, sigo o que ouço e vejo uma menina de uns onze ou doze anos tocando notas opressoras em um teclado na habitação sete. A porta está entreaberta, e sua mãe, que a acompanha, reinicia o temporizador para que ela recomece a canção e volte a praticar. A mãe me avista do lado de fora. Sente meu fascínio por aquelas notas desconhecidas e ao mesmo tempo familiares. Não parece insatisfeita com minha presença, mas, mesmo assim, levanta-se de forma decidida e fecha a porta para que eu deixe de espionar o ensaio. De repente, os sons viram sussurros que saem pelas frestas e pelo buraco da fechadura. Eu me sento e me contento com o que me foi dado. Portas sendo fechadas enquanto tento espiar são a perfeita metáfora para a relação entre mim e minha mãe.

Estou me preparando para o teatro, você vai passar as férias na colônia do colégio, crianças não devem participar dos jantares de adultos. E assim as portas da sala, do quarto dos meus pais e da entrada de casa sempre me deixavam apartado do que acontecia do outro lado, um mundo que me atraía e do qual ansiava fazer parte. Embora esse hotel seja provavelmente o último lugar que Maura pensaria um dia em visitar, o deserto de possibilidades me faz refletir sobre ela. Um deserto de afeto.

A única conexão real que senti com Maura foi em um período que se estendeu por alguns meses, quando tinha doze anos, mais ou menos a mesma idade da menina pianista que acabei de conhecer. No resto do tempo, ela fazia de tudo para se afastar de mim — o que só me deixava mais fascinado com sua figura. Tudo o que a minha mãe tocava era alvo de curiosidade. Os cabelos louros e muito bem penteados para trás, os vestidos, os colares, os sapatos. Nas muitas ocasiões em que fui colocado para dormir cedo, antes do início dos compromissos sociais dos meus pais, que nunca começavam antes das nove da noite, esperava que as luzes se apagassem e corria, na ponta dos pés para não acordar os empregados, rumo ao quarto de Maura.

Minha expedição tinha um alvo específico, na verdade: a penteadeira de mamãe. Era importante não deixar qualquer pista da minha presença, mas me lembro do deleite de me perder nos odores de seus frascos de perfume, na sensação de tocar os colares de pérola e de esmeraldas — sua pedra preciosa favorita. Eu não ousaria borrifar o perfume no ar ou mesmo usar uma de suas pérolas. Mas gostava de me olhar no espelho triplo, ver-me cercado daquelas preciosidades. Tudo o que tocava nela tinha um aspecto quase sagrado, era preciso apreciar de longe. As portas de casa eram pesadas, e as paredes, grossas — nas festas que varavam a madrugada, tinha de treinar o ouvido para ouvir a música que tocava ou um fragmento de conversa que fosse. Um dia, de tanto buscar pistas sobre Maura, terminei por esbarrar em um segredo que ela guardava.

Tudo aconteceu enquanto eu investigava um casaco de pele que ela deixara pendurado em uma arara. Como sempre, afaguei a pelagem tão macia e o forro em pura seda com cuidado. O calor do vison contrastava com o geladinho do tecido. Esse deleite tátil era misturado ao odor do perfume preferido de mamãe, uma combinação de sensações que tomou conta dos meus sentidos. Não resisti: escorreguei no escuro para dentro do casaco e me permiti viver naquela sensação, apalpando cada centímetro e degustando aquela sensação momento a momento. Em um dos bolsos, havia um pedaço de papel. A descoberta me despertou do transe. Sem pensar, amassei a folhinha em uma das mãos e tratei de me desvencilhar do casaco, que larguei na cama, esquecendo-me do cuidado de sempre apagar meus vestígios. Corri para o meu quarto, acendi o abajur e vi que se tratava de um bilhete. Na verdade, uma nota muito curta, timbrada com o papel do Hotel Alvear, em uma caligrafia feia que, para mim, só poderia ser de um homem. Nela, lia-se: "Quarta-feira, 15h, te espero como sempre. Quarto 406". Rapidamente, calculei que se tratava do novo horário do curso de dança de mamãe. Como o meu fascínio por Maura era quase uma obsessão, na quarta-feira seguinte, no meio da tarde, ainda vestindo meu uniforme de escola particular, apresentei-me como um bom cavalheiro de sociedade para um café no Alvear.

Depois de duas horas de espera, percebi que mamãe não era especialmente original — a identidade do amante dela foi revelada quando avistei dr. Félix, o sócio de meu pai, atravessando o lobby do hotel e certificando-se de que a conta estava paga. Uns quarenta minutos depois, veio Maura, impassível e muito bem arrumada, mas de certa forma também exalando um novo brilho. Sem saber o que fazer, coloquei-me no caminho dela para que não tivesse a chance de me ignorar. Ela primeiro levou um susto, mas depois pareceu estranhamente satisfeita em me encontrar ali. Compreendeu que fora pega no ato, mas não tentou me subestimar, dando explicações estapafúrdias ou inventando uma história absurda. Viu que eu já havia decifrado a situação.

— Então finalmente chegou a hora de você crescer — disse.

Em vez de tentar me explicar o que fazia ali com o dr. Félix, cujo nome mencionei apenas para demonstrar que tinha desvendado o mistério todo, ela simplesmente me convidou para um café com delícias francesas. Em vez da aula de dança, agora seria eu seu álibi. Todas as tardes de quarta-feira, pontualmente às cinco, nos encontraríamos no Alvear para um farto café da tarde, durante o qual conversaríamos sobre temas lidos no Caderno 2 do El Clarín, sobre colunas sociais e as últimas tendências de moda. Sem nunca dizermos isso claramente, estavam proibidos assuntos modorrentos, como o que acontecia comigo no dia a dia da escola, ou inapropriados, como as atividades que se passavam nas duas horas que ela permanecia no quarto 406. Apenas mãe e filho tomando chá e tendo uma agradável conversa de adultos.

Por mais estranho que possa parecer, eu praticamente desconsiderava a informação que me levara a esses encontros. As quartas-feiras eram esperadas com ansiedade, eu sempre tentava usar as melhores roupas, muito bem engomadas, para nossos encontros. Em algumas ocasiões, cheguei a lograr o impossível: arrancar elogios de Maura. Esse idílio entre mãe e filho, no entanto, não durou muito: passaram-se poucos meses até que Félix se cansasse da história com ela, dos encontros furtivos naquele hotel de luxo. O caso havia virado rotina, e ele — Maura deixou escapar no último de nossos cafés no Alvear, na tarde em que ela foi largada — sentia-se mal em dormir com a mulher de seu sócio, a quem considerava um amigo. Remorso de sua própria parte nunca mencionou. De mais a mais, Félix era conhecido por desfilar com mulheres muito jovens, e minha mãe já havia passado dos trinta e cinco, o que ela, uma vez, classificou como um crime na sociedade portenha. O melhor que tinha a fazer, agora, era se segurar ao casamento que tinha. Na verdade, parecia-lhe a única alternativa para não se tornar completamente invisível.

Nas semanas seguintes ao fim do caso, nossa interação voltou ao padrão quase inexistente de sempre, com a diferença de que ela agora parecia ter prazer em me deixar observar sua decadência, sua tendência a beber um pouco mais do que o recomendado. Essas doses a mais jamais a levaram a fazer um escândalo, mas permitiam externar com sarcasmo sua insatisfação, sua ânsia por uma vida mais completa. Félix continuou sócio do meu pai até minha mãe se tornar viúva, seis anos depois, mas nunca mais o vi em funções sociais na nossa casa. Apesar do meu esforço para captar se o caso havia sido revelado, meu pai nunca deixou transparecer nada, nem no dia em que resolveu me levar de surpresa à Feira de Mataderos, mais ou menos na mesma época. Prefiro acreditar que ele nunca tenha desconfiado de nada. Ainda que fosse um homem fraco e sem personalidade marcante, tendo deixado minha criação nas mãos nada capazes de Maura, não é raiva que sinto dele, mas pena. Ou talvez seja mais fácil vê-lo sob essas luzes mais brandas por um simples motivo. O fato é que, ao contrário do desejo de proximidade que tinha em relação a mamãe, o amor e a atenção dele nunca realmente me interessaram.

Caminhando pelo hotel térreo e de muitos quartos vazios após o fim do ensaio da pequena pianista, deparei-me com o ninho de uma pomba. Ela estava sentada sobre o que julguei serem ovos que precisavam ser chocados. Na verdade, os filhotinhos já tinham quebrado as casas — nunca havia visto pombinhas antes; surpreendeu-me o fato de que, na verdade, elas se pareçam com patinhos amarelados nos primeiros dias de vida. A mãe pomba, cuidadosa, juntava gravetos um a um para engordar o ninho e, ao mesmo tempo, mantinha-se em uma posição tensa. Era preciso esquentar os filhotes, permanecendo em cima deles nesses primeiros momentos. Eles só saíam da calidez de sua barriga quando eram alimentados, diretamente na boca. Se ficavam muito agitados e tentavam ganhar a liberdade, a pomba tratava de controlá-los, certificando-se de que os soltaria para o mundo somente quando estivessem preparados para enfrentá-lo.

Dias depois do funeral do meu pai — e menos de duas semanas antes do meu aniversário de dezoito anos —, Maura anunciou que sairia de férias em um cruzeiro. Papai nunca foi um homem presente, mas tinha a seu favor o tino para os negócios. Trabalhara com construção e mantinha uma série de propriedades que nos garantiria conforto pelas décadas que viriam. Como metade da herança foi deixada diretamente para mim — o que certamente não ajudou no relacionamento com minha progenitora —, não demorou muito para que nossos caminhos se desviassem de vez. Decidi mudar para um apartamento ao começar o Instituto de Arquitetura, enquanto Maura ficou sozinha na casa, sem parecer exatamente incomodada com isso. Nos vimos desde então uma ou duas vezes ao ano, no máximo. Sua presença no casamento até me surpreendeu, mas não me lembro direito dela na festa. Provavelmente, foi embora cedo, até porque não conhecia mais ninguém ali — todos os elos que me conectavam a ela já haviam sido desfeitos, e não havia chance de reparação. Alguns dias depois, recebemos um vaso antigo enorme, enorme mesmo, com um belo arranjo de flores. Junto veio um bilhete dela, propondo um jantar depois de sua próxima viagem, que duraria mais ou menos uns três meses. Eu e Daniel ficamos olhando para aquele arranjo faraônico e concluímos que era o presente mais inútil que tínhamos recebido. A voz de meu marido me despertou de meus desvaneios.

— Não sobrou nada — disse Daniel ao voltar do encontro com Ivan.

Ele não conseguia definir se suas memórias de invernos rigorosos o levaram a imaginar beleza naquele lugar esquecido ou se algum dia a casa de pedra e os galpões de madeira chegaram mesmo a exalar prosperidade. No calor de novembro, no entanto, tudo o que restava era uma paisagem seca, desolada, que o fez pensar nas mãos calejadas de sua mãe, Lila. No fim das contas, concluiu, os discos de jazz eram o que havia de melhor no pouco que sua família fora capaz de reunir. Lila tinha sido sábia e, em vez de deixar para o filho gay uma âncora que o fixaria naquele lugar, preferiu dar a ele a única de suas posses que lhe permitia a possibilidade de voar para bem longe dali — nem que fosse por duas horas em uma manhã de domingo. Por mais que concordasse que a troca parecia injusta, que renunciar à metade do que ele havia trabalhado para construir talvez fosse uma loucura do ponto de vista da maioria das pessoas, não via razão em insistir para que o irmão lhe desse metade de algo que não representava mais nada. Ao retornar para o motel de beira de estrada, onde eu o esperava, relatou não ter encontrado nenhum resquício de sua atual identidade ali. Ele havia mudado, e a cidade, permanecido exatamente a mesma. Era apenas o local onde havia nascido, nada mais.

— Não faz sentido deixar Ivan nesse suspense — decretou Daniel. — Vou assinar o documento em que abro mão de minha parte. Tudo bem por você?

— Sim, agora entendo por que você tanto quis sair daqui — respondi. — Eu me sinto como se estivesse sufocando.

Paramos os dois na varanda do hotel, tentando debelar o calor. Fui até a recepção e peguei duas cervejas baratas de um refrigerador. Anotei em um caderno o consumo, sob os olhos atentos do recepcionista calorento. Joguei uma das latas em direção a Daniel, que me agradeceu com os olhos. Nesse momento, a garota pianista saiu do quarto ao lado da mãe, arrumada em um vestido branco, com fitas igualmente alvas no cabelo. A mãe, vestida em roupas simples, carregava o enorme órgão eletrônico da menina. Acompanhamos seus movimentos enquanto elas caminhavam pelo acostamento, sob o sol de fim de tarde, rumo à cidade. Uma enorme bola de feno, dessas que a gente vê só em filmes de faroeste, circulou por trás delas, o que me trouxe imensa satisfação. Assistindo àquela cena enquanto engolia com vontade a cerveja, o que fazia mover seu pomo-de-adão, Daniel molhou os lábios e disparou:

— Tu queres ter filhos?

— Eu quero ter uma família com você — respondi.

— É, eu também.

Daniel tinha que voltar à cidade para entregar os papéis assinados ao irmão. Eles se falaram ao telefone e combinaram de nos encontrarmos para jantar no centro da cidade. Dani parecia pertencer de certa forma à Colônia: sua postura austera dava-lhe um ar de astro de bangue-bangue, não importava a roupa que estivesse usando. Não sei por qual razão eu trouxera na mala o lenço gaúcho que meu pai um dia me presentou. Resolvi que o usaria aquela noite. Olhei-me no pequeno espelho do banheiro do nosso quarto, antes de sair, e senti-me extremamente másculo. Ao chegarmos à praça central, vimos Ivan e a esposa, Victoria, sentados em uma mesa sob as árvores. A noite caía lentamente, e enfim admiti vislumbrar um pouco de beleza nos tons de rosa do fim de dia. Era também dia de milonga da cidade, uma tradição que se perpetuava havia décadas. Uma meia dúzia de casais dançava para uma banda desanimada.

— Eu me lembro de essa milonga ser um pouco mais cheia — disse Daniel para Ivan.

Foi Victoria quem respondeu:

— Hoje, tem uma apresentação de uma menina pianista no salão paroquial, então acho que a maioria das pessoas está lá.

Enquanto a comida não chegava, a banda anunciou uma pequena pausa e disse que voltaria em alguns minutos com o clássico dos clássicos, "Por una cabeza". Victoria logo se animou a dançar e pediu a Ivan que, quando a música recomeçasse, eles fossem para o centro da praça. Ivan soltou um não seco, o que levou Daniel a lhe entregar o documento sem mais demora, desejando a melhor das sortes ao casal e sugerindo que ele deveria dançar com sua esposa. Mas Ivan se manteve firme na decisão. Enquanto os músicos afinavam seus instrumentos antes do *gran finale*, Daniel se levantou. Pensei que ele estenderia a mão para Victoria, mas o convite era para mim. Bem ali, no meio da sociedade da Colônia 25 de Mayo. Não hesitei um segundo — acho que o lenço do meu pai me emprestava coragem ou simplesmente a certeza de que amava tanto Daniel que aquela ação, com todos os perigos que representava, fazia todo o sentido.

Começamos meio enferrujados, sob olhares atentos e perplexos, mas aos poucos fomos seguindo os acordes com destreza. Um liderando o outro, sem regras, sem hierarquias. Não durou mais do que três minutos, mas pareceu muito menos e, ao mesmo tempo, uma eternidade. Não havia mais casais dançando. À medida que a música atingia seu ápice, as pessoas, uma a uma, paravam para nos assistir. Quando terminamos, ficamos uns bons segundos sem fôlego, esperando o que viria a acontecer. Para nossa surpresa, encontramos aplausos entusiasmados. Ainda congelados na posição final de nosso tango improvisado, trocamos um beijo. Em seguida, fizemos reverências a nossos espectadores. Um dia como um outro qualquer na Colônia.

Ernesto, segundo Leonor

Cemitério de Chacarita

Avenida Guzmán, 680

A bailarina dançou, dançou, dançou e caiu. Derrubei-a com o dedo, cansada daquela balada triste e de sua saia azul. Tive vontade de jogá-la longe, mas apenas fechei a caixinha vermelha, silenciando a música repetitiva, a música que a embalava havia quase trinta anos. Era hora de descansar, já passara da hora de ir para a cama. Em silêncio, encontrei uma folha de papel antigo e tentei escrever algo para prestar homenagem a meu pai.

O primeiro dente perdido; o primeiro recital de dança; as pedaladas inseguras na bicicleta aos sete anos; beijos adolescentes; as brigas homéricas com mamãe; choro desesperado pela nota baixa, pelo menino que não me dava atenção ou pelo fim de um namoro longo; a alegria de receber a ligação que esperava; a entrada na universidade; a bolsa da escola de belas artes. Você nunca esteve lá, nas maiores glórias e nos mais doloridos fracassos. Quando eu tinha oito anos, tentei te desenhar com canetinha em algumas de minhas fotos. De todas as ausências que eu tive na vida, nenhuma me doeu mais do que a sua, nada me define tão bem quanto esse vazio, esse buraco, essa saudade sem razão de ser. Então, agora reunida aqui com você, na frente de todos os seus amigos, o que eu gostaria de dizer é o que eu tentei te falar a vida toda: eu gostaria muito, mas muito mesmo, de ter te conhecido. Se isso é possível, se é que realmente se conhece alguém de verdade. Eu não sei se essa habilidade não existe ou se eu, pela falta que você me fez, tornei-me incapaz de estender a mão e me abrir para alguém.

Passei a noite na casa de minha mãe depois de receber a notícia de que você havia morrido e de que, de todas as pessoas do mundo, justamente na hora da morte, havia escolhido a mim como executora de seu inventário. Também era eu a única herdeira de tudo o que você tinha.

Sabiamente, mostrei a minha mãe esse rascunho do meu discurso antes de decidir se lê-lo na frente de centenas de pessoas no funeral de Ernesto seria adequado. Isabel, que se casara e vivera cinco anos com ele em Buenos Aires, pareceu surpresa ao constatar que eu, aos trinta anos, ainda mantivesse uma relação tão mal resolvida com meu pai, que essa fratura permanecesse tão exposta. Mesmo concordando que Ernesto tinha inúmeros defeitos, ela descartou meu texto, pois aquelas palavras diziam muito mais sobre mim do que sobre ele. Defendi-me dizendo que o sentimento de abandono e inadequação não tem prazo de validade, mas concordei em descartar essas ideias. Eu reuniria o que sei dele, o muito pouco que sei, e construiria alguma coisa a partir disso.

No que se refere a Ernesto, minha mãe tinha a vantagem da distância dos anos, o que lhe permitia uma visão muito mais prática do assunto.

— O que você precisa entender é que, para seu pai, a pessoa mais importante no mundo era ele mesmo — disse-me. — E ninguém, absolutamente ninguém, seja eu, você ou mesmo a outra mulher dele... Como é o nome dela mesmo?

— Lola — intervim, mas sem acreditar que ela realmente não se lembrasse do nome de Lola.

— Não existe nada que eu, você ou Lola pudéssemos fazer. Seu pai sempre foi a atração principal de seu próprio show. Então, uma ideia para você começar, se o funeral for tão cheio de pompa e com tanta gente importante como eu imagino que será, um bom início seria dizer que ele certamente ficaria feliz com a presença de todos.

Na semana seguinte, à medida que nosso táxi se aproximava do centro de Buenos Aires, pude perceber no olhar de Isabel que velhas feridas iam sendo abertas. Não era por menos: fora lá que ela e Ernesto moraram nos anos que passaram juntos. Fazia vinte e cinco anos que ela não colocava os pés na cidade, e devia ser um pouco estranho sentir essa avalanche do antigo e do novo de uma vez só. Minha mãe, que sempre encontra alguma coisa para falar, agora apenas olhava pela janela do carro, em silêncio. Só quando estávamos muito perto do hotel — achei uma má ideia dormirmos no apartamento onde Ernesto morrera poucos dias antes — ela disse alguma coisa:

— Tanta coisa que eu não lembrava... Agora tudo está voltando de uma só vez.

O apartamento da Praça Vicente López era perfeito e cheirava a solidão. O lustre que pendia na sala enorme e esparsamente decorada — assim como todos os cômodos — me hipnotizou. Seus cristais davam a impressão de girar à medida que a luminosidade entrava pelas janelas. Apesar de Ernesto viver sozinho e de estar debilitado, tudo parecia milimetricamente arrumado, catalogado e sistematizado. Busquei gavetas, caixas de documentos e arquivos para tentar organizar os pensamentos e reescrever a homenagem. Seria meu presente de despedida a Ernesto. Quanto mais revirava as coisas de meu pai, o que agora fazia com permissão legal, mais me dava conta de que não procurava saber dele, mas sim encontrar vestígios de minha presença em sua vida. Senti-me exausta, de novo a menina que girara e girara até cair com o vestido vermelho da Harrod's, o presente que ele me dera e eu nunca esquecera. Se continuasse nesse ciclo, não apenas meu discurso viraria um novo desfile de mágoas, mas ele continuaria a me dominar, mesmo depois de morto, o que eu não poderia permitir. Arrumei as caixas como pude, coloquei tudo no lugar, tentando mimetizar a destreza de uma secretária, e finalmente fui capaz de me concentrar em um aspecto prático: o testamento que estava sobre a mesa, com uma lista de instruções do que fazer agora que Ernesto virara, enfim, história para mim.

A lista de bens era extensa, mas nenhum deles fazia parte da minha história, eles não significavam nada para mim. Muito do que eu julgara ter de fazer já havia sido providenciado: o atestado de óbito tinha sido emitido pelo médico que acompanhara sua saúde ao longo do último ano, as flores e o bufê do funeral ficaram a cargo de sua antiga secretária da universidade, e os aspectos práticos estavam em dia, graças ao trabalho de uma advogada. Os bens que eu herdaria também não haviam sido conquistas de meu pai ou de seus antepassados, mas da família de Lola, que havia passado duas décadas ao seu lado sem gerar herdeiros. Nessa ciranda feminina que o circundava e o alimentava, ele talvez não soubesse o que fazer comigo porque eu exigia reciprocidade, eu queria algo dele, e não apenas servi-lo. Pode ser verdade ou apenas algo que eu inventei para que eu me sentisse melhor, mas de repente a distância que ele escolheu manter de mim começou a fazer sentido.

No entanto, Ernesto decidira deixar uma derradeira missão para mim depois de sua morte. As mulheres, no que dependesse dele, nunca poderiam descansar. No fim da segunda folha dos meus direitos como filha do professor Ernesto Reyes, constava uma missão muito clara: cuidar do destino das cinzas de Lola, que havia sido cremada meses antes. Ao contrário de meu pai, sua mulher não teve um funeral com muitos convidados — foi tirada de cena depois de anos em uma casa de repouso, largando da vida aos poucos, esquecendo-se de tudo que um dia foi. Dedicou a vida a um homem que não foi capaz de lhe dar uma despedida decente, tarefa que agora me delegou. E isso apesar de Lola nunca ter gostado de mim, de sermos completas estranhas. Fui tomada por uma imensa sensação de compaixão por ela.

O Cemitério da Chacarita é o maior da Argentina. Não é tão bem localizado nem tão visitado quanto o da Recoleta, mas é imponente e repleto de verdadeiras obras de arte sacras. Um lugar muito grande e ao mesmo tempo assustador e claustrofóbico. Não tenho dúvidas de que meu pai preferiria descansar em paz ao lado de Evita, mas acredito que ficaria satisfeito ao saber que seu destino eterno seria a mesma via em que Carlos Gardel foi sepultado. Ao escolher minha roupa para o funeral, ainda estava tomada pela necessidade de agradar Ernesto. Por isso elegi um vestido preto discreto e tentei parecer tão consternada e abalada quanto possível, embora na verdade estivesse mais para irritada e exausta. Sua morte não me trouxe nenhuma grande revelação sobre quem ele era — à medida que me despedia, não sentia que a história se encerrava, continuava presa à mesma teia em que ele havia sido capaz de capturar várias mulheres. Toda vez que eu conseguia me soltar de um dos fios, outro parecia me fisgar. Um pesadelo recorrente do qual era impossível acordar.

Por alguma razão que não consigo explicar, antes de deixar o apartamento da Recoleta, agarrei a urna turquesa que abrigava as cinzas de Lola. Julguei que ela gostaria de participar de alguma forma da cerimônia de despedida de meu pai. Em uma cena que eu jamais julgaria viável, chegamos eu, minha mãe e Lola juntas, de certa forma, ao cemitério. Minha mãe se sentou em uma fila mais ao fundo da sala, não queria chamar a atenção dos parentes do ex-marido.

Acomodou Lola bem ao lado dela. Não que ela tivesse motivos para se preocupar: nenhum tio ou primo que me conheceu quando menina teve a decência de vir me dar os pêsames. O recinto ficou relativamente cheio, mas com muitas cadeiras vazias: colegas de cátedra, todos aposentados, com a agenda livre e provavelmente apostando entre si qual seria o próximo a se despedir, cumprimentaram-me dizendo platitudes como "meus pêsames" e "sinto muito", mas não consegui identificar um grama de sinceridade neles. Pouco mais de meia hora após o início do serviço, percebi que a sala se esvaziava e que era hora de dizer algumas palavras. O problema é que eu não conseguira escrever nada e teria de falar de improviso. Sentia-me sem brilho e inspiração. Estava preparada para proporcionar a Ernesto mais uma decepção.

Enquanto eu batia no microfone para checar se o som estava ligado, Hugo entrou no salão discretamente. Olhei para ele, que me deu um tchauzinho de longe. Achei-o diferente e confiante, ainda mais do que na última vez que o vi, como se tivesse se livrado de vez do casulo de timidez e inadequação no qual eu ainda me encontrava presa. Ter o apoio de Hugo, apesar de tudo o que vivemos, mostrou-me que sou digna de confiança e de perdão. Se Ernesto não havia me ensinado nada, Hugo me ensinara que é possível dizer a verdade sem ser cruel.

— Boa tarde — disse.

A microfonia explodiu pela sala. De repente todos prestavam atenção ao que eu dizia.

— Meu nome é Leonor, e sou filha de Ernesto Reyes. Eu sei que muita gente pode estar pensando agora: "Mas o Ernesto tinha uma filha?". A verdade é que ele teve uma filha, a verdade é que ele ainda tem. E, apesar da distância entre nós, coube a mim a tarefa de dizer algumas palavras em sua homenagem nesse funeral. E tudo o que eu posso dizer é que ele foi amado de uma forma tão visceral e profunda, um amor tão grande e tão forte, que estava além de sua compreensão. E, por isso, a única coisa que eu posso fazer agora é reafirmar isso. Eu te amo, pai. Ernesto: professor, escritor e, acima de tudo, pai. Espero que você encontre a paz.

Uma salva de palmas tímida. Assinaturas no livro de presença. Um fim sem brilho para uma vida com pretensões de grandeza. Aproveitei que os convidados saíam de fininho e o fato de que os funcionários do cemitério que nos levariam ao mausoléu da família só chegariam em meia hora para ir com Hugo até um grande pátio com uma ampla vista para a cidade. Ele me ofereceu um cigarro, e eu aceitei.

— É tão bom ver um rosto conhecido aqui — disse eu, abraçando-o.

— Ernesto nunca foi minha pessoa preferida, e não só por tudo o que ele fez com você. Mas eu tinha que vir aqui te dar um beijo — respondeu Hugo. — E, no fim das contas, ele teve uma vida deprimente. Olhando essa cerimônia, tudo o que eu conseguia pensar era: isso é exatamente o que eu não quero para mim.

— Dá para notar isso, Ernesto nunca faria essa tatuagem no pescoço. Eu estou surpresa que Hugo tenha feito — devolvi.

— Eu também estou. Mas a gente tem que se abrir para o novo, não é mesmo?

— E por que eu sinto que toda essa mudança tem cheiro de mulher?

Hugo ri. Ele assente. Eu bato no seu ombro.

— Me conte. Estou doida para falar sobre qualquer coisa que não envolva morte, funeral, arranjo de flores e, principalmente, meu pai.

— Ela é francesa, não sabe quanto tempo vai ficar em Buenos Aires. Então estamos tentando ir devagar.

— Devagar? Você?

— Pois é... Mudanças.

— Mudanças.

Dei uma última tragada no meu cigarro antes que o carro da funerária se aproximasse. Era hora de iniciar o cortejo. Com exceção de minha mãe, percebi que não havia ficado ninguém para acompanhar nossa pequena peregrinação. Só Isabel com Lola no colo, primeira e segunda mulheres de Ernesto, enfim, unidas.

— Acho que eu tenho que ir — disse a Hugo.

— Você quer que eu fique e te acompanhe?

— Não, pode ir. Eu dou conta.

Dispensei minha mãe do trabalho de seguir o carro, mas decidi levar Lola comigo. Percebi que, ao colocar meu pai no carro fúnebre, o funcionário do cemitério cumpriu mais uma parte do plano: pousar sobre o caixão a capa que meu pai ganhara ao receber o título de doutor, anos atrás. O tecido era de um verde vivo, um tom acima do turquesa da urna que agora abrigava Lola. Recordei que também era parecido com a pintura desbotada do edifício onde vivi com meus pais em San Telmo, até os quatro anos. Minhas memórias desse tempo são naturalmente turvas e entrecortadas, mas consegui me visualizar naquela idade. Eu também usava um vestido verde. Estava muito bem arrumada, porém triste. Minha mãe tentava acomodar no porta-malas do táxi toda a nossa bagagem, que era muita, e se descuidou de mim só por alguns segundos. Foi o suficiente para que eu corresse três andares escada acima, o mais rápido que podia, fazendo o que parecia ser um barulho ensurdecedor no piso de madeira. Ao chegar à porta do nosso apartamento, bati desesperada gritando por meu pai. Ele abriu a porta. Nesse momento, agarrei sua perna, gritando em desespero:

— Eu não quero ir, eu não quero ir.

Primeiro Ernesto tentou apelar para a razão, com promessas falsas de que nos veríamos sempre, de que ficaria tudo bem, mas não demorou muito para que o tom mudasse para frases de ordem.

— Você tem que ir com a mamãe, você tem que ir com a mamãe.

Diante da minha inabalável determinação em me agarrar a ele, com toda minha força infantil, seus argumentos ficaram menos elaborados.

— Não, Leonor. Não!

Mas nem isso seria capaz de me abalar, nada me faria desistir, sentia minha face queimar como agora sinto o sol de dezembro no rosto, tanto tempo depois. Eu chorava e implorava. Ernesto, então, calou-se. Livrou-se dos meus dedinhos em suas coxas, um a um, e me empurrou para o corredor, fechando a porta. A barreira entre mim e ele estava formada para sempre. Tudo o que ele negara à minha mãe nos meses anteriores, os casos e a ausência de desejo de formar uma família, de repente ficara muito claro. Isabel, que ainda tinha conseguido segurar o táxi, subiu as escadas e, vendo meu estado, estendeu os braços para me carregar. Nenhuma de nós tinha mais forças para brigar. Desceu as escadas comigo no colo, em silêncio e sem pressa. No táxi, tentando me acalmar, alcançou a caixinha de música. O chacoalhar do carro não permitiria que a observasse dançar. Deixando escapar um único acorde da canção, mamãe tirou a bailarina e a pousou em minha mão, para que eu a segurasse.

O mausoléu de meu pai ficava em uma das ruas principais do Cemitério da Chacarita, que fora aberto depois de um surto de febre amarela ter causado milhares de mortes em Buenos Aires, ampliando de repente a necessidade de covas. Junto a Ernesto estavam artistas e políticos, mas também pobres coitados que nem sequer estavam identificados. Mesmo túmulos de famílias ricas estavam violados e sem manutenção, os ladrões de cobre e de ferro roubavam placas e homenagens. Era possível ver túmulos deteriorados de gente que um dia pode ter sido muito importante. Em meio à decadência, os acabamentos em mármore do recém-reformado mausoléu da família Reyes reluzia. Em silêncio, acompanhei a tampa da sepultura do meu pai ser cimentada e pude perceber que os vitrais também tinham detalhes em azul e verde, com um beiral generoso próximo a um deles. Se fosse decorar esse ambiente, Lola certamente colocaria um vaso ali. Foi a deixa para escolher, afinal, o que fazer com os restos mortais de minha madrasta. Se tudo o que meu pai queria era ser deixado em paz, não poderia lhe conceder essa bênção. Havia alguém que merecia estar em sua companhia nesse descanso eterno — e ninguém trabalhara mais por essa posição do que Lola.

Uma onda de tranquilidade tomou conta de mim. Enfim tinha a sensação de que nossa saga de pai e filha havia terminado. E meu papel nesse desfecho não foi fazer justiça para Ernesto, mas sim garantir a Lola a morada que ela havia conquistado.

Admirei por mais alguns segundos a imagem perfeita que o vitral, a manta de meu pai e a urna de minha madrasta formavam antes de trancar a porta. Fui embora entre os mortos, cantarolando a canção que embalava a bailarina de saia azul.

Daniel, segundo Carolina

Pasaje Defensa
Defensa, 1179

Acho que todos nós somos apaixonados por Daniel. Não apaixonados de verdade, mas é inegável que ele tem um efeito único sobre as pessoas, de despertar aquele tipo de paixonite adolescente, de quedinha platônica, em todos que o conhecem. Sua inabalável calma dá sempre a impressão de que tudo vai acabar bem, não importa o problema; o corpo forte, construído a partir do esforço físico necessário para a sobrevivência, e não da vaidade, manda o sinal de que não existem perigos que ele não possa afastar, feras que não possa dominar; os olhos muito negros, que buscam os do seu interlocutor como se o inquirisse, espantam todos os falsos e dissimulados. Com seu caráter extremamente honesto e sem manipulação, Daniel parece totalmente alheio ao magnetismo que exerce. O que só torna sua capacidade de atração ainda mais poderosa.

Mas, se fosse obrigada a escolher apenas uma característica que faz o mundo ao redor de Daniel tremer, o tempo parar enquanto ele passa, como só os amores de juventude são capazes de fazer, eu escolheria sem dúvida o jeito de falar. Assertivo e tranquilo ao mesmo tempo, moderado sem nunca deixar de ser firme, o tom de Daniel imprime a carga de uma sentença mesmo nas conversas triviais. É como se estivesse sempre um passo à frente, capaz de resumir as situações complexas em termos práticos, colocando fim a dilemas existenciais. Mesmo em assuntos que a maioria das pessoas daria imensas voltas para introduzir, ele consegue manter uma clareza que faz falta no mundo. Talvez o segredo esteja em dizer muito pouco, impedindo o outro de construir barreiras para se proteger e dizer-lhe não. Ou talvez, simplesmente, seja realmente impossível negar o pedido de um anjo.

Foi com essa franqueza que ele disparou à queima-roupa:

— Eu e o Eduardo gostaríamos que tu gerasses nosso filho.

Não tive tempo de pensar que já tenho dois filhos, que estou num casamento que não sei para onde vai, que chego atrasada a todos os compromissos, que, no momento, estou tentando montar um negócio próprio. Tudo o que vinha a minha cabeça era: "Sim, por favor, eu quero ser a mãe do seu filho". Antes que eu pudesse articular qualquer coisa, Daniel suavizou ainda mais o olhar. Senti os joelhos fraquejarem. Pousou a mão no meu ombro, fazendo-me balançar de um jeito que não me acontecia desde o baile da oitava série, e disse:

— Não precisas responder agora.

Embora, nos últimos meses, eu e Daniel tenhamos nos aproximado, quando tive tempo de pensar bem no assunto, senti uma ponta de decepção pelo fato de não ter sido Eduardo, meu amigo irmão de décadas, quem me fez o pedido. Mas depois me dei conta de que ele daria voltas, lembraria toda a nossa história e tomaria duas garrafas de vinho só para conter a ansiedade de me propor uma coisa dessas. Fazia mesmo mais sentido deixar a tarefa a alguém capaz de se articular de maneira direta.

A convivência com Daniel traz uma calma imensa. Desde que decidimos que era hora de abrir nosso restaurante — ele na cozinha, eu dando conta do salão, nós juntos na administração —, empreendemos uma verdadeira peregrinação por Buenos Aires

339

buscando o lugar certo. Foram mais de quarenta visitas. De lugares caros demais para o dinheiro de que dispúnhamos a espeluncas repletas de insetos, tudo parecia errado. Daniel invariavelmente olhava para mim e dizia:

— Não.

Enquanto eu penso e repenso em tudo, na profissão e no amor, ele tem a segurança de que, quando encontrar o que está buscando, sua intuição será capaz de identificar um tesouro no meio do entulho. Ele flutua resoluto acima de todos nós, capaz de ver o quadro completo, enquanto eu fico obcecada em relação a cada detalhe e deixo as oportunidades escaparem entre os dedos sem conseguir tomar uma decisão.

— É aqui — disse Daniel com a economia de sempre.

Foi o suficiente para eu saber que ele tinha razão. A Pasaje Defensa era um local com um fluxo grande de turistas no fim de semana, e o terraço dava para a entrada da galeria comercial erguida no fim do século XIX. Com a proposta certa, poderia fazer muito sucesso. Isso sem contar que o único restaurante próximo, em uma casa muito parecida, tinha horas de fila durante todo o dia. Se, com o serviço atual — funcionários mal-educados, vinho quente e opções pouco atraentes de comida —, o lugar conseguia atrair um público razoável, teria um excelente potencial com um menu decente e mudança no atendimento. Sim, a cozinha era um desastre, mas quase todos os lugares cujo aluguel não custava uma fortuna eram tão ruins quanto este ou até piores. E ainda havia um espaço interno que poderia ser mais bem aproveitado. Só o pátio da frente buscava um novo dono, mas estávamos certos de que em breve seria possível incorporar a área dos fundos também, que abrigava um café igualmente desagradável.

Enquanto eu me atropelava, falando em todas as vantagens da ideia de montar um restaurante ali, Dani apenas assentia, com um sorriso encorajador.

— Vai dar certo.

Durante toda a busca, meu marido estava em uma viagem pela Ásia que era estendida semana após semana. A comunicação entre mim e Martín já andava medíocre antes de ele mudar de emprego para trabalhar numa fabricante chinesa de vagões de metrô. Com ele vivendo do outro lado do mundo há meses, estávamos definitivamente em polos opostos. Quando a gente conseguia falar à noite, ele estava exausto; se a conversa era pela manhã, as crianças ficavam gritando em volta da tela, implorando pela atenção do pai. Não conseguíamos resolver muita coisa, mas sempre dávamos um jeito de discutir via Zoom. Quando ele anunciou que precisaria ficar mais algum tempo, sem especificar quanto, para auditar uma fábrica que sua empresa havia comprado no Vietnã, não economizei socos e pontapés. Usei o poder de síntese que estava aprendendo com Daniel para o mal.

— Talvez seja melhor assim. As crianças já pararam de perguntar por você — disse.

Martín, o superpai, desmontou na minha frente. Mas não retornou o soco, de tanto que sentiu. Vi-o murchando na tela do computador, balbuciando algumas coisas e ainda encontrando alguma forma de se despedir antes de fechar a tela. Imaginei-o chorando sozinho num quarto de hotel de rede na China, da mesma forma que fazia quando trabalhava como comissária de bordo. A capacidade de Martín de se mostrar superior nessas situações me impressionava e, por outro lado, enfurecia-me. Ao me ignorar, era capaz de me fazer ruminar uma situação por dias.

Sentindo-me uma criatura da pior espécie por ter desferido um golpe tão baixo em um homem indefeso, precisava com urgência encontrar alguém em quem descarregar toda a minha frustração. Pensei em Daniel, que jogara a bomba da barriga de aluguel na minha cabeça e saíra correndo. O problema: ele tinha a calma de buda e provavelmente cortaria a minha fúria e as minhas reclamações em uma frase. Eduardo já tinha me tirado de muitas enrascadas, incluindo se passar por meu irmão e marido em distintas situações. Era melhor não azedar essa amizade. Quem já tinha me feito de idiota e ainda não havia pagado por isso? A resposta era óbvia: Hugo. Sim, uma mulher largada nunca esquece — até quando é sabido por ambas as partes que a relação jamais iria adiante. Liguei para Hugo e solicitei — na verdade, exigi — sua presença no meu apartamento em uma hora. Nesse ínterim, coloquei as crianças para dormir, tirei o liquidificador do armário e bati dois litros de margarita, que fui tomando como água. Não tem a menor graça despejar suas frustrações em cima de alguém de cara limpa.

Hugo mal teve tempo de se acomodar, e empurrei sobre ele o que julguei que seria uma bomba.

— Daniel e Eduardo querem que eu tenha o filho deles.

— Eu sei — respondeu-me, com a maior calma do mundo.

— Como assim você sabe? — indaguei, furiosa.

— Sabendo. A essa altura, você ainda não percebeu que nós somos três tias velhas? A gente se manda mensagem o tempo todo, e eu janto na casa deles pelo menos duas vezes por semana. A comida de Daniel é a base da minha alimentação. Você sabe que eu odeio ir ao supermercado.

— É, eu sei — admiti. — Mas o que isso te parece?

— Eu acho que é uma ideia incrível — respondeu Hugo.

342

— Todo mundo parece achar. Queria entender o porquê.

— Porque é melhor ter alguém próximo gerando esse bebê — disse Hugo, servindo-se do pouco que sobrara na jarra de margarita.

Então, deteve-se por um momento.

— Mas também pode ser só o fato de que a ideia foi de Daniel. Você sabe o efeito que Daniel tem na gente...

— A mágica funciona em você também? — questionei.

— Funciona em todo mundo.

— É, tenho que admitir, Eduardo soube escolher, viu?

— Carol, querida, Eduardo não escolheu nada. Quem escolheu foi Daniel. Eu estava lá, posso dizer. Ele insistiu até que a gente aceitasse a carona naquele Dodge verde que ele tinha... Ele viu Edu e soube.

— Soube o quê?

— Soube que o nosso amigo é a melhor pessoa que já andou na face da terra. Eduardo é uma bagunça, mas é ele o verdadeiro tesouro.

— É mesmo, não é? — concordei.

— E eu empurrei Edu para cima de Daniel porque, basicamente, ele é a segunda pessoa mais legal do mundo. E é por isso que eu tenho direito a tantas refeições grátis.

Hugo me ofereceu o copo para brindarmos. Bati o meu com muita força, espalhei margarita pela mesa.

— E é por isso que eu acho que ter um filho deles é uma boa ideia — continuou Hugo. — Se eu pudesse, eu mesmo faria isso. Mas tem uma coisa que eu acho que você precisa fazer antes.

— O quê? — devolvi, confusa.

— Falar com Martín. E não por Zoom. Ao vivo.

— Mas é o meu corpo — eu disse, na defensiva. — A decisão tem que ser minha.

— Sim, concordo, mas acho que, nesse caso, ele deveria ser consultado. Não tomar a decisão, mas ser ouvido. Eu acho que faz sentido — aconselhou Hugo.

— É, você está fazendo muito sentido hoje. Eu preciso conhecer essa tal francesa, ela parece ser uma boa influência para você.

— Acho que é...

— Só uma coisa me deixa em dúvida — provoquei.

— O quê?

— Essa tatuagem... Eu não sei se é a coisa mais legal que eu já vi ou se é a mais estúpida.

Segurando o próprio pescoço, ele respondeu:

— É, eu tenho a mesma dúvida.

No dia seguinte, com a ideia de carregar outra criança girando na minha cabeça sem parar, resolvi confrontar Daniel em seus termos. Pedi para que ele me respondesse uma questão muito simples.

— Por que eu?

— Porque eu quero que meu filho tenha uma mãe. Não só a ideia de uma mãe.

Quanto mais eu pensava na ideia de ajudar Dani e Edu a serem pais, mais ela crescia em mim como algo plausível. Mas Hugo tinha razão: Martín precisava ser consultado. Além disso, enquanto a intuição de Daniel sempre era precisa e lhe dizia exatamente o que fazer, a minha sempre me traía e, muitas vezes, levava-me às piores decisões.

A chegada de Martín me trouxe conforto. Inicialmente, pensara que a viagem, esses três meses de ausência entremeados de conflitos, pudessem significar o fim do meu casamento. Mas, na realidade, o contrário aconteceu. Ver o rosto de Martín depois de tanto tempo foi como voltar para um lugar do qual eu sentia falta sem me dar conta disso. Depois de viajar metade da Ásia, sempre comendo

344

em hotéis e dormindo mal, ele ganhara uns bons quilos. A barriga redonda e a cara rechonchuda ampliaram a minha atração por ele, transforaram-se em um inesperado afrodisíaco. Queria devorá-lo, e a recíproca era verdadeira. Experimentamos uma sintonia que parecia ter desaparecido por anos em meio a todas as obrigações, agenda cheias, lanches e tarefas escolares. De repente, todas as bobagens do cotidiano foram colocadas de lado. Estava cansada de ficar sozinha, de disputar território, e, ao mesmo tempo, notava o quanto era necessária para Martín. Compreendi que exercia, em meio à minha própria confusão, o papel de trazer equilíbrio à vida dele, ainda que eu não soubesse o que estava fazendo a maioria do tempo.

Decidi me dar o direito de aproveitar esse interlúdio de felicidade. Foi só semanas mais tarde que reuni coragem para introduzir o assunto que, mesmo nessa névoa de satisfação, girava em meus pensamentos. Sabia o que queria fazer, mas essa clareza toda ocasionalmente me assustava. O roteiro que tracei em minha cabeça, conhecendo a generosidade e o senso prático de Martín, serviu para confirmar que, com o passar dos anos, minha intuição começava a me levar para o lado certo. Eu conhecia o homem com quem me casara. E isso era algo bom.

— Eu acho que essa é uma decisão que você deve tomar — disse-me Martín, sem um sinal de desaprovação ou mesmo surpresa, apesar do inusitado da situação.

— Sim, eu concordo que a decisão é minha, mas você está envolvido nela. Eu quero saber sua opinião.

— Você sabe que eu sou a favor de sempre ter um bebê a mais — respondeu Martín com um sorriso.

Ele tomou fôlego e continuou:

— E, nesse caso, tem uma vantagem. Vai ser uma criança linda e incrível que você não precisa repreender nem trocar as fraldas nem se preocupar com nada. É só entregar para os pais quando ela começar a chorar. Ao mesmo tempo, vou sentir que ela é um pouquinho nossa. Você sabe que, no fim das contas, esse negócio de biologia não significa nada para mim. Olhe para os nossos filhos. Algum deles é menos nosso?

— Não, definitivamente, não.

— Então basta você tomar a decisão — finalizou Martín.

— Vamos seguir em frente — disse eu.

Nas semanas seguintes, fui tomada por um súbito sentimento de propósito. Talvez todas as escolhas tenham me levado a esse momento. E o melhor é que jamais poderia classificar a decisão de ter o filho de Eduardo e Daniel como um sacrifício. Ao contrário: era fazer algo pelo outro e, ao mesmo tempo, preencher um vazio que me acompanhava e que eu sempre fora incapaz de explicar, de colocar em palavras. Há tempos eu tinha um sonho recorrente em que me encontrava em estradas de terra vazias. Acordava com uma sensação ruim, como se estivesse perdida. Depois da decisão, algo mudou nos meus sonhos. As mesmas estradas pareciam me levar a um lugar seguro, a um lugar sem forma chamado casa. Embora não conseguisse visualizar esse destino nos meus sonhos, a sensação ao acordar não era mais de desespero, mas de conforto. As cores de um cubo mágico que enfim se encaixavam com facilidade.

À medida que o dia da inseminação se aproximava, a reforma do restaurante ganhava velocidade, e nossos sonhos, os meus e os de Daniel, tomavam forma, eram, enfim, palpáveis. Ter um papel fundamental na realização de alguém trazia o significado de vida que eu buscara das formas mais improváveis. Todos os falsos começos e as decepções começavam a fazer sentido, pois foram parte do caminho necessário para chegar até aqui, neste momento.

Tudo isso sob as minhas próprias regras e, o que me dava ainda mais satisfação, bem longe da definição de normal da maioria das pessoas. Ouvi uma frase um dia desses e tive que concordar: o normal é uma grande mentira. O dia do procedimento, de alguma forma, representou o valor do que eu fora capaz de construir. Minha nova gravidez começava em uma clínica fria, com cheiro de laboratório, mas com quatro homens dispostos a segurar minha mão: Martín, Edu, Dani e Hugo. Aquela configuração de afeto, esse carrossel de gente que ama e erra, que batalha e vence, que se debate, cai e se levanta, só me deu mais segurança de que eu estava fazendo a coisa certa.

Mas não resisti a provocar Hugo, que não era meu marido nem pai da criança. A enfermeira ficou confusa com a presença dele, embora dentro da nossa história ele fosse peça fundamental.

— Eu não perderia isso por nada — justificou nosso amigo brasileiro.

— Mas só porque você está sozinho, pois Anouk voltou para a França — disse Eduardo. — Você sempre desaparece quando tem uma mulher na jogada.

— Anouk te largou e foi para a França? É a prova de que a história sempre se repete — disse eu.

— Ela viajou para se organizar e voltar definitivamente para Buenos Aires — defendeu-se Hugo. — Ou pelo menos foi o que ela me disse.

— Caso isso não aconteça, você já tem segunda opção: Leonor me contratou para reformar o apartamento do pai dela — devolveu Eduardo.

— Não, não. Anouk vai voltar. Essa tatuagem foi muito dolorida, ela tem que voltar.

— Bom, pelo menos agora você tem opções — disse eu. — Quem vai ganhar o jogo? Anouk ou Leonor?

Antes que Hugo tivesse tempo de dar alguma resposta malcriada à pergunta evidentemente retórica, a enfermeira saiu da sala e enfim chamou meu nome. Estava na hora. Ela me parabenizou pela comitiva impressionante que havia reunido para a ocasião, mas disse que só uma pessoa poderia me acompanhar durante o procedimento. Para mim, a resposta foi óbvia: apesar de estar ali por Dani e Edu, pela família deles, precisava de Martín. As últimas semanas haviam me provado que, nos momentos que realmente importavam, era nele que eu podia me apoiar. Caminhamos na direção daquele cubículo estéril de mãos entrelaçadas, mais unidos do que nunca, em uma proximidade difícil de explicar.

— Você está preparada? — perguntou-me Daniel uma última vez antes que a porta se fechasse.

Só tive um segundo para sorrir para ele e dizer:

— Eu estou em casa, meu querido. Eu estou em casa.

Agradecimentos

A Marleth Silva, pela ajuda inestimável na primeira leitura deste livro. A Cristina Rios, Cristina Scheller, Débora Bacaltchuk, Euclides Guedes e Marci Ducat, pelas opiniões e palavras de encorajamento.

À minha agente, Lucia Riff, por todo esforço, trabalho conjunto e amizade que se prolongam por mais de dez anos.

E à equipe da HarperCollins Brasil, por me permitir revisitar esses personagens e por garantir que este livro tão caro a mim permaneça à disposição de antigos e novos leitores.

Fernando Scheller nasceu no interior do Paraná, em 1977, e mudou-se para Curitiba aos 18 anos, onde iniciou a carreira de jornalista. Mestre em Economia e Política Internacional, já atuou em diversos veículos, como *O Estado de S. Paulo*, Gazeta *Mercantil*, *Portal G1* e a emissora alemã de rádio e TV *Deutsche Welle*. É autor ainda de *Gostaria que você estivesse aqui* (HarperCollins, 2021).

Créditos foto autor – Leo Aversa

Este livro foi impresso pela Geográfica, em 2023,
para a HarperCollins Brasil. O papel do miolo é pólen
natural 70g/m^2 e o da capa é cartão 250g/m^2.